线装的西域

郭保林 著

作家出版社

作者近影 郭保林

作者简介

郭保林　山东聊城市冠县人，中国作协会员、中国散文学会理事、中国散文与旅游文学研究会副秘书长。著有散文集《青春的橄榄树》《阅读大西北》《昨天的地平线》《千古墨客》《郭保林经典散文》等26种；长篇纪实文学、传记文学《高原雪魂—孔繁森》《塔克拉玛干：红黄黑》《谔谔国士傅斯年》及小说集等7种，多篇散文入选大、中、小学语文课本和教材。曾获国家“五个一工程”入选作品奖、首届冰心散文（集）奖、第二届中国传记文学优秀作品奖、首届齐鲁文学奖等奖项，其创作成就载入《中国二十世纪文学史》《中国二十世纪传记文学史》《中国当代散文史》《中国散文通史》等史学专著。

目录

西北望长安

“西北望长安，可怜无数山”，我童年时代就读过辛稼轩的词，对他那种“栏杆拍遍”、扼腕长叹的悲愤，怎么也激发不出历史的感悟，还责怪一个南宋的臣子管人家大唐的国都长安做什么？后来才渐渐理解了这位“挥手起风雷，落笔著华章”的一代将军词人站在镇江的北固楼上，望着早已沦陷的故都汴京，山河破碎，壮志难酬，怎能不感叹唏嘘啊！而今在金钱喧哗、商海舟乱的年代，想静下心来，发点历史之幽情也是困难的。我几次去古都西安，古城墙的垛堞、大雁塔的古砖、碑林里的拓片，还有大唐的朱雀门街、街面上的莲花砖、金元殿依级而上的巍巍殿基、大汉的灞河桥头、鹳雀台门的金铺玉户、华榱璧珰的未央宫殿，及至秦咸阳的冀阙、阿房宫的廊柱，以及周京丰镐的颓垣……虽然在我心灵里荡起几缕历史的波纹，但很快又消逝了！

然而，在这个春雨霏霏的日子，我站在阳台上，望着窗外高楼耸峙、烟波荡漾的故城，读上几句唐诗宋词汉大赋，忽然感到长安是一座多么伟大的古城啊！中国历史若抹去了长安，那简直把一部二十六史删削得瘦骨嶙峋，轻薄得不屑一顾了！

长安，十三个王朝在这里坐胎、分娩，怎能不令人感叹这片土地的天高之恩、海阔之德啊！

一

不过，我对《西京赋》和《三都赋》中对长安极尽铺排夸饰的赞誉，心存异意，是否有些浮夸？是否存在五光十色的泡沫？我觉得那重重叠叠的宫阙里既有皇权的九五之尊，也有奸佞的险恶；锦帷翠幄里既有贵妇人的妖艳，也有腥风血雨的阴冷；碧砖青瓦朱户簪缨之内弥漫着皇戚贵胄的奢靡，也漫溢着恐怖肃杀的气氛。尽管那里有秦皇汉武唐宗，也曾住过司马相如、太史公、李白、杜甫、白居易、李长吉——代代光照千秋的政治巨人和文化巨匠，然而人事代谢，古今往来，江山胜迹，都成了历史的凭吊，都有一种巨大的悲剧感悟。

长安旧迹很多，细论，宫殿名气似乎最大，它不仅仅建筑恢弘壮美，而且会引出许多同人相关的故事，钩史海之沉像是不难。

阿房宫“覆压三百余里，隔离天日”，“五步一楼、十步一阁。廊腰缦回，檐牙高啄。各抱地势，钩心斗角”。杜牧的《阿房宫赋》怕是中国文人都读过的，现在仍可以在西安城西郊三桥镇之南看到阿房宫的旧址，两千多年前的宏伟富丽辉煌壮观不仅是中国之最，怕是世界与之相媲美的也不多。希腊神庙、泰姬陵、吴哥窟……气势远不如阿房宫磅礴。秦始皇每年征发七十万人修建阿房宫和他的陵墓，以至“男子力耕不足粮饷，女子纺绩不足衣服”，竭尽天下之财富，垒砌起覆压三百余里的宫殿。这豪华的宫殿演绎了一幕幕悲剧和正剧。某年某月某日秦始皇突然心血来潮，一简御旨传诏天下，于是出现了两千多年之后被列入世界八大奇迹之一的兵马俑，出现了至今在地球人造卫星上能看到的人类居住的这颗蓝色星球唯一建筑物——万里长城，当然也出现了流传千古的孟姜女的悲剧，出现了车同轨、衡同制的肃穆，也出现了焚书坑儒的暴虐。古老的象形文字经李斯那双白皙而绵软的手变成优美的小篆，揭天盖地、浩浩荡荡贯满华夏大地。

历代皇帝一登基首先想到的就是宫殿和坟墓，前者为生，后者为死，实际上最关心的是“住”的问题。

说也怪，浩浩荡荡的二十六史，兴亡荣枯演绎排练的只有两个舞台：一是战场，二是宫殿。战场不必细说，阔野万里，金戈铁马，驰骋杀伐，血肉迸溅，天崩地坼，那雄雄烈烈的场面无论胜与负，生与死都是在阳光下生命与生命的撞击，那是生命力的张扬和升华。而后者宫殿，却是阴谋、陷阱、摇唇鼓舌、播弄是非、奸佞小人施展伎俩的舞台，实在看不出崇高和伟大。但是，这宫殿有时占据导演历史的中心位置，朝代的更替往往是从这里引发的。

就是那个太监赵高在阿房宫里颐指气使，指鹿为马，信口雌黄，杀死扶苏扶胡亥登上龙座；还是那个白白胖胖手无缚鸡之力的最卑鄙无耻的奴才，竟然，手指轻轻一点，隆隆奔驰的秦王朝的列车就脱了轨，一下子改变了一个王朝的命运；也是这位说话公鸭嗓门的太监，惹得陈胜、吴广爷们儿号令天下，揭竿而起，义旗连天，干戈如林，接着是楚汉相争，血染华夏，尸伏千里，最后这个宫殿连同秦王朝被楚霸王一把火烧成灰烬！

汉刘邦夺得天下，初始，在咸阳残城无所可居，暂栖栎阳。一天刘邦作战归来，见城内大兴土木，宫阙壮甚，大怒，责问萧何：“天下匈匈，苦战数岁，成败未可知，是何治宫室过度也？”萧何说：“天子以四海为家，非壮丽无以重威。”刘邦高兴了，当然也就默许了。其实刘邦也不过装装样子，展示一下创业者的艰苦奋斗的风采，这未央宫并不亚于阿房宫，未央宫周长九千多米，台殿四十三座，占长安总面积七分之一。有史料记载：“前殿东西五十丈，深五十丈，高三十五丈。以木兰为棼橑，文杏为梁柱。金铺玉户，华榱璧珰，雕楹玉碣，重轩镂槛，青琐丹墀，左碱右平。黄金为壁带，间以和氏珍玉，风至，其声玲珑然也。”

当时，长安城内宫殿棋布，楼台亭榭林立，除未央宫，还有长乐宫，长乐宫又有十四殿，奢侈豪华，令人咋舌。在长乐宫内就发生过一件震撼千古的悲剧。那是高祖十年，大将军韩信叱咤风云、横扫楚霸王四十万大军，凯旋归来，这时刘家江山已经定鼎，但是刘邦的夫人吕雉以韩信谋反为借口，与萧何设计，将韩信招至长乐宫，在屏风后面设下埋伏，不用吹灰之力，杀掉了这位军功赫赫的大将军。山埋伏、水埋伏，十面埋伏，却躲不过屏风后面的埋伏，韩信终于用生命祭了刘氏江山的祭坛，为古老的汉语留下了“兔死狗烹”的典故。

悲欢离合，生死歌哭，大起大伏的悲剧在宫帷中层出不迭地演出一幕又一幕。大概也是在未央宫吧，这位吕后极其刻毒，刘邦在世时，她就是忌恨高祖宠爱的戚姬，刘邦驾崩，尸骨未寒，当即吩咐宫役，先把戚姬剃光头发，勒令她舂米。然后又卸下她的宫妆，穿一身赭服，接着又挖去戚夫人的两眼，用铁链锁住双脚，把她关进永巷掖庭，砍断四肢，熏聋耳朵，药哑喉咙，变成“人彘”。吕后除掉戚姬，毒死其子赵王如意，吓得惠帝不敢上朝。待惠帝驾崩，吕后便“临朝称制”，史称高后元年（前187）。吕后一上台就对初建的汉王朝大动手术，剪除刘氏根基，重用吕氏家族，有朝一日变刘氏江山为吕氏天下。先是罢了刘邦的忠臣王陵，任陈平为右丞相，审食其为左丞相，一口气又分封好些吕氏王侯，并追认她的亡父为宣王，亡兄为悼武王，又封侄儿吕台为吕王，封吕种为沛侯，吕平为扶柳侯，吕禄为胡陵侯，吕他为俞侯，吕更始为赘其侯，吕忿为吕城侯，甚至连吕后的妹妹，也受封为临光侯。一场没有刀光剑影、腥风血雨的宫廷政变在未央宫里实现了。但是仇恨和怨愤也种下了，当吕后一死，一场讨伐吕氏政权的斗争在宫廷内外展开了。陈平、周勃都是刘邦时代功盖天下的老臣，他们有位无权，对吕后专擅早已怀恨在心。他们内外联合，来了个血洗未央宫。刘章杀死了相国吕产、长乐宫卫尉吕更始，控制了首都军权，周勃又分头捕杀了吕后的党徒，接着又铲除非刘氏血统的小皇帝，推荐了刘邦的儿子代王刘恒继承大统。刘氏王朝又走向正道。吕后与后来的武则天有天壤之别，虽然都有阴险毒辣的手腕，但一个是阴谋家，一个是政治家。武则天的胸怀比吕后宽宏得多，这是后话。

二

至汉武帝时，国力雄厚，汉武帝本有好大喜功之嗜好，他下诏建造建章宫，殿宇台阁林立，宏伟、侈靡程度远远超过未央宫。其宫殿错落参差，气度恢弘，屋瓦鳞鳞，烟波荡漾，一派富丽繁华的气魄。

长安是皇都，一代汉大赋，一部千古绝唱的《史记》，都源于斯，成就于斯。

司马相如和卓文君的爱情故事千古流传。我青年时代读司马相如的赋，感到这位才华盖世风流倜傥的才子和卓文君相恋私奔的故事，就是一部爱情的经典。他们吹竹弹丝，鼓琴弄瑟，吟诗作赋，红袖添香，秋波云鬓，烹茶兼调素琴，寻求梦境之美，那种古典的浪漫，即使现代派青年也会倾慕。我走进古城那幽幽青砖灰瓦的小巷，仿佛还能听到扫眉才子的温雅谈吐，甜柔歌哭。

那是一个细雨霏霏的日子，我顶一把雨伞，也顶着一天细雨，徜徉在古都的街巷里，雨珠在伞上跳荡，在秦砖汉瓦上跳荡，像卓文君弹奏着一曲凄清的古乐。

司马相如被传入宫，甚感惊讶，见到养狗太监杨得意问："我在千里之外的蜀郡，皇帝陛下如何得知?"这位太监说："那是你的《子虚赋》被皇上看到，皇上以为你是前朝人，叹道：'朕独不能与司马相如生于同时，未见他一面，实是件憾事！'当时我在皇帝身旁，说你是我老乡，现在蜀郡闲度，这样就传诏你进京。"

汉武帝是重文治而不轻武功的，爱才惜才，一见司马相如，便对这位相貌堂堂、风度翩翩的文坛巨子产生好感。二人便谈辞论赋，从《子虚赋》谈到枚乘的《七发》。这次汉武帝召他来写篇《上林赋》，同时被召的还有枚乘的儿子枚皋，文星荟萃，俊采星驰，各展才华。枚皋才华横溢，笔有神助，很快写出了《上林赋》，但汉武帝看了并不满意，由于推敲不严，文中常有累句。而司马相如决心超过枚皋，自然不敢怠慢，日思夜想，广采博引，字斟句酌，惨淡经营，一写就是几个月，连汉武帝也不耐烦了，催之，司马相如才献上《上林赋》。汉武帝看罢甚喜，赋中歌颂了大一统的中央王朝的气魄和声威，渲染了宫廷生活的豪华，迎合了年轻天子的好大喜功、志壮凌云的口味。这篇赋控引天地，错综古今，包蕴宇宙，总揽人物，辞章华美，文字典雅，成为千古之名篇。

这可谓汉代的“主旋律”。看来主旋律也不能一概排斥，关键不是写什么，而是怎么写。

汉大赋这种鸿篇巨制的创立，也只有在汉代这样的开放朝代，纵横恣肆地描写山河的壮丽、都邑的繁华、宫室的靡丽、祭祀的庄严、射猎的热烈、饮宴的畅快。汉武帝是个文学爱好者，而且自己也亲自作诗写赋。然而文学史并不买他的账，中国历代皇帝在文学史上被称为文学家的也只有曹操父子以及那个李后主。汉武帝想成作家，并未实现理想。江山不幸文人幸。倘若汉武帝真正成为一位作家怕倒是历史的不幸了。

对文人的重视，像汉武帝这样的一代君主是不多的。他设金马门——大概是一座很豪华的宾馆，让文士待诏于此。文士们冥思苦想，日月献纳。据班固记载，到汉成帝时，奏给皇上的赋就有一千多篇，可谓云蒸霞蔚，郁郁葱葱，成为中国文学史上一道壮观的风景。当时在长安城里就住着司马相如、东方朔、枚皋、王褒、刘向、倪宽、孔臧、董仲舒、刘德、萧望之等这一作家群体的佼佼者。试想除唐朝，哪个朝代还有如此文坛之辉煌？

司马相如一篇《长门赋》竟撼动圣心，使汉武帝被废的陈皇后重新受宠。陈皇后住在长门宫，愁闷悲思，孤独凄清，为了重新得到皇上的宠幸，不惜重金赠给当时的文豪司马相如，请他代作骚体赋向皇上表表忠心，司马相如于是才思如涌，写下凄切而悲恸的《长门赋》。汉武帝看罢，大为感动，陈皇后重新回到正宫。其实陈皇后被废的原因，是因为她本人太娇骄，又没有生下儿子，失宠后被废到长门宫，立卫子夫为皇后。

这位陈皇后被打进冷宫，终日郁郁，以泪洗面，天天盼君王到来，却是一场空幻，哀婉跌宕，悲切凄苦，望眼欲穿，多少次独上兰台遥望灯火辉煌的未央宫，更是悲痛欲绝，“雷殷殷而响起兮，声象君之车音”，凝神远望已经产生了错觉，错把雷声当成皇帝的御驾来临。走下兰台，回到冷宫，更觉得形单影只，孤独寂苦，看窗外明月高悬，空照孤影，弹琴变调，愁思如云，往事涌来，不禁“涕流离而纵横”。其绝望萎靡可谓令人肝胆碎裂，汉武帝也非铁石心肠，读到此，我想也会目光湿润，心潮难抑吧！《西厢记》里说“文章无用”，谁说文章无用？一篇文章挽救了一个女子的命运，这不能不说是一段佳话。

汉武帝时代长安的繁荣也达到鼎盛时期。古都长安对西方诸国带来巨大的诱惑，豪商富贾不避风寒，跋山涉水来到长安，带来西域各地的葡萄、胡桃、红花、胡麻、蚕豆、大蒜、芫荽、胡萝卜、石榴、黄瓜、苜蓿，还有骏马、香料、宝石、象牙、犀角、玳瑁、火浣布（石棉布）以及珍禽异兽，以至“明珠、文甲、通犀、翠羽之珍盈于后宫；蒲梢、龙文、鱼目、汗血之马充于黄门；巨象、狮子、猛犬、大雀（鸵鸟）之群食于外囿。殊方异物，四面而至”。上林苑还有观象观、虎圈观、犬台宫、葡萄宫、走马观，应该说繁华至极，昌盛至隆。这样的时代，的确是产生汉大赋的时代。

三

腥风血雨送走了南北朝，送走了隋王朝的侈靡，长安在大唐三百年的历史中可谓走进中国两千多年封建史辉煌的顶巅，成了国际级大都市。

我漫步在西安街头，寻觅旧朝遗迹，让我思索蹁跹的依然是女人和文人。唐朝有两个女人知名度最高，一是武则天，二是杨贵妃。

皇城又名子城，在城内东西五街和南北七街交错的街道，整齐地排列着尚书省、门下外省、中书外省、秘书省、御史台、太仆寺、鸿胪寺、鸿胪客馆、太庙、左右领军卫、左右千牛卫、左右武卫、左右卫率府等文武官署。柳宗元、刘禹锡、韩愈、白居易、元稹等人曾在这里办公，相当于现在的中央各部委办的衙署。

盛唐时，长安已是“四方珍奇，皆所积集”，商贾如云，店铺相连，有上万家胡人居于城内。长安城酒肆饭铺的胡姬又带来异国情调，使得长安城内充满扑朔迷离的胡风。李白在《少年行》中描述道：“落花踏尽游何处，笑入胡姬酒肆中。”长安东西市都有一些资本雄厚的“货赂山积”的富商。据说，有一富豪名邹凤炽，由于背驼，人称邹骆驼。《太平广记》中记载他“尝谒见高宗，请市终南山中树”，说一树若值绢一匹，“山中树虽尽，臣绢不竭”。这富商竟向高宗皇帝夸富，可见邹凤炽家垄断了多少丝绸！

商业的繁荣，使金钱大量集中，出现了专门经营串钱绳索的商店，就在宣平坊贺知章家的对门。贺知章自称为“四明狂客”，曾任礼部侍郎、秘书监等官。这位大诗人很有眼力，且心胸豁达，他重才爱才，是他发现了李白。李白入长安前，知名度就很高，贺读了李白的《乌夜啼》《乌栖曲》大为赞赏，称之为“天上谪仙人也”。于是李谪仙便名冠京城。贺知章又将李白推荐给唐明皇，于是便有了李白为杨贵妃写赞美诗的故事。其实李白这两首诗都是乐府诗中很旧的题材，写男女离别相思之苦，可李白别出新意，言简意赅，博得贺知章的赏识。李白来长安的目的是求官，本来机会很好，可是他狂傲不羁，放荡纵横，人家唐明皇让你写几首诗，不过利用你的笔、你的才华，博得杨贵妃的欢愉，你可好，倒端起架子来了，又是让唐明皇的宠臣、一介新贵杨国忠铺纸磨墨，又是让高力士脱靴，那做派比皇上还皇上，这样的人还能做官？李白的文化人格决定了他不是当官的材料，所以在长安混了一些日子，除了喝酒就是吟诗，终日里酩酊放浪，酒助诗兴，诗借酒胆，酒诗相生，诗酒相伴。喝醉了还躺在大街上耍酒疯："天子呼来不上船！"

李白是盛唐时代的歌者，他对帝都长安的壮伟气象曾有热情的礼赞："紫阁连终南，青冥天倪色。凭崖望咸阳，宫阙罗北极。万井惊画出，九衢如弦直。渭水银河清，横天流不息。朝野盛文物，衣冠何翕艳。厩马散连山，军容威绝域……"对帝京庄严雄伟、富丽繁华景象的尽兴描绘，实际上也是对蒸蒸日上、人物鼎盛大唐帝国的赞美。街衢巷间，如画如绘，宫阙楼阁，连片成群，恢弘壮丽，连山上散牧的战马，也是威武强大的象征。李白在《南都行》中还赞美了帝国的商业繁荣、物阜丰茂："白水真人居，万商罗鄽阛。高楼对紫陌，甲第连青山……"一派欢乐富足的景象。

恩格斯在评论古希腊建筑时说："古希腊建筑如灿烂的、阳光普照的白昼。"大唐帝国的宫殿楼堂，气势磅礴、高贵端庄，不是丽日中天，盛世豪华的表征吗？那些宫殿都是木与石的飞歌狂舞，都散发着无言的、黄金般的神秘魅力。

走出东西市场，前路像是还未尽头。我素来喜欢山水园林。盛唐时曲江池是最好的去处，瓦肆勾栏，朱阁绮户，花卉环园，烟水明媚，彩幄翠帱，匝于堤岸，入夏则菰蒲葱翠，柳荫四合，碧波红蕖，湛然可爱。唐代很多诗人在这里驰骋笔墨，拈花赋诗，对酒联句，倾尽才华，有白居易的《早春独游曲江》、卢纶的《曲江春望》、秦韬玉的《曲江》、王繁的《曲江赋》。安史之乱后，曲江两岸高台楼阁被毁，曲江池污泥淤积，一片衰败景象，杜甫触景生情，写道："少陵野老吞声哭，春日潜行曲江曲。江头宫殿锁千门，细柳新蒲为谁绿。"杜甫离乱之后回到长安，来到曲江岸边，触景生情，感慨唏嘘，满腹悲怆。相传后来唐文宗读到这首诗，也颇感悲哀，立即传旨，命人清理曲江污泥，重修紫云阁、落霞亭等建筑物。

唐长安人有浓厚的春游习气，每年三月三游人如织，花繁锦簇的曲江岸，“日照香尘逐马蹄，风吹浪溅几回堤”“江头数顷杏花开，车马争先尽此来”。王公贵胄嫔妃丽人当然是锦幡彩幢，翠华摇摇。踏青游春，是唐人的风习，即使平民百姓也来游春，农家姑娘也采一朵杏花插在鬓边。“莫怪杏园憔悴去，满城多少插花人。”唐人妇女喜欢采鲜花插在发鬓上，野外的春景阑珊了，而城内却仍然满眼春色。

不过现在的曲江池已是人烟稠密，屋宇拥挤，是一片都市里的村庄。江水，池水早已干涸湮灭。没有了柳丝冉冉青莲碧荷，没有了亭阁香榭风流豪华。那些落仕弟子感怀伤时的悲叹已不再，那些怀才不遇的志士豪俊的诗赋歌吹的浪漫已不再，烟柳画桥的良宵已不再，舞池灯畔的轻歌曼舞已不再……风流总被雨打风吹去，鸡鸣狗吠，人声嘈杂的声浪已将历史淹没。

四

现在，我们再回到唐朝的宫殿里来。唐太宗在《帝京篇》中赞美“皇宫和离宫”，“秦川雄帝宅，函谷壮皇居。绮殿千寻起，离宫百雉余。连薨遥接汉，飞观迥凌虚。云日隐层阙，风烟出绮疏”。唐太宗除在城内修建了太极宫、大明宫、兴庆宫，以及禁苑、东苑、西苑、芙蓉宫等，还在四处郊区修建了翠微宫、玉华宫、望贤宫、华清宫、万金宫、九城宫、永善宫等消夏避暑的离宫。可谓九重宫阙，屋瓦鳞鳞，栉比鳞次，画阁凌虚构，遥瞻在九天。“露露浮元气，亭亭出瑞烟”，庞大的建筑群，峨峨岌岌，若云兴雾涌，豪华之极，宏伟之势，空前绝后。那是一部英雄的乐章，是世界建筑史上的辉煌。它以史诗般的语言，展示了盛唐时代恢弘的气魄、旺盛的精力、蓬勃的元气、汹涌澎湃的青春激情。正如现代建筑大师勒·柯布西耶称赞古希腊建筑多立克柱时的感慨一样："在人类的作品当中，有哪些东西曾经攀登到如此高度啊！"

太极宫，是唐朝最早建筑的宫城。李渊在太极宫登基。太极宫附近有两仪殿，平时皇上在这里处理朝政。两仪殿之北又有甘露殿。甘露殿东北有凌云阁。贞观年间，唐太宗命绘画大师阎立本将长孙无忌、房玄龄、杜如晦、魏徵、李勣、尉迟敬德、程咬金等二十四位功臣像画在阁上，太宗一一撰诗赞扬，并由著名书法家褚遂良题于阁上。

还有一个女人不能忘记，那就是唐太宗的长孙皇后。长孙皇后在政治上给唐太宗极大的帮助，她孝事高祖，恭顺妃嫔，尽力弥逢，以存内助，一句话是有政治头脑的贤内助。玄武门政变时，她是发动政变的决策人之一，政变成功，她亲自慰问将士。更为可贵的是，唐太宗走上政坛后，她极力限制长孙家族人仕进，支持唐太宗重用魏徵、房玄龄等直臣，并督促唐太宗保持纳谏的作风。用今天的话说，一个成功的男人后面，必定有一个坚强伟大的女性。长孙皇后临终前还嘱咐太宗："妾生既无益于时，今死不可厚葬。且葬者，藏也，欲人之不见。自古圣贤，皆崇俭薄，唯无道之世，大起山陵，劳费天下，为有识者笑。"唐太宗遵嘱没有大事铺张，采取了"因山起陵"的办法，将长孙皇后葬于昭陵。

寻访大明宫的遗址，它原是永安宫扩建而成。大明宫是极其豪华庄严的宫殿，层层叠叠的宫殿大门如九重天门，迤逦打开，深邃伟丽，玉阶丹墀，气势非凡，是唐太宗后历代皇帝早朝和接见外宾的场所。贾至曾写过一首《早朝大明宫》诗："银烛朝天紫陌长，禁城春色晓苍苍。……剑佩声随玉墀步，衣冠自惹御炉香。共沐恩波凤池上，朝朝染翰侍君王。"杜甫、岑参、王维也都曾写诗赞美过大明宫。王维诗云："九天阊阖开宫殿，万国衣冠拜冕旒。”一代女皇武则天就是从后宫走进大明宫而登基的。

与长孙皇后恰恰相反，武则天不是贤妻良母，而是很有手腕的政治家。武则天参与执政，掌握朝政长达四十六年。武则天虽女流之辈，且出身低微，却有唐太宗之风度，多权谋，能纳谏，敢说敢干，敢作敢为，心胸宏阔，坦坦荡荡，搞阴谋就是搞阴谋，不是把阴谋当作“阳谋”来宣扬的政治骗子。她有那个时代的大度和自信。即使对撰写《讨武曌檄》的骆宾王，也未怀恨在心，当她见檄文写得慷慨激昂，有“一抔之土未干，六尺之孤安在”等句子时，甚为动容，她对臣下说：“宰相之过也。人有如此之才，而使流落不偶乎！”可见武则天非凡之胸襟。她执政时，既重用酷吏，又重用人才；既从谏如流，又敢剪除逆党；既重视发展经济，又重视科举和官吏的选拔；既重视文治，更注重武威。她训练了强大的军队，连隋文帝、隋炀帝甚至唐太宗都没征服的高丽，她派军队一举征服了。她既把国家管理得兴旺发达、纲纪肃严、井井有条，又挣破封建宗法的缰索，纳男宠，满足放荡不羁的性生活，一个不够，有多个面首待寝。张昌宗和张易之兄弟，薛怀义、侯祥云便是宠臣。这是个性格极为复杂的女人，誉满天下，谤满天下。制定“建言十二事”，也就是发展生产，广开言路，重用人才，减轻徭赋等大政方针。她的政绩上承贞观，下启开元，巩固和发展了唐代中国的国际地位，“万国衣冠拜冕旒”。在男尊女卑封建宗法极其严酷的社会，一个女人登上政治舞台，且驾驭着这只庞大的舰船在诡波谲涛里破浪航行，谈何容易！千秋功罪，任与评说！所以她死后，在乾陵上竖起无字碑。

写到武则天，不能不让人想起诗人宋之问，这是个无耻之徒，诗虽然写得不错，但人格卑劣，他为了攀爬，对二张极尽谄媚，写了许多吹捧二张的诗。宋之问有个外甥，名叫刘希夷，也是个进士，写了一首诗，宋之问非常欣赏其中一个联句“年年岁岁花相似，岁岁年年人不同”。因诗刚写好，尚未传出，宋之问便提出这两句给他，用在他的诗中，刘希夷不同意，宋之问便命仆人用布袋装上土，压在外甥的身上，生生将刘希夷窒息而死。但宋之问的下场也很惨，唐玄宗李隆基一上台，便将他流放岭南，并赐死桂州（今桂林）。

勤政殿，故址尚存。走进这片宫阙遗址，整个盛唐在我眼前一幕幕出现，魏徵的诤言，唐太宗的雄心壮志，武则天的宫廷政变……然而，我脑海中却蓦然跳出个很不起眼的小人物，这就是张祜的诗告诉我的："八月平时花萼楼，万方同乐奏千秋。倾城人看长竿出，一伎初成赵解愁。"

赵解愁是唐代很著名的杂技表演艺术家，善"马舞"。相传当时曾"以百匹马，盛饰分左右，施三重榻，舞《倾杯》数十曲"，这些马"衣以文绣，络以金铃，饰其鬣间，杂以珠玉"。奏乐开始后，舞马"奋首鼓尾，纵横应节。又施三层板床，乘马而上，抃转如飞。或命壮士举一榻，马舞于榻上，乐工数十人立于左右前后，皆衣淡黄衫，文玉带"。这位赵解愁绝技在身，倾城倾国，其马术可谓空前绝后。可惜赵解愁的绝技失传，不然中国会在奥运会马术比赛中一举夺冠，震惊天下。

还有位"女歌星"姓许名永新。也叫许和子，此人音质优美，音域宏朗，声情绝佳，是那个时代最走红的大腕。每当勤政楼前举行大的庆典活动，人山人海，喧嚣不已，其他节目演出时听不清声音，就请来许永新出台压场。她一上台，貌压群芳，声夺群星。万人引颈，屏息专注，凝神倾听，"至是广场寂寂若无一人"。其歌声使喜者闻之气勇，愁者闻之肠绝。看来，大唐时期，中国就出现了"追星族"。

还有一个舞剑的公孙娘，当时号称"雄妙"，连被誉为草圣的张旭看罢公孙娘的剑舞，而灵感骤至，笔下走龙奔虹，时人形容其书如公孙娘舞剑。

文学与艺术发展到如此境地，怕是五千华夏历史唯大唐一朝。

有个诗人名叫郑嵎，名气不大，却写过一首诗真实记述了勤政殿前千秋节的盛况："千秋御节在八月，会同万国朝华夷。花萼楼南大合乐，八音九奏鸾来仪。都卢寻橦诚龌龊，公孙剑伎方神奇。马知舞彻下床榻，人惜曲终更羽衣。"那时候，皇上令宫女头梳骑仙髻，身着孔雀翠衣，佩七宝瓔珞，为"霓裳羽衣"。曲终人散，遗落地上的珠翠可用笤帚来扫，可见场面之宏大，奢华之极致。

五

兴庆宫中有一汪碧水，名九龙池，是地下水溢出汇集而成。岸上嫩竹茂密，新荷摇翠，殿台楼阁，倒映水中，如诗如画。池边细草柳枝和水中浮萍，酿就一汪浓酽的春色。风吹冉冉，覆岸离离，金堤带色，玉树影移。唐明皇常携杨贵妃到此处赏花，并亲自吹笛，让一代名演奏家李龟年演唱李白为杨贵妃写的《清平调》。

玄宗是唐朝皇帝中最富有音乐修养的人，他善于吹笛，能打羯鼓，会制谱作乐，既是一个作曲家，又是一个演奏家，而且他还是乐曲指挥家。他在皇家梨园里教授数百名乐工习艺，以至后世称戏班为"梨园"，将玄宗奉为梨园之祖。唐玄宗的音乐代表作便是《霓裳羽衣曲》，据说此曲是改编西凉节度使杨敬述所献西域《婆罗门曲》而成。唐玄宗对他改定的这支舞曲很满意。相传他刚得到杨贵妃时，进见之日便奏此曲以导之。杨贵妃也熟悉这一舞蹈。玄宗想起汉武帝为瘦而轻的赵飞燕修造了七宝避风台，见杨贵妃体态丰腴，便笑问："尔则任吹多少？"贵妃答道："《霓裳羽衣》一曲，可掩前古。"她又"醉中舞霓裳羽衣曲"，使玄宗大为高兴。这故事就发生在华清宫。

长安千里之外是血迸肉溅、剑戈相击的古战场，"夜听胡笳折杨柳，教人意气忆长安"。而长安城内则是雅琴颂瑟的吹音，月色轻笼，瑶席金樽，风月清景，吹竹弹丝，悠缓的舞曲里，闪过杨柳般袅娜的倩影。偎红依翠的唐明皇，和杨太真欣赏《霓裳羽衣曲》，这位“三千宠爱在一身”的贵妇人，云鬓高髻，雪肤花貌。谁知渔阳鼙鼓动起来，到头来红泪飞雨，化血为碧，马嵬驿外，一丘荒冢葬芳魂。

《霓裳羽衣曲》正如《玉树后庭花》，是一曲亡国之音。几声渔阳鼙鼓，狼烟四起，烽火烛天，安禄山率大军直逼京畿。蝉鸣西风，乌啼凉月，一代盛唐，几度云烟，却入一纸编年。当年的勤政殿、兴庆宫、骊山华清宫，已被胡儿折腾得面目全非，紫苔滋蔓，绿锈凝门，冷落凄凉，衰败凋零。

唐明皇逃往西南路上，四处黄尘，栈道天险，日色黯淡，秋景凄凉，回首遥望故都长安，有家不可居，有妾不可依，玉颜不见，宫阙遥隔，怎能不老泪纵横，愁颜如云？

安史之乱之后，唐明皇回到长安，物是人非，“文殿萤飞思悄然，孤灯挑尽未成眠。”迟迟暮鼓，耿耿星河，长夜如年，更兼梧桐夜雨，怎能不黯然神伤，泪水潸然？山长水阔，天上人间，知音难觅，芳踪不见，人间面目，浮世悲欢。

西安也叫长安。长安，长安，长治久安。安全包括两个层面。一是生命财产的安全，二是精神灵魂的安全。为前者，历代统治者不惜代价修城墙、外墙、内城、皇城，一道道高墙大垒，巍峨厚重，砖石相加，垛堞连连，固若金汤；为后者则大建寺院、道观，祭祀的祠堂。在欧洲不管城市大小都有教堂，中国历史上也是这样，西安也有很多寺院，大兴善寺、开元寺、青龙寺、法门寺、大慈恩寺、大雁塔、小雁塔，那是精神的庇护所，灵魂的安放之地。社会性就是人的本性，城市的出现，也是满足人性的需要。然而这一切都未阻挡住安禄山的金戈铁马，杨贵妃那样美轮美奂的绝代佳人，最后一条白绫结束了如花的生命。

大唐二百八十年间，除末世，在整整一个盛唐时期，音乐歌舞、书法绘画、雕刻建筑、诗歌文学、宗教传播、文化教育、对外交流等等，都创中国历史之最，当时与大唐交往的，包括来长安的外国使节、留学士子、僧侣商贾，计有一百七十多个国家和地区。泱泱大国，皇皇国都，盛极、大极，成为世界文明史上的一座辉煌的丰碑。

六

今年四月，我又一次来到西安。几年未见，西安发生了惊天动地的变化。满城高楼大厦，马路纵横，宽街阔衢，两旁绿树如幄，车水马龙，人头攒集，商场胪列，琳琅满目。古都再现了它气势磅礴的风度，成了大西北繁华昌隆的重都大邑，现代化的名城了。

我走在古都的街道上，目光触及之处，总幻化出千年的风景，内心碰撞着千年的遗迹，我匆匆的脚步惊醒了一个个王朝的历史。千年的遗韵激起我邈邈情思，校点历史，批注风月，纵览十三个王朝在这里粉墨登场，兴衰荣枯，没有“春风得意马蹄疾，一朝看遍长安花”的潇洒浪漫，却有“念天地之悠悠，独怆然而涕下”的感念畴昔。

在这巨大的时空里，王朝的更迭、政潮的升沉、喧嚣沸腾的历史都云飞烟灭了。风华千古的诗人，风流绝世的美女，威加四海、声震九垓的帝王将相都已销匿在岁月的苍茫中了。但那众多的宫殿遗址，琼楼玉宇、朱楼翠馆的遗迹，秦砖汉瓦，汉柏唐槐，名寺古塔，还有郊外多如繁星的陵墓，依然无声地向我叙述着它昔日的繁华和昌隆，昔日的恢弘和庄严，昔日的壮烈和悲哀。

历史总是呈线性发展，由无数个点连接起来。每个点横向延伸开去，才能看到相关联的广阔的生活画面。毕竟是西安啊，这里的繁华鼎盛，歌舞升平；这里的金戈铁马，呐喊嘶鸣；这里的骄奢淫逸，酒池肉林；这里的血溅簪缨，尸横朱门；这里的慷慨激昂，长吟当啸……触景生情，犹如放在档案橱落满时光尘埃的胶片，用显影液稍加冲洗，历史便鲜亮亮地展现在眼前。汉代歌舞场面的宏大，动作雄健，音容旷朗，充分展示了一种豪迈气概，雕塑的古拙粗放，浑厚凝重，简洁雄强，则体现了那个时代大气磅礴的精神；而唐王朝那种细腻、丰腴，多元文化的融合，任情适性的自由，阔大的胸襟，富丽的绘画，华美的雕塑，宏伟的建筑，旷朗的书法，欢腾酣畅的乐舞，扑朔迷离的胡风，还有那百室连歌、千筵接舞、高楼大观、金堂玉户、丝哇管语的盛世豪华，则体现了尊卑有序的儒家思想，又融合了道法自然的道家精神，成为我国建筑史上的奇迹，也为当时周边国家都城建筑提供了范本。

长安让我肃目凝神。登上古城墙，放牧视线，这繁华的古都，巍巍大雁塔作为古长安的标志依然在，塔檐叠涩浑然一体的小雁塔依然在，兴庆宫虽无殿庑，已成为兴庆公园，华清宫亭台楼阁碧波清泉依然在，以及远郊存在的和湮灭的汉唐陵阙，让今人依然能读到历史的苍茫，岁月的悠远，文化的厚重。有道是文章照千古，汉赋唐诗已成为中国文化发展史上永恒的风景。不灭的是汉唐雄气，不老的是汉唐精神，不偃的是汉唐风骨，不死是华夏民族开拓创造、踔厉风发的灵魂。你看到那碑林了吗？那林林总总三千多块碑碣雕刻，依然闪耀震撼千古的艺术魅力，或风骨俊逸，或雄健凝重肃穆典雅，或仗剑纵舞呼风唤雨，潇洒的笔迹，绝代的精湛，依然体现着汉唐魏晋时代荦荦大端的气度。一代代大师用心血和灵肉冶炼的艺术菁华怎能不让后人五体投地顶礼膜拜呢？怎能不产生高山仰止的情感呢？我对西安的兴趣更多的是历史文化的辉煌。古城墙虽非大唐盛世的建筑，但那厚重的砖石，雄伟的墙体，长满时间的苍苔，又怎么不让人肃穆起敬呢？它仅仅是圈住了一段历史吗？站在古城墙上纵目驰骋，现代高层建筑、高科技开发区、绿树裹挟的大学城，夹杂在古老的建筑丛里，使你感到历史并未断章，华夏子孙正在谱写着新的续篇。水有源，树有根。苍天在上，古墙在旁，泱泱华夏，皇皇古都，啊，西安！

黄土高原赋

一

广袤。刚烈。峻峭。雄浑。粗犷。那凸起的丘陵是你情感的潮峰，那凹下的峡谷是你思想的深邃，那苍莽的雄峦大嶂是你秉性的轩昂，那错裂的褶皱可是你的命运线——坎坎坷坷，崎崎岖岖？在洪荒时代，宇宙之神玩弄地球于股掌，无意间，使得印度洋板块和欧亚大陆板块相撞，于是苍天震悚，大地觳觫，在石与火的狂欢中，喜马拉雅山拔地而起，这里也趁机拱出一片海海漫漫的黄土高原。

莫非是千百万年来，风刿、雨剐、雪磔、霜剜、雷劈、电击，使得你的面貌变得奇伟嵯峨、粗糙、粗粝，甚至有点丑陋。但是岁月之剑，沧桑之刀也重塑了你的灵魂——坚韧、沉郁、悲怆、壮烈、旷达。

我走在你热烘烘的胸脯上，在你怀抱里驰骋我的梦想，飞扬我的思绪。你这仁慈而浑厚的土地，剪裁风云，吞吐玄黄，呼吸寒暑，吟啸古今。那飞扬的雨，那飘洒的雪，代谢着绿绿黄黄的春秋，更迭着抑抑扬扬的昼夜。这里，每一座山岭，每一道峡谷，每一条河川，每方原野都搏动着生命的脉跳，历史的奏鸣。

一曲信天游从黄土高坡飘来，带着浓烈的泥腥味，野草味，阳光味，女人味，蕴含着粗粗蛮蛮的爱，风风火火的爱，温温柔柔的爱。正是这博大雄沉的爱，使历史在这里受孕坐胎，于一阵阵剧烈的痛苦中，分娩出十三个王朝，谁说这里的黄土地贫瘠、枯萎，精血不旺？正是这莽莽苍苍、雄雄烈烈的高原厚土高高擎起十三个王朝，撑起我们民族浩瀚历史一片蔚蓝的苍穹！

人类历史发祥的四大渊源——埃及的尼罗河，西亚的两河，印度的印度河，中国的黄河。说得更确切一点，后者应该是这片黄土地，那滔滔黄河只不过是这高原母亲的一条妊娠线！

掘开厚厚的地表，我探寻的目光穿过风雨叠叠的历史屏障，寻找我们民族庞大的根系——

看到了吗？在桥山！就在那柏木森森、古木千章的黄陵。傲视风云的巨柏，苍苍郁郁，葳葳蕤蕤，气魄恢弘，那嵯峨的树冠吞噬着日月，庞大的浓荫笼罩着大地；那虬虬蜿蟠，雄健劲拔的枝干，辐射着生命的光焰，张扬着永恒的浩气，抒写着时空的苍茫，勾描着历史的博大深沉。

走进这黄陵的松柏林中，我只感到自身的渺小，生命的渺小，我被那强大的生命体系震撼，但我又感到骄傲和自豪，我就是这万木苍苍中的一叶。我的灵魂被这强大的生命之光照亮，溶解，征服。

在这片黄土堆起的丘陵中，埋葬着我们民族古老的神话，那神话是我们的始祖黄帝创造的。他为了争夺中原，开拓空间，率部族同蚩尤部落展开了一场场血腥的战争。先是彩绘面首，吹牛角为龙吟，但并未吓退蚩尤，“蚩尤作大雾弥三日，军人皆惑，黄帝乃令风后法斗机作指南车，以别四方，遂擒蚩尤”。蚩尤部落溃灭了，于是一段严肃的历史在这黄土高原上开始萌发，拔节，那便是我们民族的童年……

我望着那森森柏林，那裸露地上和深埋黄土之下的根，我想象得出，那柔韧的、倔强的、刚烈的、执著的、不屈不挠的、大大小小粗粗细细的树根，都凝聚着信念、力量，凝聚着奋发的天性，挣扎挺进的气质，那是排练在黄土高原一支豪迈的生命进行曲，那是一个民族在襁褓中的第一声呐喊和啼叫！

二

我在黄土高原上奔波、跋涉，秋阳照我，秋风送我，我没有被那红红火火的山丹丹，蓝格莹莹的马兰花所纠缠，没有被香喷喷、热辣辣，还带有点腥膻味的羊肉泡馍所迷恋，没有被像那貂蝉一样娇美的米脂婆姨所蛊惑，我径自跨过周武王的门栏，一脚踏进秦朝的庭院。

啊，不见了雕梁画栋，“廊腰缦回，檐牙高啄”“覆压三百里”的阿房宫；不见了那歌台暖响、舞殿冷袖、拥翠抱绿的奢华；不见了“渭流涨腻，弃脂水也；烟斜雾横，焚椒兰也”的糜丽；不见了金钟玉磬、笙笛箫管的喧嚣，眼前只是一片废墟。废墟是昨天历史的残骸，我弯腰捡起一块陶片，这是瓦当的破片，我用手敲一敲，发出当当的声响，声音苍老沉郁。楚霸王一把火烧尽了一个威加四海的王朝。而今，碧水秋风依然在，青石绿树依然在，可那啸傲的战马呢？那拼搏厮杀的大军呢？那狮虎般的气概呢？那所向披靡的旌旗，千里奔腾的铁流呢？

然而，秦始皇的大军并没有从历史上消失。前面不是他的兵马俑吗？你看那雄气赳赳，威风凛凛的队列，气宇轩昂的将士，咴咴嘶鸣的战马，辚辚的军车，戈戟森森，盔甲灼灼，还在展示着一代虎贲之师的勇猛、剽悍，炫耀一代始皇帝囊括四海、横扫六合、并吞八荒的雄心和豪情。我想，这支雄师劲旅，若开到伊利亚特同阿喀琉斯希腊联军发生冲突，那该是一场多么残酷的鏖战！雄狮般的怒吼，惊天动地的呐喊，撕肝裂胆的惨叫，血肉横飞，尸陈山野……秦始皇没有同阿喀琉斯决战，而是从黄土高原出征，从潼关出征，如山洪倾泻，如狂飙怒卷，逐鹿中原，横扫天下群雄，“挥剑诀浮云，诸侯尽西来”，那是何等的气魄？

《伊利亚特》史诗的作者说：“阿喀琉斯的愤怒是我的主题”，那么秦始皇的愤怒便是秦家王朝永恒的主题。这个主题是沉重、庞大、内涵博深的：吞燕灭楚，亡赵弭韩，征魏伐齐。六国之雄灰飞烟灭。黄土高原奠定民族统一霸业。车同轨。衡同制。焚书坑儒。万里长城。泰山祭天。东海觅仙……每一个细节都裹雷夹电，风雨潇潇，气吞山河！

我询问，叱咤风云横空于世的秦始皇而今安在哉？牧童遥指：荒草漫烟斜阳深处，便是秦家陵阙！

秋风摇曳着飘零的秋叶，引我漫步秦始皇陵。这巨大的山包似的丘陵，两千多年的风雨苍黄，仍不减恢弘和霸气，令人震慑。中国古代皇帝和埃及法老一样，非常重视陵寝的建筑，一即位就忙不停地修建坟墓，叮叮当当几十年不停，耗费了巨大的财力、物力和人力。秦始皇可为始作俑者，为修建陵寝他每年动用七十万劳力，历经三十八年，且不说地面建筑之豪华，墓中也有宫殿，充满珍宝珠玉，燃烧用鱼人膏做的蜡烛，内设防盗自动发射的暗箭，灌注水银，如同江河湖泊，机械转动，川流不息，上面象征着日月天体，下面象征着山川地理……谁知这宏伟的陵寝并非像秦始皇想象的那样永恒不朽，恰在他死后不到六年，楚霸王项羽一炬烧尽地上宫殿，又率众三十万盗掘其陵，三十日运物不绝，最后只落得“龙盘虎踞树层层，势入浮云亦是崩。一种青山秋草里，路人唯拜汉文陵”。

我登上陵顶，向四野环顾眺望。倾斜的阳光已推开中午的热情，萧萧的凉意和弥漫的秋意泼我一身。我望着黄土高原，那苍苍莽莽、雄雄烈烈的高原地貌，凸起的，凹下的，扭曲的，变形的，写意的，抽象的；沟壑，梁峁，川原，溪河……都袒露着伟大的胸襟，隐匿着无穷的玄奥。这里积淀着多少历史之炉冶炼的精英，又蕴含着多少丰赡的文化内涵？

也许是一种神韵，一种情结，也许是高原的一种精神，这波澜壮阔的高原厚土怎能不孕育出一代代英雄豪杰、帝王将相？

三

依然是断崖，梁峁，依然是沟壑纵横，阡陌如织，就像一部故事跌宕、高潮迭起的经典名著，每一章每一页都引人入胜，让你心潮浮动。

又是一个夕阳西下时分。

我站在山冈上，极目视野，啊，虬髯纵横、须发苍郁、颜面斑驳、风骨凛凛的黄土高原，上有苍苍郁郁的天穹，下有郁郁垒垒的厚土，我披发当风，叩问夕阳，哪是秦时圆过的月？哪是汉时耸立的关？草丛中的李陵碑呢？汉使张骞的驼队呢？苏武的汉节呢？景帝的繁华、武帝的威仪又安在哉？夕阳还是大汉时的夕阳，素月还是大汉时的素月，而流经高原母亲腹部的黄河奏响的可是大汉的涛声？

鸿门宴还设在戏地，戏地曾上演了一出扭转乾坤的戏剧。走进新修的仿古建筑，只不过草庐一间，几尊泥塑正是剧中的主人公，无声地向后人讲述着两千多年前剑拔弩张、惊心动魄的故事，粗莽的楚霸王、胆战心惊的刘沛公、舞剑的项庄、机警的张良、睿智的项伯，还有那大碗喝酒、啃着大块彘肩的壮士樊哙，而深思谋虑的范增正用眼色以示霸王，可怜的楚霸王一失足成千古恨，只落得乌江自刎，无颜面以见江东父老！倘若楚霸王实施范增的方案，五百年的前汉后汉将从历史上抹去；倘若项羽能厚颜以回江东，重整人马，中国历史上又该增添多少帧战争的浩幅……然而，历史的机遇如同白驹过隙，从来不会等待粗心大意的人！

最可怜的是那淮阴侯韩信，少年忍受胯下之辱，壮年死于一阴毒妇人之手，只是热血沸腾的青年时代用生命的辉煌为刘家王朝登基铺下一级台阶。山埋伏水埋伏，千古名将终未逃脱屏风后面的埋伏。狐兔尽，猎狗烹，飞鸟绝，良弓藏。千年凝碧的苍穹，吐不尽盈怀的怨愤；万里雄飞的莽云，泄不尽一腔的悲壮！

历史总是制造一种荒唐，荒诞，让人思考，令人费解。那些阴鸷狡猾者，那些丑陋卑劣者，那些鸡鸣狗盗者，也有时胸前佩戴着英雄的勋章，煌煌地走进缀满花环的凯旋门，这莫不是人类悲剧的渊薮？

我质问当年的观众——山梁沟峁，你们当时是为之喝彩，还是扼腕叹息？

山梁无语，峡谷无声。

只听得秋风里传来一阵如雨的马蹄，扬起一团团如云的烟尘。啊，是汉家大将李广的雄师，还是卫青的劲旅？雄风浩浩，威仪凛凛，过祁山，出玉门，塞外千里草原拉开了战幕："汉兵奋迅如霹雳，虏骑崩腾畏蒺藜""杀气三时作阵云，寒声一夜传刁斗"，匈奴单于只得望风逃遁……

晚霞里又映出一排巍峨的驼峰，叮咚叮咚的驼铃摇响一个一个斑斓的黄昏。汉天子望着西去的驼队，那驼队满载着大汉王朝开放的胸襟，满载着汉文化的丰赡，一条古丝绸之路，在张骞的驼蹄下铺开。风路浩浩，沙路滔滔，戈壁的荒凉，大漠的孤寂，一千七百年的商贸史、外交史，长安城下写下第一行序言！谁说黄土高原只有沟壑的狭隘，层峦叠嶂的闭塞？

捡起一片破碎的汉瓦，我想敲醒一个死去的王朝；登上一座倾圮的陵阙，我想阅读历史的残章。我挥手招来飒飒的秋风，盼秋风送来一曲《秋风辞》："秋风起兮白云飞，草木黄落兮雁南归，兰有秀兮菊有芳，怀佳人兮不能忘……"一代雄才大略的汉武帝可曾在未央宫里吟哦过这才情并茂的诗章？然而眼前却是秋禾遍地，牛哞羊咩，残阳斜照里一片断垣凋壁，哪里寻找汉天子的凛凛威严……

黄土高原，你不是有着仁者的胸怀、智者的深邃、贤者的旷达、勇者的刚烈吗？世纪摞着世纪，朝代压着朝代，拥挤的时间在这里磨出硬茧，重叠的历史在这结痂。花开花落，月朔月望，战争的风云，惊天的雷霆，山洪的倾泻，地震的暴戾……一切都无可奈何你，你依然博大，恢弘，雄浑，坚强，壮美！

四

到秦岭五丈原上走一走吧！这里曾是三国诸葛亮六征祁山的古战场，一曲《出师表》，倾注了几多忠贞和豪情？

那阔大坦荡的断塬，陡峭的崖壁，它背依逶迤绵延的秦岭，面对着浩浩东去的渭河，东西两侧是深邃的沟壑，构成一块巨大的平台，就凭着这个舞台，诸葛亮导演了一幕威武雄壮的战争史剧。

诸葛亮受三顾茅庐之恩，白帝托孤之重，决定将师三军，六征祁山，北定中原，他就看中了这五丈原，在这里运筹帷幄，拉开了同魏军决战的大幕。诸葛亮创造了木牛流马，八面埋伏，四面出击，想以火攻烧死司马懿大军，然而天不相助，忽然大雨倾盆，一世豪杰，壮志未酬，气绝原上，留下千古遗恨……

如今我站在五丈原上，泥土无声，草木无声，万籁无声，连那群山万壑都是一片岑寂。但是这里曾有过万马奔腾的震荡，这里曾奏鸣大地与星空的交响，这里曾喧嚣过狂涛般的汹涌，这里曾有狼烟烽火的烈焰，这里曾有过旌旗蔽日的壮观……战争的酷烈，厮杀的残忍，每座山崖都目不忍睹，每道河流都觳觫战栗。我俯下身，抓起一把泥土，这泥土里浸淫着多少将士的血渍？

远去了，那战马啸傲的嘶鸣；

远去了，那将士厮杀搏击的呐喊；

远去了，那热血腥雨，剑戟铿锵；

远去了，那《出师表》耿耿丹心的悲壮；

远去了，那颗陨落了两千多年的智慧巨星；

……

然而，五丈原，那断碑残碣却古典了你；那青铜古剑却英雄了你；那烽火狼烟却沧桑了你；你的上空飞扬着永不消失的雄风；你的胸怀蒸腾着代代不息的豪气。蓊郁芜杂的历史筑起这座巨大的祭坛，虽没有香烟缭绕，喇嘛唪经，武侯庙堂，只有秋禾遍野，成熟的糜子散溢着浓郁馨香。但是月知你，星知你，山川草木知你！谁说，惊天动地、可歌可泣、悲壮惨烈的历史事件，留给后人只是青山几点，流水一泓？你看，沟沟壑壑，山山峁峁，累累伤痕，斑斑驳驳，岁月的苍凉，时空的浩茫，一切都埋葬进黄土的记忆，那断崖上还滴沥着历史的血，流水里还淌着不竭的思绪……

五

追寻着秋风的脚步，我该翻阅一下大唐的残章了。黄叶从我身边撩起，白云在我头顶悠悠航过，黄土高原的阳光淋我一身清爽。

翻遍二十四史，我最爱读的是这一章，英雄的史诗永远充满着动人的魅力。请听黄土高原的声音，它也赞美盛唐的辉煌！

一代大唐天子唐太宗不是住在九嵕山上吗？要看唐朝，就要先拜谒李世民。这个驰骋疆场，挥师定河东，兵围洛阳城，玄武门掀巨澜，一代文武双全的帝王曾任贤纳士，励精图治，把个大唐帝国收拾得山清水秀：北征突厥，西通西域，拓疆扩土，四海朝贺，边陲宴宁，国泰民安，使一个封建王朝走向鼎盛，在世界历史的坐标系中也占据了光辉的顶点。

昭陵是我国帝王陵园中占地面积最大的，渭水之滨，依山傍岩而筑。李世民在修山陵前曾下诏："务必俭约"，不得"劳费天下"，"容一棺而已"，但李世民没有言行如一，他宣扬的薄葬，只不过使盗墓者息心。实际上，他不惜代价，耗费了大量人力物力，正是"一座陵墓起，万具尸骨堆"。苍松、翠柏、巨槐、长杨，号称相城。而今，风剥雨蚀，陵山皆已塌陷，断裂，成了狐兔出没之地。这里还陪葬着七王八嫔妃、二十二个公主，丞相五十有三，功臣六十有四，一个"贞观时代"的良才精英都埋在这里。

我脚踏着一个死去的大唐王朝，环顾茫茫群山万壑，那凸起的、凹下的、坍塌的、断裂的，当年的山陵建筑已荡然无存。

古代埃及的法老就患有岩石崇拜症，尼罗河畔神秘的、历亿万年而不变的悬崖峭壁，使古代埃及人产生用石块堆成山峰的想法——那是山巅的象征，太阳神的标志。而李世民选择峰高万仞的九嵕山，使自己的陵寝和大山化为一体，然而时间这个永恒的掠夺者，它掠夺了一切，它藐视一切。在宇宙之神面前，这只不过是婴孩在海滩垒筑的砂器，几场潮汐便冲刷得不留痕迹。但是不灭的是粗粝豪放之气，剽悍勇猛的浩然之气，不可征服的民族的凛然正气，它们已和高原厚土凝结在一起！

我走下九嵕山，依然漫步在黄土高原，我沉郁的思想，像古典哲人一样富有想象的奔放和深邃的思索。我为这片崎岖嵯峨而又精血充盈的黄土地自豪——那广阔雄浑的高原厚土，波涛般的造型，无声无息，却有着咄咄逼人的立体感，那断裂的地壳、粗粝的外貌、雄性的悬崖陡壁、阴柔的溪流坡原，它们是那样的和谐而又统一。

我探寻的触角在厚土里延伸，我思绪之舟在历史的浪峰涛谷中跳荡。我累了，我坐在一个山包上小憩，我点燃一支烟，烟雾升腾中，想起海峡彼岸一位胞兄的诗句："我将人类的青史／卷成一支小小的烟卷／点燃着、吸着、看着它／一寸寸的化为灰烬／飘入虚无空灵。"我没有这位诗人的潇洒和闲雅，也没有他那种对历史的嘲弄和不恭，我只想把揉成纸团的历史铺展开来，仔细辨认被风雨打湿得模模糊糊的字迹——那断崖上可曾飞扬过秦军的大纛？那古道上可曾有汉师战马的蹄痕？那沟壑里可有韩信的伏兵？那峁梁上可曾有过"醉和金甲舞，雷鼓动山川"？九曲黄河的波涛里可曾吞咽过胡笳的悲恸、觱篥的哀鸣？从石的戈矛到铁的剑戟，人类用她的智慧、机警、才华，还有残忍，把战争加工成艺术品，在这片土地上巡回展览、演出。荒芜的土地上播下千古圣贤的智慧，荆棘丛中也盛开奇异的花朵，热汗冷泪浇开文明的芽蕾，剑与火耕耘的高原厚土，沟沟峁峁都生长过传奇，生长过疯狂的欲望，也生长着五彩缤纷的梦幻。

秋风摇落挂在山顶上的黄昏。牧羊老汉走过卫青大军踏过的土路，牧鞭上裹着一朵玫瑰色晚霞；晚归的少女将一朵山丹丹花插在鬓边，坐在蒙恬饮过战马的渭河岸边，洗去一天的劳累；一曲清凉的陕北民歌驱赶了万军厮杀的残忍，只有山谷中升腾的雾，一团团，一卷卷，向我叙述着扑朔迷离、模糊不清的故事——秦耶？汉耶？唐耶？一切都飘渺如烟，缤纷掠影！但我分明看清眼前瘦骨嶙峋、容颜憔悴、皱纹纵横的崖壁和峡谷，还负载着历史的神秘和苍凉……

六

背驮着秋阳，臂挽着秋风，成熟的秋色给我描绘着成熟的诗意。我捡起一块石子向眼前的河水掷去，没有听到历史的回声，却从高坡上又传来一曲热亮亮、火辣辣的信天游：

上一道（那个）坡来，下一道梁，
想起（那个）小妹，好心慌……

我是思想的负重者，我问苍天，问厚土——这古老的黄土地曾繁衍过多少爱歌、恨歌、悲歌、壮歌？“大风起兮云飞扬，威加海内兮归故乡。安得猛士兮守四方？”“风萧萧兮易水寒，壮士一去兮不复还！”历史的回音壁上回荡的仅是这种悲壮和凄凉吗？岁月的马蹄骎骎而过，留给这片黄土地的是什么？是数不清的陵阙？是秦砖汉瓦唐三彩的碎片？是残碑断碣的狼藉？是锈迹斑斑的箭镞剑戟？是断足的鼎或樽，残破的陶瓷瓦罐，还有宫殿废墟的荒凉？……

你看见那位千古佳丽杨贵妃了么？先为子妃，后为父妃，荣耶？辱耶？福耶？祸耶？“三千宠爱在一身”，到头来“上穷碧落下黄泉，两处茫茫皆不见”，一条白绫结束了如花的生命。历史有时上演的是哑剧，有时留给后人的是谜语。那堂堂七尺须眉李三郎，你不是信誓旦旦的，“在天愿作比翼鸟，在地愿为连理枝”么？青天依旧在，明月可作证！一代天子的山盟海誓经不起一声渔阳鼙鼓，风吹云飘去，雨打花凋零，当年的“霓裳羽衣舞”化为一曲“玉树后庭花”……

一切都风消云散。只有时间在这里做巢，几片落叶断草围着这荒凉的坟丘，幸灾乐祸的舞蹈，而秋风依然弹奏着一千多年前低婉凄楚的旋律。

哦，这段荒唐的历史已穿着绣花寿衣，在这黄土地下面安眠，不要惊醒它吧！迷蒙中我看见汉赋、唐诗骑着白马踏踏而来，踏过岁月的残骸，在黄土高原上驰骋——

哦，那不是司马迁么？那烛光摇曳的昏黄中，压抑着满腔的忧愤，牙齿咬碎了旷世的耻辱，正在挥笔抒写着“无韵之离骚”，成捆的竹简堆积如山，历史的映像在竹简里奔腾跳跃，“其文直，其实核，不虚美，不隐恶”，一部《史记》留下史家之绝唱……

哦，那不是司马相如么？他携着娇妻卓文君，风尘仆仆从成都赶来，眉梢上落满巴蜀的秋雨，衣襟上沾着高原的晨霜。卓文君一张琵琶弹奏着几多悲欢离合？司马相如，你是为寻找灵感，还是为谋求一官半职，千里迢迢来到长安？但一曲《长门赋》唱尽千古风流！

还有那李太白，他醉卧长安街头，嘴里还嘟嘟囔囔发出狂言：“天子呼来不上船”，傲骨如松，狂放不羁，对于天子的宦官竟然命其穿靴、磨墨、润笔，好一个狂夫子，一个李太白，占据了半个盛唐！

哦，那不是杜工部么？离乱八年，一腔浑浊的老泪从昏蒙的眸子里流出，他用破旧的衣襟擦着满脸的纵横，可是难以抹平那一页枯皱的历史：七分狂喜，三分唏嘘，他时而凝眉低吟，时而仰天长啸，劫后的长安青一块、紫一块，斑驳的伤口还流着血，燃烧的灰烬还冒着缕缕青烟：“国破山河在，城春草木深”，灰冷的心里仍抱着一团热乎乎的希望……

最可怜的是那位大唐王室的后裔李贺，他刚从长安郊外山野归来，一头羸弱的毛驴驮着一口袋意象，那意象能吃么？枵枵饥腹里蠕动着的是一堆没有蛋白质、没有维生素，更没有微量元素的绝句，他咀嚼得有滋有味。驴蹄叩响寂寞的黄昏，夕阳拖着一个瘦长的身影……

黄土高原啊，五千年的风云变幻，那些称雄争霸的君主，那些文治武功的将相，他们的荣华和富贵，高傲和尊严，只不过几个春天加上几个秋天，几个莺飞草长加上几声霜晨雁鸣，而你，既埋葬着腐朽，却也滋生着永恒——那数不清的经过历史之炉冶炼的精英，那叱咤风云的豪杰，那些能书能剑的一代代风流人物，那些经天纬地的绝世文章，都化为了远山的肃穆，悬崖的巍峨，断壁的峭拔，峡谷的幽邃，苍松的遒劲，古木的庄严，清溪的绮丽，流泉的袅娜，高粱的火红，谷穗的金黄……

七

迎着微带寒意的晨风，我行走在黄土地的丘丘岭岭，撕去一片稀薄的夜色，我擦拭高原的黎明。粉红色的晨曦里，有轮年轻的辉煌跳上山梁，无边无际的早晨，借这偌大的舞台，铺开多姿多彩的斑斓。

站在黄土高原上，或临风浩歌，或低眉沉吟，或仰天长啸，感念畴昔，观古今于须臾……我觉得那位女皇武媚娘倒想得周到，为自己竖起一尊无字碑。其实，黄土高原哪座山崖、哪尊峰峦，不是一座无字碑呢？历史在这里演出了一场场悲剧、惨剧、闹剧、正剧、喜剧、哑剧、恶作剧……现在只有日月星辰是它的观众，苍岩顽石是它的读者，然而日月不言，青岩无语，可是它们心里记得，这里每寸土地都是用刀剑抒写的传奇……

我曾想，那震撼山岳的安塞腰鼓，可是来自秦军威风凛凛的出征仪式？那高亢激越、雷动云天的秦腔，可是源于秦始皇虎贲之师搏击厮杀的呐喊？那粗犷豪放、气壮山河的洛川鼙鼓，可蕴有着唐太宗北征突厥的鼙鼓雄韵？那潇潇洒洒的宜川胸鼓可是一代女皇登基时欢腾喧阗的遗风？那荡气回肠的陕北民歌让人如痴如醉，那可是大唐风流天子李三郎歌舞升平的袅袅余音？那一曲《走西口》的凄凉悲怆，可是塞下曲、阳关三叠的变奏？……

我漫步在古都街衢宽阔的柏油路上，这脚下可埋葬着丝绸之路的残骸？汉天子可曾在这里脚踏红毡、挥手送别张骞的驼队，锣鼓喧天、礼炮齐鸣，酾酒大道，祝福大汉使者一路平安？唐太宗为西天取经归来的唐三藏可在这里设宴洗尘？佛号经天，龙旗飞舞，一千三百卷经卷盛满古西域的文明，在古老的东方插下第一行秧苗……你看那不是灞桥的遗址么？一曲折杨柳，几多泪沾巾，古来征战几人回？西出阳关无故人！折一杨柳春枝，送故人远去，泪别灞桥，几多凄凉，几多哀伤？谁能不柔肠寸断、扼腕情伤？

我登上西安古城墙，抚摸着苍黛色的古砖，坑坑洼洼，斑斑驳驳，长满青苔，凝结着苍老，历史的风雨在这里写下重重叠叠的文字，岁月的铁笔在这上面撰著了时空的苍凉；关、楼、堞、台还炫耀着昨日的威严，那巨大沉重的青砖，还展示着历史的苍凉，而游人只把他们作为风景，摄入永恒的记忆。站在古城墙上遥望大雁塔，他已隐没在高层建筑的背影里，但白云还在寻觅旧日的眷恋，横空南飞的秋雁还回首瞻仰昔日的风采，有一朵晚霞飞落塔峰，轻声叩问：被风干的故事，还会长出绿色的情节么？

我站在古城墙上，只觉得黄土高原也从四面八方向我涌来，天风浩浩，莽云荒荒，苍凉的历史、深邃的哲理、玄奥的诗句，都在我心头撞击，耳边也奏响十三个王朝的喧哗，芜杂嘈乱，沉重的，高亢的，激越的，低回的，忧郁的，悲怆的……

八

到黄河岸边，看一看这横穿在高原母亲腹部的天来之水吧！二十四史最辉煌的篇章，就是蘸着浑浊河水起草的。滔滔的巨流，宽幅的波涛，弧度强劲，一轮一轮地扭曲着腰肢，时而侧着身子，摸爬滚打，向着东方奔腾而去，黄河，你每毫升血液里注入了多少黄土高原的基因，那种执著，那种倔强，那种勇往直前的精神，可有着高原母亲的气质和秉性？

当你站在壶口瀑布面前，你才真正认识到这条腾飞在皇天厚土之上的巨龙的形象：惊涛拍岸，浊浪滔天，万顷雄涛如从九天倾泻而下，排浪激起的水雾又直冲霄汉，天崩地裂，骇人心胆，那雄伟的奇观、恢弘的气势、不屈不挠的意志、暴戾而狂躁的性情、叱咤风云的气概，藐视一切、傲视一切、风操凛凛的形象，不是高原汉子的写照么？怎能不让人为之肃穆，为之惊叹！

我看见整个黄土高原，像一艘巨舰在缓缓移动（那是我们民族的息壤啊！），它将走向蓝色的文明，绿色的未来，你听，那雄浑高亢的船夫曲又奏响了：

我晓得天下黄河九十九道弯，
九十九道弯上，
九十九只船，
九十九只船上，
九十九根竿，
九十九个艄公，
来把船儿扳。
……

啊，黄河，黄土，黄皮肤，炎黄子孙的历史流淌着黄土高原的染色体，流淌着黄土高原的基因——凸凸凹凹，坎坎坷坷，崎崎岖岖，仄仄平平——一部生命史的坐标，一条民族生存、繁衍、发展、壮大的生命线！

秋风吹来，一阵阵糜子的清香、花果的馨香、稻谷成熟的芳香，伴着泥土味、阳光味扑面而来，我深深地吮吸着，吮吸着，我将黄土高原吸进我的肺腑，我的胸中已耸起一尊巍峨的高原！

寻觅萧关

一

我在固原小住几天，固原、西吉、海原，是“苦甲天下”的地方。以“穷”而著称于世。贫穷不值得骄傲和自豪，贫穷应该是令人羞涩的事。这里的山光秃秃的，这里的塬赤裸裸的，没有树，没有草，看不到流泉飞瀑，听不到鸟鸣兽语，空旷而岑寂，荒凉而落寞。那些伟大的土塬，是很坚硬的黄土的堆砌，海海漫漫，浩浩荡荡，却不巍峨，不是耸立着，而是蹲踞着，笨拙臃肿，粗犷丑陋。我想，这是造物主的偏心，赋予江南青山绿水，三秋桂子，十里荷花，而给予大西北却是满目疮痍，贫瘠和枯涩。这里虽有河流，却是地图上的河流，一条蓝莹莹的曲线，很诗意地飘曳在土塬间。其实，你去寻找那河流，十有八九要上当受骗。比如清水河吧，多美丽、多动听的名字！一看这名字你会想象到碧波澹澹、绿漪叠叠、柳烟笼岸、鸟鸣丛林，甚至可以想象到游船相逐、棹歌隐隐……若真的寻到这条河流，你顿时目瞪口呆，严酷、坚硬、尖锐的现实将你的浪漫主义戳个粉碎。清水河是一条干涸的河床，连一抹湿漉漉的水痕都看不到，满河床是干渴得冒烟的石和砂，走在河床上，浮土会淹没你的脚脖子，而两岸是裸体亢燥的土塬。

没有水就没有一切。生命是由碳水化合物组成。金、木、水、火、土，阴阳五行，缺一不可，否则一切都失去平衡。时值初冬，满眼枯黄，一片苦涩的沉寂，即是到了阳春三月，这里一切色彩和冬天都无区别，没有山花烂漫，没有松涛竹韵，甚至连撩乱春愁的柳絮都没有。反用一句宋词："春来春去不相关。"

车行在丘陵和山塬间，偶尔出现一座座村落，不大，有的是几户或十几户人家，平顶黄泥小屋，低矮、丑陋，像患佝偻病的老人蹲踞在沟壑间。在这五彩缤纷喧嚣沸腾的世界，你会觉得，这些村落存在的必要性实在不大。而那些苦难的人们却在这荒凉贫瘠的山塬沟壑间一代代繁衍生息，生于斯，长于斯，终老于斯。儿子是父亲的再版，孙子是爷爷的叠影。生活的一切都删繁就简了，只剩下两个字：活着。问他们为什么活着，连他们自己也说不清。

好啦，不谈这些了。你不是要寻找赫赫有名的汉萧关吗？你站在塬上，目光纵横扫描一下，会发现，这是多么重要的战略要地。固原的北部是游牧民族匈奴、突厥、鲜卑、蒙古族的苍茫浩瀚的大漠和草原，两千多年来，农夫和牧人就在这片荒塬上展开了一幕幕腥风血雨、剑戈铿锵的厮杀，爆发了一场场天崩地坼、镞矢如蝗的战争。这是一片栽满鼓角和剑戟的血土，是弥漫着烽火狼烟的古战场。

因此，在这里修长城，建雄关，是历代中原王朝必修的功课。

西汉最著名的雄关之一——萧关就建在固原县城东南三十多里的瓦亭一带，它坐落在古瓦亭峡与六盘山弹筝峡之间。那时候，这一带关口很多，有三关口、六盘关、木峡关、石门关。而萧关总揽诸关，是最险要的一道雄关。据地方志记载："萧关之称见于战国时期秦孝公时，当时商鞅变法，秦国一改蛮夷之风，迁都咸阳，并建邑设县，东设函谷关，南设武关，西设散关，北设萧关。"

所谓"关中"，就是四关圈围的一片区域，关中正是秦、汉、隋、唐许多王朝的京畿之地，而北萧关是当时关中政治中心北边的险关屏障，可见其军事、交通的重要地位了。直到宋代，宋夏战争的分界边关仍以萧关命名。

我们来到瓦亭与六盘山弹筝峡一带，寻找萧关遗址，只见这里山峦耸峙、峭壁迂回、峰回路转，蜿蜒东去的泾水流到这里，清风吹来其声如弹古筝般轻幽荡远，韵味深长，清越悦耳。然而时值初冬，河水枯竭，林木萧疏，衰草披离。山谷风大，朔风凛冽，寒气砭骨。我虽着冬装，仍冻得瑟瑟发抖。

这峡谷虽然修了公路，但车辆很少，空旷、沉寂、肃穆的氛围笼罩着深沟巨壑。萧关，你在哪里？问过路人，都摇摇头。这是自秦朝至宋朝两千多年唯一通往朔方的道路，是古丝绸之路极为重要的一段，然而岁月的凄风苦雨都将其冲刷得不见踪影。

我在路上徘徊，目光迷茫，乱山缤纷，乱草悚悚。一股苍凉悲哀之感油然升起在心头。

恍惚间，我的思绪鸟儿挣扎出心灵的牢笼，逆着历史的风向，飞过清，飞过明，飞过元、宋、唐的群山乱峰，越过杂草丛生的魏晋南北朝，穿越东汉的郁郁莽林，穿过两千多年的风霜雨雪，栖落在西汉王朝的北萧关的城楼瓦楞上——

啊，这是一座多么宏伟壮丽的关城！雄浑坚实的墙基，巍峨的城楼，凸凹有序的垛堞，厚重的秦砖，苍黛色的汉瓦，瓦楞间摇曳着长长的枯草，城门的铁钉斑斑驳驳，依然展示着西汉王朝的雄威，夕阳下，朔风里，旌旗翻飞，哗哗有声；荷戟执戈的士卒，身着甲衣，往来巡逻；头顶大雁横飞，乱云成团，隐约间听到黄昏深处传来低一声、高一声的羌笛，声音呜咽，悲凉凄绝……

二

汉萧关始建于西汉初期。翻开《史记》和《汉书》随处可见有关它的记载，那时候，当刘邦定鼎天下，汉业初成，国力寡薄，连年的楚汉争斗，中原财力、人力、物力已近枯竭。新生的西汉王朝已无力对抗气势汹汹的匈奴，单于的铁骑频频南下骚扰汉廷，汉武帝之前几代皇帝只好采取和亲政策，安定边塞，以取得喘息机会。

但是匈奴贵族得陇望蜀，贪得无厌，到汉文帝时，匈奴单于派十四万铁骑竟然破萧关而闯入汉中，沿途烧杀抢掠，一把火烧掉了汉天子的行宫——回中宫，兵锋直逼建在今陕西淳化县的甘泉宫，就是说，大军已逼近京畿长安。汉文帝也是一代明君，他和他的儿子汉景帝曾将百废俱兴的西汉王朝治理得井然有序，元气恢复，历史上称“文景之治”。

消息传到朝廷，汉文帝雷霆震怒，这单于老儿竟然不知趣，得寸进尺，杀到我汉家门口了。他立即调兵十万，保卫长安，沿途筑堡堠、建烽燧，日夜监视，并派大军抵抗入侵的匈奴骑兵。但是，剽悍的匈奴并不惧怕，强大的骑兵在黄土高原上纵横驰骋，大肆抢掠，汉军最终把他们驱逐到长城以北，并未消灭匈奴的政权。

又过了几十年，一代气宇雄赡的汉武帝登基后，国力强盛，西汉王朝进入鼎盛时期。汉武帝多次派骠骑将军霍去病、飞将军李广，出击瀚漠草原，围剿匈奴。经过连年厮杀搏击，终于将其驱逐漠北，从此“漠南无王庭”，彻底解除了匈奴对长安的威胁，稳定了北方边境，并将原属匈奴单于的地盘鄂尔多斯高原一带划入汉朝版图，设朔方郡，而在固原一带设立了安定郡。汉武帝还调动人马，重新加固了长城，重新修缮了秦时所筑的塞障关堞，疏通开阔了萧关大道，丝绸之路的东段畅通无阻。汉萧关以威风凛凛的雄姿展现在六盘山下。从此这后，数世不见烟火之警，“人民炽盛，牛马布野”。

汉武帝雄才大略，文治武功，是中国历史上最有作为的皇帝之一。他一生六次出萧关，巡视安定郡，威慑边塞。

汉武帝第一次出萧关巡幸郡国是元鼎四年，也就是这一年张骞出使西域，历经坎坷，长达十七年之后返回长安。汉武帝十分高兴，看到国势日益雄强，便巡幸天下。第二年，即元鼎五年孟冬十月，汉武帝在雍祭祀五帝后，翻越陇山，西登崆峒山，北出萧关，再次来到固原，视察新设的安定郡。这次出巡，阵势雄伟，从骑数万，风鸣马啸，旌旗如云，气可吞天。

过了两年，到了元封四年（前107），又是孟冬十月，汉武帝再次“通回中道，遂北出萧关”。时年四十九岁，正是盛年，血气方刚，他到了安定郡，传旨对这一带的老百姓减赋减税，以示皇恩浩荡。汉武帝六十八岁时第六次出萧关巡幸安定郡，这是汉武帝最后一次出巡，第二年便病倒未央宫。汉武帝一生出巡三十九次，泰山封禅，东海觅仙，甘泉、汾阳祭祀，振兵释旅，到安定郡次数最多，何况专程到一个郡出巡在汉武帝出巡史上也是绝无仅有的。这足以说明，今日固原，当年的安定郡的战略意义何等重大，汉武帝最不放心的是匈奴的残余势力。汉武帝在安定郡打猎游乐，威震朔方，气压边塞。

我想象得出，这位气吞日月、囊括四海的一代霸主，登上萧关时那伟岸的雄姿，他站在高高的城楼上，身边是文武大臣，关楼下布满荷戟士卒，旌旗迎着朔风哗哗飘动，甲戈在阳光下熠熠闪烁。

他那鹰隼般的目光描着朔漠的寥廓、北国的野旷，边风吹拂着他的长髯，撩起他的蟒袍衣襟。这壮丽的北国风光会激起他海浪般的豪情，几多感慨，几多喟叹！几十年的厮杀，几十年血雨潇潇的争夺，这里终于出现烽烟俱净、牛马布野，一片宴宁祥和的气象。他传旨要修一条萧关大道。这是一条军事补给线，又是从咸阳去河西走廊丝绸之路的重要通途。六盘山脉（古称陇山），南北绵亘二百多里，东西逾越，十分困难，只有山脉的低薄处和沟壑间，方有道路可循。这些地方都设关修隘，山如龙盘，关似虎踞，组成一道道屏障，保障了丝绸之路畅通。

萧关的遗址虽难寻觅，但萧关在秦汉历史上起过重大的作用，许多重大的历史事件都发生在萧关，以至南北朝、隋、唐、宋、元、明、清历代，都在萧关一带进行着一场场风雷激荡的战争。烽火不息，狼烟不止，鼓角互动，杀声遍野。而历代文人墨客都以萧关为边塞为意象，赋诗作词，抒发一腔忧国忧民、忠君爱国的情操。

这是一个象征。

历史送走了风风雨雨的两汉、南北朝、隋、唐、五代十国，到北宋年间，宋夏的一场场的争夺战也常常发生在萧关一带，那时固原到处是城堡，寨垒。庆历四年（1044）韩琦、范仲淹就在萧关一带布置重兵，修城筑寨，设三关，即萧关（今海原县高崖草场古城）、六盘关（今固原和尚铺西六盘山顶）、制胜关（今泾源县境）。宋代的萧关已非汉代的萧关，遗址也不同。但是宋人依然沿用这个威震边塞的雄关之名。

三

日近中午，阳光变得明媚而温暖，山川峁梁，沟壑塬坳，在冬日里更得空旷和苍凉。萧关其实是长城的一个豁口，它的西段已经坍塌。千年的风剥雨蚀，秦长城、汉长城、明长城都经不住时间的强暴，坍塌、断裂、倾圮，有的已化为一道凸痕融入广袤的原野里了，这时我忽然想起电视剧《三国演义》片尾曲："暗淡了刀光剑影，远去了鼓角争鸣……一页风云散啊，变幻了时空……"

我漫步在荒野上，有一个头裹羊肚子毛巾的牧羊老汉正在放牧着瘦弱的羊群。荒原上没有草，那羊群却贪婪地啃噬着草根、枯叶，发出草根断裂声响，使这荒寂的土地更显得悲怆。

我问牧羊老汉，你知道汉代萧关的遗址么？老汉不吱声，用怪异的目光打量着我，半天吐出几个字：说不清。我怅然地离开牧羊老汉，继续沿着古长城的遗址跋涉，两千多年的风雨沧桑，当年的长城只留下一痕，放眼望去，仍不失一种雄浑的气势，这条巨龙般的城墙蜿蜒在边塞阔野，的确是一道坚固的防线。北方多关隘，正是两千多年来，中原农耕民族和北方游牧民族为争夺生存空间，始终战火连绵，烽烟缭绕，这苍茫古老的大地上曾卷起一场场战争的风暴。

我站在古长城上，看身边峡谷空旷幽邃，两边山崖巍耸，巉岩垒垒。我想，那时让我当皇帝，也要在这里修建一座雄关，据可守攻可伐，一夫当关万夫莫开，可以阻挡匈奴南下骚扰。也真可恨，你匈奴胡儿生性就不安分，你放你的羊，我种我的田，干吗老是把羊群赶到我的庄稼地里啃噬禾苗？你凭着铁马金戈，到我们汉家领地抢劫粮食财物，还掠虏我们汉家的大姑娘小媳妇，弄得地也没法种，庄稼没法收，日子过得提心吊胆！这样一想，秦始皇一登基，便派蒙恬率三十万大军，修长城、建雄关，绝非脑子一热，轻举妄动之事，是被迫不得已呀！到了汉朝，历代皇帝都在秦长城上加固加险，重建关楼，加强防守，这的确是那个时代的英明决策。

然而盘桓我脑海的一个历史之迷始终没有解开，萧关，你在哪里？我早已查过好几种地方志，都语焉不详，模糊不清，谁也没说出个子丑寅卯来。一代雄关就这样无声无息地消逝在历史中了。

我在山野上徘徊。

我正怅惘间，朦朦胧胧像是看见前面路上有一辆马车驶来。马车很古典，有车篷，门帘上有流苏。转瞬间，只听“吁”的一声，马车停在我身边，这时一位老头从车上跳下来，我有点惊愕，愣愣神仔细一看，那老头装束非凡：头着一顶我只在历史课本上看过的唐代的官帽，身着长袍，腰束锦带，看我孤零零地站在这里，好像心事重重的样子，那老头开口道：“你是郭保林先生么？大冷天跑到这里干什么？”

我莫名其妙，这老先生怎么认识我？他不等我回答，接着说：“我姓王，名维，人家都称我诗佛王摩诘，你忘了？啊，我比你年长一千三百岁呢！”

“啊，王维先生，大名鼎鼎，久仰久仰！”我惊喜地想上前握手，但老先生却双手合十向我打个躬，彬彬有礼。

我说：“我来寻找萧关。啊，想起来了，你老人家还写过一首萧关的诗呢！”

我记得那是唐开元二十五年（737），王维先生任监察御史，当时，河西节度副使崔希逸对吐蕃作战，打了胜仗，唐玄宗便派王维去前线察看军情，慰问前方将士，他路过萧关，作了一首诗《使至塞上》。那诗我背得下来：“单车欲问边，属国过居延。征蓬出汉塞，归雁入胡天。大漠孤烟直，长河落日圆。萧关逢候骑，都护在燕然。”其实，王维老头在官场混得并不得意，满朝乌烟瘴气，再加上老先生性子耿直，唐明皇并不喜欢他，这次让他出塞，实际上是排挤他呢。

我说：“王维先生，你不是写过萧关的诗吗？你该知道，萧关在哪里吧？”

王维仰头哈哈一笑：“写诗的人都是胡诌，文雅一点，是想象。汉萧关早在几百年前东汉时期就毁弃了。我当时过‘萧关’，实际上这里只有土堠——你可知道，我们唐代在这一带五里筑一堠，十里筑双堠，那时称里程为堠。每一个堠都有士卒把守，并设堠吏。皇上让我去前线慰问将士，这里的堠吏告诉我，崔希逸大将军正在燕然前线作战呢！”

“啊，原来是这么回事。”我恍然有悟，但又很快感到迷惘：“怎么后来王昌龄、岑参、卢纶、贾岛，还有大诗人杜甫等等也有写萧关的诗，写得有鼻子有眼的！”说着，我背诵了几首：“蝉鸣空桑林，八月萧关道”（王昌龄）；“凉秋八月萧关道，北风吹断天山草”（岑参）；“萧关分碛路，嘶马背寒鸿”（贾岛）；“今来部曲尽，白首过萧关”（卢纶）；“萧关陇水入官军，青海黄河卷塞云”（杜甫）……还未等我背完，王维先生打断道：

“好啦，好啦，别听我那些诗兄诗弟胡咧咧啦！那时候，这里已不是边塞，还修什么萧关？作诗嘛，都是凭借一种意象，抒发自己的感情，你太当真了！”

我恍然大悟，王维倒说了真话，他那首传之千古的《使至塞上》也是浪漫主义的想象，他在萧关怎么能看出到黄河的落日，更看不到大漠的孤烟，那时又没有望远镜！

王维抬眼望望浩浩阔野，用手指了指，又说道：“那时候的确有一条萧关道，秦汉时期修的，当时主要是作为军事补给线，当然也是丝绸之路东段一条干线。当时萧关道上很繁忙，有运粮的军车，有开往前线的征旅，有做买卖的商贩，有使臣，也有僧侣，络绎不绝……这一带风景很秀丽，春天，山涧流水不断，泉声鸟韵，峪谷里桃花盛开，夭夭灼灼。到了夏天，这里更是野草葳蕤，林木蓊郁，当你在萧关峡谷间沿泾水而行，会有一种清静绝妙的感觉。即使冬天，大雪纷飞，天地茫茫，群山裹素，千峰披甲，好一派北国风光！”王维说到得意处，不断摇头晃脑，沉浸在一种诗情画意中。

我感叹道：“你看现在，尽是荒山秃岭，土地沙化，十年九旱连人和牲口吃水都困难……真是不堪入目啊！”

“都是你们后人造的孽啊！”王维忿忿地说了一句，扬起手中的鞭子，“嘚嘚”一声，车子滚动，马车扬起一股烟尘，渐渐消失在远方。

荒塬上只留下一个孤独的我。

巍巍萧关消失了，连踪影也难寻觅了，但萧关道依然存在，只不过被一层沥青和石子的混合物覆盖着，剥开这层黑皮，说不清还能看到深沉的辙迹、杂乱的蹄痕、踉跄的脚印……汉唐的、宋元的、明清的，层层叠叠，这里埋藏着历史的许多细节。商贾、征旅、僧侣、使者、皇上、将军、诗人……都在这里扮演过匆匆过客，可惜粗心大意的历史，只记住了几个重要人物，删繁就简，一切都被时光的尘埃埋藏了。

此时，日头已经西斜，苍天阔野，一片初冬的萧索。一阵风起，扬起一片黄尘。

腾格里的另一种解读

一

腾格里沙漠不属于宁夏，它的大部分面积在内蒙古阿拉善盟和甘肃的武威地区。横空出世的贺兰山以其雄浑的躯体遏止住了它东扩的欲望和野性的狂妄，留给银川平原一片绿色的安谧。但是在贺兰山和中卫山还未来得及衔接的一瞬间（这一“瞬间”凝固了，它们永远不可能衔接了），腾格里乘隙奔突东来，将一片沙滩愤怒地倾泻在黄河岸边，积高百米，向宁夏崭露出它暴躁的情绪和狰狞的头角——这就是被世人称作的“沙坡头”。

沙坡头如今已成举世闻名的风景胜地。那一轮轮桀骜不驯的沙丘被聪慧的宁夏人用一米见方的“方草格”织成的巨大网络死死地罩住了。草格间栽满了耐旱的芨芨草、索索柴、骆驼刺和沙柳。远远看去像一片绿洲。一天，联合国的官员来到这里，惊叹道：“这是人类征服沙漠的典范！”于是沙坡头便名扬四海了。

我对沙漠并不陌生，新疆的塔克拉玛干大漠、古尔班通古特沙漠，内蒙古的巴丹吉林沙漠、毛乌素沙漠，都曾留下我趔趄的履痕，来去匆匆，岁月匆匆，也许风沙早把它们抹平了，或者说沙漠早把我忘记了，但我还记着它们。萧萧漠风曾打疼了我的脸颊，炎炎烈日曾晒爆了我的肌肤。雄浑、寥廓、旷博，沙漠里蒸腾而出的那种肃杀般的苍凉悲壮气氛至今还弥漫在我的心头。

苍凉是天地河汉间之大美。一部文学作品如果氤氲着苍凉的氛围，必然产生震撼人心的艺术魅力。因为悲剧最能展示生命最深刻的矛盾。中国人喜欢“大团圆”，喜欢“光明的尾巴”，但西洋文学作品都重视悲剧的展示，“悲剧是生命充实的艺术”（宗白华语）。人生的悲剧，历史的悲剧，万物毁灭的悲剧，总让人感悟出生命的痛苦，体验出更深奥的哲理。钟鼓馔玉、鸣钟列鼎的富贵，金堂玉户、琼楼仙阁的奢华，威加四海、势炎熏天的狂妄，到头来都是过眼烟云，留给后人的只是一抹苍凉。谁也无能力与时间抗衡。毁灭之神啊，你在吞噬一切！

好啦，现在我已走进腾格里大漠，穿过沙坡头绿洲再往前走，便看到腾格里铺张扬厉恣肆汪洋的面目：满眼是浩浩荡荡的沙丘，雷同化的毫无个性的沙丘犹如大海的波浪，汹涌澎湃地拍天而去。沙涛无声，煌煌大漠是一片起伏跌宕的空旷和静寂。西斜的阳光照耀着沙海，细沙反射着阳光，刺人眼睛。天空蓝得透明，几缕若有若无的白云，像缥缈的梦幻。大漠似乎被太阳煮熟了，蒸腾着热辣辣蜃气，一种火的战栗，一种凌轹的笼罩。贾谊客居长沙时曾感慨道：“天地为炉兮，造化为工；阴阳为炭兮，万物为铜。”我不知道此公在江南风景佳胜之地怎么发出如此感悟，如果是站在腾格里的沙丘上，此言更真切了。

时值四月，还不到燠热的盛夏。“四月是死亡的季节”。艾略特大概也弄错了位置，是不是把荒漠当成了“荒原”？四月的沙漠是沙尘暴最活跃的季节。我经历过沙暴天气，那是几年前在塔克拉玛干大漠。人在沙尘暴里行走，轻薄得像一张纸，像一个影子，一不小心就会被卷到空中，然后被狠狠地摔到沙丘上，生命转瞬间消失。地球上有十处沙尘暴发源地，中国占有两处：一处是塔克拉玛干沙漠，一处是阿拉善的荒漠地带，也即腾格里沙漠。沙尘暴和地震、洪水、火山爆发一样，自古以来都未停止过，它是大自然万物消长的一环，是天体运作的一道程序。早在汉唐时代，沙尘暴就不断出现，边塞诗人岑参曾描述道：“君不见，走马川行雪海边，平沙莽莽黄入天。轮台九月风夜吼，一川碎石大如斗，随风满地石乱走。”这是岑参描写塔克拉玛干大漠沙尘暴的情形，轮台是古丝绸之路的一个驿站。还有陈子昂“黄沙幕南起，白日隐西隅”，写的是河西走廊黄沙飞扬、疾风肆虐的场景。

历史上许多名城都被风沙掩埋了，罗布泊湖畔的米兰、尼雅、楼兰，早在一千六百多年前都化为了废墟，大夏王朝的赫连勃勃的皇都——统万城，建城不到五百年，就被沙尘暴吞噬了，还有繁华一时的黑城子，也早已成了沙尘暴囊中之物了。

现在风沙俱净。太阳已经西斜，沙丘沐浴在温和的阳光下，温情脉脉，那风蚀的沙纹犹如池塘里娓娓荡漾的涟漪。阳光照耀的一面，又像少女的胴体，闪烁着毛茸茸的红光，一种热烈的青春的象征。这时，我想起青海已故诗人昌耀的诗句：“黄沙丘，亮似黄昏。”

沙坡头紧逼着黄河，如果不是人工植草种树固定了一座座沙丘，怕是黄河也要改道了，这高达百米的沙山对滔滔北去的黄河是藐视的。据说沙尘暴频频发生，每一场沙尘暴都有给生命带来巨大的灾难。是沙坡头这片小小绿洲保护了包兰铁路，使其几十年如一日地穿越腾格里沙漠未遭厄运。但是人类在大沙漠面前毕竟是渺小而懦弱的，沙漠每年仍然以十几米的速度向黄河逼近。

“大漠孤烟直，黄河落日圆。”眼前没有大漠孤烟，却有黄河落日圆的景观。

漠风轻拂，落日像燃烧殆尽的火球，火苗发出霹霹啪啪的声响，火星四溅，半个天空都灼红了。那一轮橘红的落日在掬水可以铸金的黄河波涛里沉沉浮浮，把一川风涛也烧沸了，浪花里迸溅着火星。天地苍茫，万籁俱寂，只有这苍凉的落日和古老的黄河弹奏一曲悲壮的乐章。

二

腾格里，蒙语的意思是天。走进腾格里大漠，我只感到语言的苍白、贫乏。语言是难以勾通人与自然情感的。这大漠的空旷和寂寥、凝重和静默，你很难用语言表达的。沙漠不是死亡之海，早晨，你会听到太阳抖落一身沙尘，艰难升起的步履声；月夜，你可以听月亮钻出沙海的沙沙声。沙洼间，沙丘与沙丘间的平地上，仍有耐旱的芨芨草、骆驼刺、索索柴之类的生命，坚韧而顽强地生长着，该开花时开花，该结籽时结籽，它们仍然用生命注释着春夏秋冬的更迭，记录着岁月匆匆的脚步。

有一天，我在沙漠里看到一棵马莲草，我被它惊心动魄的生命震呆了：它孤独地耸立在一个小小的沙墩上。绿剑般的叶子倔强地擞着，愤怒地直指苍穹，展示着生命的高傲和放达。它下部的沙丘被风蚀去，暴露出庞大的根系，绛紫色，像憋青的脸，竭尽全力地支撑着苦难，支撑着一棵不屈的生命。那扭曲变形的根须，纵横交错，绵亘迂回，使我想起了东山魁夷那幅名画《根》，想起了罗丹的雕塑《三个影子》，想起了但丁，想起了孤苦伶仃的苏武，想起了受苦受难的耶稣。

走近它，我肃然起敬，我觉得它不是一棵草，是一尊神，是一尊生命的力神和战神。晨风吹来，那坚硬的叶子发出金属般的铮铮锹锹的响声，像奏响一部巴赫的《马太受难曲》。

我站在马莲草身边，心里涌动着酸涩和悲苦，我情不自禁地弯下身向它鞠躬：马莲草啊，“我不是向你膜拜，我是向人类的一切痛苦膜拜!”(陀思妥耶夫斯基语)。

这些年来我在西部跋涉奔波，我情感的河流里，总翻卷着凄苦的漩涡：这里的山，这里的树和草，这里的人和牲畜，从他（它）们的身上我感到生命的苦难和世界的末日的苍凉，也使我更多地感悟到生命的崇高，爱的崇高。

我想起塔克拉玛干沙漠那片原始的胡杨林，那粗大高峻的树木大多数都已干枯死亡，枝丫断裂，露出白生生的骨碴，脚下是乱七八糟的残臂断肢；有的只剩下半截树桩——如果你俯下身仔细察看树桩的横断面，会惊异地发现：那浅色的年轮构成畸形的图案，忠实地记录着它的争斗、痛苦、疾病、炼狱般的苦难，艰辛的挣扎，还有幸福和繁荣……树是很聪明的，知道没有人记载它的历史，便悄悄地用年轮将生命的每一个细节都写进它的自传。而今这些树木有的已枯死了数百年，上千年了，它们依然一动不动地挺立在沙漠里，像倾圮的神庙，像一场厮杀搏击后的古战场，这风景太悲壮太苍凉了。看到它，你会感到语言有时是人类最愚蠢的表达方式，人与大自然的对话，不能靠语言，最不可信任的是这些无生命的符号。

传说，塔克拉玛干的胡杨树，一千年不死，死后一千年不倒，倒下一千年不朽。只要有一条根，就拼命地扎进大漠深处，吮吸苦涩的水分，支撑着不死的树丫，绽出一片片嫩黄的绿叶。圆圆的薄薄的叶子像粘在树枝上似的，但是那是生命的信念，绿色的宣言。看到它们使人想到希腊神话中的酒神狄奥尼索斯的出生、爱情、冒险、死亡的悲剧。

那天，我和一棵胡杨树做了一场感情的交流：

我：你为什么生长在这死亡之海？

树：这是命运。命运注定我生存这里。我父母年轻时，这里有河流，后来河流经不起风沙的袭击，逃亡了，只留下我们这些树。前面那棵是我父亲，后面那棵是我母亲，周围那些都是我的亲戚，我们原是一个很兴旺的家族。我父母都死了，只留下光秃秃的风干的躯体。我父母在世时生得高大健美，风流潇洒，不瞒你说，他们是树中的美男靓女。……我们不能像你们人类随便可以迁徙——不是批评你们，那是人类对土地的不忠，对祖先的背叛。

我：这大漠里，夏天烈日炎炎，冬天风雪酷寒，即使春和秋也是沙尘暴肆虐的时节；这里没有蝴蝶的爱恋，没有鸟儿的歌声，你们不感到寂苦吗？

树：这一切我们都习惯了。苦难、寂寞，我们不怕，我父母在世时告诉我：受苦受难是一种伟大的创举，它可以净化灵魂，在苦难中获得新生。没有我们，沙漠真正成了死亡之海。我的父母，我们的家族都有过辉煌的历史。我的祖先就看见过班超和他的骑士，也看见过来往西域的商贾，他们的驼队还在我们身边歇息过，打过尖，晚上点燃篝火，围绕着我的祖先唱歌跳舞，度过一个寒冷的大漠之夜。我小时候还看见过成吉思汗的马队呢，成吉思汗，你知道吗？蒙古人的大英雄，他率领大军西征，就是从这里经过……实际上我们树的历史就是你们人类的历史。元朝有个诗人名叫马祖常，他不是你们汉人，如果我没记错的话，他是维吾尔族人，他写过一首诗："波斯老贾渡流沙，夜听驼铃识路赊。采玉河边青石子，收来东国易桑麻。"那时候，我们前面那条路上可繁忙呢，驼队、马帮，还有僧侣，征人，来来往往……如今路也被风沙淹没了，人影也不见了（老树伤心地叹了口气）。唉，我的日子也不多了，只要我还能绽出一片绿叶，我都要同风沙搏斗，坚守这里，守望着我们的家园。

我：你们守望家园的精神实在令人敬佩。可惜，我们人类精神的家园没有了，我生活的那个世界，是金钱喧哗、权力肆虐、病毒蔓延的世界……人类的末日也要降临了。

树：那是你们人类的悲剧，是你们人类自我导演的，你们逃脱不了末日的审判。这和自然界自身的灾难不同，洪水、地震、火山爆发、沙尘暴……都给地球的一切生命带来苦难。由于你们人类的贪婪、自私、欲望的恶性膨胀，这些灾难越来越频繁了，我相信，终有一天，上帝会惩罚你们的。

……

我离开塔克拉玛干沙漠时，和胡杨林拍了好几张合影，悲壮的胡杨林永恒地留在我的记忆里。

去年春天，我在河西走廊采访，那是行驶在武威荒凉的大山沟壑中。那山呈铁锈色，没有树，没有草，枯焦、干瘦，那山是一个死亡的躯壳。汽车穿行在沟壑间，山谷里有一条河流，早已干枯，河岸上只留下刀刻般的水纹线，醒着一缕河水的记忆。河畔有一方平整的土地，一个小村庄坐落那里。我们看到这村庄时，已经成一片年轻的废墟，武威的朋友说，人都迁走了，属于生态迁徙。村舍全是没有房顶的土墙的方阵，土筑的院落，空荡荡的弥漫着一片死亡的气息。当我的目光扫描一阵，却发现有两间土屋，门窗俱在。屋后有一棵白杨树，高高地，孤零零地站在那里。我们跳下车，奔向那座土屋。令我们大为震惊，从土屋里走出一个老汉，像个幽灵似的，他头发花白，目光浑浊，吃力地打量着我们，一言不发。问起来，才知道，前几年政府动员他搬迁，他死也不愿离开这里，儿子、媳妇、孙子都走了，这两间土屋还有这个村庄只剩下他一个人了。他守着这村庄，守着这棵树，还有他放牧的一群瘦弱肮脏的羊——这简直是一个古老的童话。我问老人怎么吃饭了，老人说，每隔半月二十天，他儿子就开着车给他送些干粮、面粉、水和蔬菜。他说，他和这山这河都有着血缘关系，小时候，山上有草，河里有鱼，夏天在河里抓过鱼，冬天在河上划过冰，现在河干了，草死了，山也死了……他眼睛里蕴含着悲怆，脸上是一片木然。老人又说，村里人都走了，我不走。他指着对面山坡说，那里有他的爷爷奶奶，爹和娘的坟——其实很难看得清，那坟堆和大山融在一起了。这土地是他们家族生活过的地方，有他的根，有他的神。

我倾听着老人的叙述，虽然方言味很浓，断断续续，语句不连贯，但我感到惊心动魄，有一种震撼灵魂的力量。这是人类最高贵的精神，人类就是凭着这种精神而生存。爱的力量比死亡更勇武百倍。

后来的事情，武威的朋友告诉我，那老人在去年冬天死了，是一个风雪天，老人为寻找一只走失的羊，从山上摔下来，死了。他儿子半个月后才找到他的尸首，用屋后那棵树做了一口棺材，把老人安葬在“祖坟”上——从此，这个村庄从地球上真正地消失了。老人用他的生命为这个村庄画下了一个令人伤感的句号。这消息，使我心情沉重，其实我和那位老人只有一面之交，姓甚名谁都不知道，但一个巨大的命题却始终盘绕在我的脑海：人啊，你究竟是什么？

现在让我们再回到腾格里沙漠，回到马莲草身边。马莲草绽蕾了，开花了，倔强地挺立着，蓝得纯净，蓝得深沉，像天空，像海，在这荒凉和寂寞里，默默地生存，默默地繁衍。这小小花朵里，这纤弱的枝茎里，蕴藏着多少世俗的、冷漠的、庸浅的眼光无法诠释的生命的意志和力量啊！

我心里萌发出一个伟大的主题：双手举起相机，颤抖着手指按下瞬间和永恒——这是世界上最辉煌的风景，这是羌笛哀怨、春风不度的腾格里生长出来的春天！感谢马莲草，感谢沙漠，感谢阳光，感谢风，感谢天地日月之精华，共同打造了生命的神圣和庄严，为人类的精神世界展示一个全新的经典！

这伟大的灵魂是虔诚的，面对炼狱般的苦难，你是苦行僧，又是欢乐佛。而我们生活在富裕的城市和肥腴的土地上，心灵却那么浮躁、迷乱，灵魂那样荒芜和苍白。欲望之火已把城市烧成灰烬，人满为患，金钱肆虐，权力纵横，已使我们的日子长满霉菌；我们的生活已被看不见的竞争的魔爪撕得支离破碎，鲜血淋漓。

四月的阳光照耀着腾格里空旷的大漠，没有风，腾格里是一片苦涩的静默。这时，我感到彻骨的孤独，一种被遗弃的感怀，涌上心头，我的心酸酸的，只想掉泪。

三

腾格里沙漠虽然已有火车通过，现代化的交通工具并没有彻底淘汰古老的沙漠之舟——骆驼。它们依然默默无闻地步履稳健心无旁骛地，跋涉在茫茫的风沙线上。高昂着头，微眯着眼，将信念和毅力，忠贞地写满重重叠叠的沙丘。

那是一个晨光初露的早晨，我漫步在沙丘间，大漠在粉红的霞光里变得温柔、迷人。沙质极为细腻，鎏上一层薄薄的霞光，犹如铜浇金铸般的高贵典雅。天空由黛蓝色变成瓦蓝，蓝晶晶的天，透明的空气，鲜丽的朝霞，使人感到大漠并不荒凉，沙丘波涛起伏，犹如奏响一曲无声的滂滂沛沛的乐章。

就在这时，我隐隐听到一声声驼铃——叮咚叮咚，从大漠深处传来，犹如深山里的泉韵，有一种寺院晨钟梵音般的庄严。

“千里驼铃动朔方。”我想起了古人的诗句。久违了，大漠的骆驼。

骆驼是大漠一页鲜活的历史，这些古丝绸之路的拓荒者的后裔们依然穿梭在这风沙线上。看见它们总想起古代和中世纪那波斯老贾或是汉唐的商人，赶着驼队，满载着波斯的玻璃、胡麻、苜蓿、葡萄干、绿豆、宝石等等，和从中原装载的锦帛绸缎、茶叶、陶瓷、铁器……长长的驼队跋涉在戈壁旷漠，缰绳连着缰绳，驼铃声伴着驼铃声，像一曲雄浑而又悲壮的慢板，奏响在风路浩浩沙路浩浩的天地间。炎炎烈日，萧萧风沙，骆驼和拉驼人已饥渴难忍，但他（它）们依然艰难地行进。骆驼高昂着头，微眯着眼，目光蕴含着信念，步履稳健，不急不躁，那种坚韧和毅力，那种雍容大度和充满自信力，使你会感到一种敬畏。这些伟大的独行者在传播着友谊和文化。一条古丝绸之路编织了几千年人间动人的故事和史诗。

骆驼是苦难的象征，是上帝派它们来到人间，与人类一起历经苦难的洗礼。诗人们把骆驼比作放逐者，放逐者自有放逐者的旷达，他决不屈就强加的忧患，更藐视令人窒息的浮华。这古老而荒凉的沙漠，留下它们深深的蹄窝，那是先哲的诗行，是特立独行伟大秉性的传记。

太阳湮灭在大漠中了。大漠梵天净土般的幽静，落日的余晖映照在沙丘上，犹如灵柩前熊熊燃烧的火烛。一枚生锈的古箭镞裸露在沙滩上，像古老的符咒和占卜，恐怖和肃穆伴着萧萧暮色的降临，大漠出现一种幽冥和恐怖的宗教氛围。沙丘上的沙蒿和梭梭草像魔鬼奓散的毛发，在夜幕中恐怖而狞厉。风吹过，索索有声，像念着谁也听不懂的咒语。天地间寂然如梦。

孤独的驼队和孤独的商贾就地露宿。骆驼围成一座驼城，拉驼人就依偎骆驼温暖的怀抱里，喝上几口烧酒，吃上几块干巴的馕，便对着初升的新月，弹奏一支曲子，那凄清的胡琴的旋律，像神曲一样在月色里飞翔，像幽魂一样在大漠里游荡。

腾格里大漠是古丝绸之路必经之路。从咸阳出发的商贾驼队就是沿着萧关道，经灵武过中卫，进入腾格里，然后到达古凉州，再沿着河西走廊跋涉而去。我曾访过一位驼人的后代，他说他的先人就是“骆驼客”。赶着六七十匹到上百匹骆驼，最远到达过现在的阿富汗、伊拉克，往来一趟八九个月到一年。

他说：骆驼是天生受苦受难的角色，常常几天吃不上草，喝不上水。忍饥受寒，满载重负，却无怨无悔。骆驼食量大，一口气能吃六七十斤草，饮好几桶水。骆驼的食物都很粗糙，沙棘、索索柴、骆驼刺，很坚硬的枝叶，枝条上还长满疙针，它用舌头一裹，全进了坚强的胃。

他说，骆驼最通人性，温厚笃实，对孩子妇女都不欺生，只要缰绳往下一抖，它那高大的身躯就很驯从地卧倒在地，让你骑在它的双峰间。风一程，沙一程，它会把你安安全全送到目的地。骆驼的记忆性很强，凡是它经过的地方，它能记住哪里有草，哪里有水，哪里适合拉驼人休息。它的嗅觉非常灵敏，能闻到几公里外的水草味。过去“骆驼客”骑上头驼，把后面的骆驼用缰绳连在一起，你尽可背依驼峰打瞌睡，凭着节奏舒缓的驼铃声，你可以放心地让骆驼们走下去。

他说：现在虽然有了飞机、火车、汽车，有了高速公路，现代化交通工具很发达，但大沙漠里仍然离不开骆驼，这古老的牲口，伴随着人类走过了几千年的历程，只要沙漠存在，它们仍然伴随着人们继续走下去。什么秦皇汉武，什么唐宗宋祖，说白了，是骆驼开辟了一条伟大的丝绸之路。

听罢年轻人的讲述，我对骆驼肃然起敬，骆驼被世俗称之为“四不像”，其实正是它集中许多动物的优点，才适应这艰危的生存环境和苦难而粗糙的岁月。它的脸型像猴，耳朵像牛，脊梁像龙，嘴巴像兔，大腿像鸡，鼻子像狗……几乎囊括人的十二属相。这十几种动物的灵魂铸造了沙漠的怪物，这是上帝赐给人类的助手。

我想起元代诗人马祖常的诗句：

贺兰山下河西地，女郎十八梳高髻。
茜根染衣光如霞，却召瞿昙作夫婿。
紫驼载锦凉州西，换得黄金铸马蹄。
沙羊冰脂蜜脾白，个中饮酒声澌澌。

诗中的河西，就是指黄河以西地区，也就是今日的银川平原。沙羊，就是沙漠中的羊只，今称滩羊，宁夏五宝之一——滩羊皮，就出产于此。这首诗画出一幅宁夏一带浓郁的风俗画。那时，宁夏有招赘僧侣做丈夫的风俗，也反映出元代西域与内地经济贸易状况。

马祖常还有诗句：“橐驼驯象奴子骑”，橐驼即骆驼，那意思说连小孩也可以骑。

马祖常不是汉族人，他是“雍古特部”，即维吾尔族中的贵族。他曾在灵州一带生活过，对宁夏的风物地理十分熟悉，也对北国风光格外迷恋。他另一首著名诗篇《河湟书事二首》（其二），更生动地描写了古丝绸之路上的拉骆驼的商贾跋涉大漠的形象：“波斯老贾渡流沙，夜听驼铃识路赊。采玉河边青石子，收来东国易桑麻。”

叮咚叮咚，远处的驼铃声更清晰了，也更动人了。一队浩浩荡荡的骆驼，首尾相衔，出现了一种古典诗词的意境，使人振奋，又让人悲凉。这时，太阳已高高升起，朝霞鲜丽得像一幅水彩画，阳光温柔的光芒照耀着辽阔空旷的大漠。重重叠叠的沙丘，波涛翻腾，无边无际。沙漠之舟，多么生动形象的比喻，一页驼舟，迎着风涛沙浪，行驶在漠漠天地之间。那声声驼铃，犹如贝多芬的《命运交响曲》，悲怆雄浑的乐章演释着人类命运的蹇涩和苦难。

叮咚叮咚，古丝绸之路的驼铃凋零了，后来的骆驼仍然记住了它们的道路。

巍巍皋兰

一

我来到兰州已两天了。我读过许多资料，在黄河岸边，在皋兰山下，在这座汉武帝设置的“金城郡”，在这片苍凉浑厚的土地上，曾奏响过汉唐的驼铃，驰骋过秦皇汉武唐宗的萧萧战马，烙印着玄奘大师的履痕，飘扬过张骞的汉节；林则徐西贬路上曾在这小憩，谭嗣同的父亲曾在此为官一任，谭嗣同的童年笑语，少年的风发意气，曾在街巷里回荡。而最令我神往的一位历史人物左宗棠，他和这座古城有着血脉相连的情愫，有着动人心魄的故事。

早晨醒来，我站在兰州大厦的阳台上，透过高楼的罅隙，看到那巍峨雄浑的皋兰山，它屹立在黄河岸边，黄河在这里的表现与下游相迥甚大，没有浮躁，没有喧嚣，没有狂肆，当然没有那么浑浊，波涛粼粼，节奏舒缓，浴一身鎏金的朝晖，很自信，很有耐力，从容大度地向东流去。

皋兰山就静静地蹲踞在岸边，厮守着黄河，相伴着古城，度过许多金戈铁马、烽火狼烟的岁月，云来雾去，风刀霜剑，山还是那样巍峨，水还是那样滔滔不息。

皋兰山，有了你才有了这座城市的名字。皋兰，是匈奴语，意为河边。后来有人研究说，皋兰是古代羌族的语言，应译为河流，皋兰、乌兰、贺兰都是指河流；也有人认为应译为河流边的大山。但不论怎样解释，皋兰山这一带远在秦汉时期就是羌人活动的地方。羌族语言的种子早就撒播在这里。

展开兰州地图，你会发现一些地名，都是战争留下的遗著：陈官营、费家营、夏官营、头营、二营、三营……还有土门墩、拱星墩、深沟儿墩、四墩坪、杨家营墩……还有官山、将军山、营盘岭……想当年，兰州这一带发生过多次战争，羽檄交驰，烽火狼烟，干戈林立，旌旗翻飞，哪片土地没有奏响过马蹄的铿锵，哪片山林没飞扬过鸣镝的呼啸？这些富有军事色彩的地名，你若走近它们，它们都会摇摇晃晃站起身来，向你们指指点点地叙述当年鏖战的故事。

历史来到晚清。皋兰山迎来一位杰出的民族英雄，一位伟大的爱国将领——左宗棠。左宗棠，字季高，又字朴存——那意思说，诚实、守真，天然去雕饰。左宗棠是晚清四大名臣之一（另三位是曾国藩、张之洞、李鸿章）。此人一生忠介，老而弥坚，浩然正气，鞠躬尽瘁，公而忘私，衰年报国，情操堪与诸葛公相通，而功勋建树则各有千秋。

美国前副总统华莱士1944年路过兰州时说："左宗棠是近百年史上世界伟大人物之一。"许多历史学家称之："中国历史上有四个永远打不败的将军：汉朝的韩信、唐朝的李靖、宋朝的岳飞、清朝的左宗棠。"中国近代史上抵御外侵的六次战争中，只有两次取得胜利，一次是收复新疆，一次是镇南关大捷。而这两次都与左宗棠分不开。所以历史学家称誉："唐太宗以后，对国家领土贡献最大的人物，当首推左宗棠。"连中华人民共和国前副主席王震将军都赞不绝口："没有左宗棠我们的公鸡尾巴早被俄国人叼去了。"那就是说，没有左宗棠，不堪设想中国的版图会变成什么样子。

可是上个世纪五六十年代至七十年代，竟然把左宗堂棠打成历史罪人，大加挞伐，甚至掘其坟墓，扬其骨殖，全盘否认这一历史伟人，真是千古奇冤！

我走进兰州，漫步金城街衢，登皋兰山，游五泉山、白塔山，彳亍于黄河岸畔，寻觅左宗棠的遗迹，摭拾一代伟人的轶事，那绿遍天涯的左公柳呢？那威慑大西北的总督府呢？那萧萧战马的长嘶鸣叫呢？那炮火矢镞的呼啸声呢？当年湖湘弟子飞马纵驰的身影呢？望黄河滔滔东去，看皋兰山静默不语。

二

左宗棠生活的时代并不遥远。晚清王朝的大厦将倾，满朝朱紫，一片腐朽，蠹虫已蛀空梁檩，凄风苦雨中摇摇欲坠。左宗棠对官场腐败，文恬武嬉，浑浑噩噩的现状，痛心疾首，扼腕悲戚："仕风日下，人物渺然，思之令人心悸。"长啸苍天："不知当局者又将何以善之？"

左公，湘阴人氏。青壮年时代三试未第，四十多岁才中了个举人。那个时代的读书人的理想，就是金榜题名，进士及第。左宗棠也未脱俗，视此为唯一的人生价值取向。以后，经天纬地，济世救国施展大丈夫的才情抱负，淋漓尽致地干一番事业，青史留名，光照千秋。

时值太平天国起义，外敌又频频入侵，煌煌大清帝国已处于强敌瓜剖豆分之势。左公报国无门，只得隐居山林。他常以诸葛孔明自比，与人书信常以"亮""小亮""今亮"落款。可见心存鸿鹄之志。他隐居白水洞期间，曾两次出仕：一次是胡林翼推荐他为湖南巡抚张亮基幕僚。时当太平天国气焰嚣张，气势汹汹，湖南局势严峻，张巡抚极需人才，协助处理军政事务。张亮基求才若渴，立马派人去湘阴东山白水洞请左公出山。再加上好友胡林翼、郭嵩寿的批评劝勉，哥哥左宗植的劝告，情真意切，肝胆相照，对张公两访求贤，实应成全其美。左公也深知，人生需要一个舞台，没有舞台，再有才干的人物也难创造出经天纬地的事业。左公决意走出山洞，融入民族安内攘外的晚清风云。

性格即命运。左宗棠秉性耿介、刚直，和满旗贵族胜保不合，被参落职，只好辞职返回湘阴再次隐居山林。

此时，湖南巡府已换成骆秉章。骆秉章得悉左公回到湖南，喜出望外。此时长沙形势危急，四面楚歌，太平军随时可攻占长沙。左宗棠又被骆秉章聘请走出山洞，协助骆处理军务。此次出山，左公走上从军之路，索性全力以赴，一展抱负。

自然，左公协助骆秉章内谋守御，处筹军备，整肃部队，制造炮船，补充水师，筹集军饷。当时湖南已被折腾得体无完肤，民不聊生，通货膨胀，财源枯竭，那里去筹集军饷呢？没有钱，就不能打仗。左公采取各种措施，废除一切陋规，“一扫以前漫无标准，浮收滥取的弊病”，在经济上采取两大措施：抽厘、减漕。结果既减轻了农民负担，又增加了军费收入，保障前线供给。

左宗棠凭着他天才的智慧，运筹帷幄，展示了军事韬略和经济管理的卓越才能。后来的历史学家秦翰才称为：“文襄公的军功大于诸葛；文襄公的政绩不如诸葛；文襄公的忠介和美德，至少和诸葛相当。”

左公两次出山，震撼了清廷满朝文武。国家危难之际出现良才，这无疑为这个病入膏肓的晚清满注入了一针强心剂，是满目腐恶的政坛上出现一道亮丽的风景。虽然遭到小人嫉妒，奸佞攻击，但却得到咸丰皇上的赏识。咸丰帝特许他参加殿试，加封“大学士”头衔，“赐同进士出身”，圆了左公“进士梦”。

三

左宗棠得到咸丰皇帝的垂青，不久就任浙江巡抚、闽浙总督。

这时，第一次鸦片战争已经结束，西方洋人的铁甲利炮已打疼了东方睡狮，尽管伤痕累累，这只睡狮毕竟惊醒了。有识之士开始呼啸、呐喊，铁屋子里也停止了鼾声，睁开惺忪的睡眼，张望世界。当时清王朝的官僚、儒士虽不少人仍浑浑噩噩，抱着八股文，昏昏然，谈古说今。但以林则徐为代表的仁人志士，先知先觉，提出了造船铸炮，创建海军，“师夷长技以制夷”，魏源也提出“师敌之长技以制敌”。林、魏虽然开了疗救国难的“药方”，但无力或者说无暇临床实施。左宗棠任浙闽总督，毕竟是封疆大吏，掌握一方权力，开始了近代海军创业的伟大实践。

早在同治三年（1864），左宗棠在浙江巡抚任内，曾经招募杭州工匠，仿造了一艘小火轮，放进西湖试航。此期间，他又结识了德国人德克碑和日意格，得到他们的赞扬、首肯。于是左公信心十足。两位洋人又从法国寄来造军舰的图纸，左公便招募洋人技师，并上奏朝廷，陈述自建海军的计划。朝廷不是不想创建海军，而是面临国库空虚，缺乏技术资金，困难重重，踌躇不定，看到左宗棠的奏章，对于左公自造轮船，不仅决心大，而且措施得当，又有解决困难的具体办法，当然欣然同意。有了朝廷的“批文”，左宗棠自然要甩开膀子大干一场了。

同治五年（1866）五月，左宗棠在福州筹建船政局，他亲自兼任首届船政大臣。在福州马尾港兴建铁厂、船槽、船坞、学堂——即技工学校，向国外订购机器设备，聘请英法两国的工程技术人员，还招募十多岁的“聪俊”子弟，学习外语、数学和驾驶技术。

叮叮当当，马尾港一片繁忙景象。左宗棠更是忙得脚不沾地，他亲自监工，雄心勃勃地圆着中国近代海军之梦。

他站在港口礁石上，晨风吹拂着他花白的头发。海涛在脚下澎湃，海面辽阔壮丽，沐浴着斑驳的红光，一只海鸥从云霞处飞来，啾啾地鸣叫着盘旋在眼前的海空。忽然起风了，海风愈来愈烈，海浪越来越高，雪堆般向岸上、礁石上扑来，发出空洞的声响。左宗棠的裤角，鞋靴都被打湿了。他的思潮也像海浪一样澎湃。他知道，尽管两千五百多年前中国早已有了海上武装，尽管后来有郑和下西洋的壮举，而且很长的历史时期都占领着领先地位，但那不叫海军。海军是资本主义近代化大工业的产物。我们落后了，差距拉大了，我们必定挨打！二十六年前，第一次鸦片战争，我们失败得那么惨，一个东方帝国竟然被弹丸之地英国打得头破血流，教训沉重啊！关键是觉醒，亡羊补牢，就要从现在做起，我们大清必须有一支强大的海军，我们马尾江边的福州船政局，就是中国海军之父！中国近代海军就要从这里拔锚起航！我左宗棠要创建前空千古、后垂百世的大业！

左宗棠凌厉的目光扫描着风起浪涌的海面。

正当左宗棠壮志凌云，豪情满怀，雄心勃勃地去实施他的海军之梦时，一道圣旨下来了：调他去任陕甘总督。

实际上他的船政局刚开办几个月，万事开头难，一切都未来得及理出头绪，左宗棠深感忧虑，他担心会夭折，但又不能抗旨，为了物色一个精明强干的人来接他的班，他几次拜访丁忧在家的原江西巡抚沈葆桢，由他总理船政，并奏请皇上恩准。

1866年12月28日，也就是同治五年十一月十二日，左宗棠离开福州，取道江西、湖北，踏上了西征的漫漫之途。

这时左宗棠已经五十四岁。

此次西征，是左宗棠一生最辉煌的篇章，生命史上的华采乐段。他挽救了大西北，大西北成就了他。一个民族英雄浩然之气在这片枯焦的大地上蒸腾，化为横亘长空的彩虹；他的大智大勇大忠大德在这里完成生命最璀璨的造型。

四

然而左宗棠自接到圣旨到就任设在兰州的总督府，中间经过了六个年头。这六年里，他带着六千精兵——其中的三千是他家乡湖湘子弟，纵横驰骋在黄土高原，完成了另一项使命：剿灭西捻军。为了对付“飘忽驰突，兼善用骑”的西捻军，五十六岁他学会了骑马。风餐露宿，昼夜颠簸在马背上。在陕甘的崇山峻岭，在河西走廊，纵横驰骋，戎马倥偬，漂泊无定。

五年的浴血奋战，左宗棠终于扫清了捻军。然而一波未平一波又起，千疮百孔的大清帝国已是捉襟见肘体无完肤了。西北地区回民大规模起义又点起了遍地烽火。陕南的马延和、白彦虎；陕西北的董福祥、李双良；甘肃临夏的马彦龙、马占鳌；灵武的马化龙；酒泉的马文录；西宁的马桂涼；各拉队伍，雄踞一方，大西北几乎成了军阀混战的排练场，大清王朝的半壁江山又陷入风雨飘摇之中。

左宗棠分析战局，西北回军，以马化龙集团为最强，人马最多，地盘占得最大，他以金积堡为根据地，控制着灵州及附近的各州县，自称“河西大总戎”，雄长诸回。擒贼先擒王。左公制定作战计划：“西事关钮，全在金积，此关一开，全局在握。”遂决计取之。

1869年春5月，左宗棠兵分三路，大举进攻金积堡。这是一场恶战、持久战，战争进行了近两年，直到1871年1月6日，马化龙和他的儿子马耀邦交出军械投降，随后，其他回军也先后投降。左宗棠指挥了四大战役，均获得成功，甘肃省经过十三年的动乱，至此才得以平息。

1872年8月18日，左宗棠才正式入驻兰州，这是他任陕甘总督以来，第一次进入总督府驻地。

此时左公已六十一岁。

清政府论功行赏，任命他为“协办大学士”，之后，在同治十三年又补授“东阁大学士”。此资格虽没有明文规定，必须是进士出身才能成为大学士，但清朝开国二百多年间，汉人不是进士而成为大学士的寥寥无几，而左宗棠便是其中之一。这份殊荣，填补了三十多年前“三试不第”压在心底的不平。封建时代的读书人，一生追求功名，这是中国文人的理想和文化人格。

19世纪，大清国国运蹇涩，屋漏偏逢连阴雨。外侮内患联袂而至。坐在乾清宫的光绪皇帝和慈禧老佛爷已惊惶不安，驾驭着这只巨大的古船已精疲力竭。列强如虎如狼，猩红的血眼死死盯着这块肥肉，恨不得一口连骨头带肉吞下去。海疆防不胜防，陆疆又遭边患。

俄国和英国是当时争霸世界的殖民大国。在中亚地区，一个想南下波斯湾，控制印度，实现彼得大帝的遗愿，并企图东取新疆和蒙古；一个想维护伊朗、阿富汗和印度的殖民统治，不许他人染指，并企图进一步向中亚新疆一带扩张。也就是说英俄两只虎狼，都张开了血淋淋的大口，争相吞掉中国的新疆。

早在1864年，也就是在左宗棠纵马驰骋在陕甘剿灭西捻军和回民军阀之前，沙俄军队已翻山越岭，入侵我国的新疆，其军事首领派部下阿古柏率领六十八个亲随越过边界，第二年二月，强占了喀什噶尔新城。接着阿古柏又攻打英吉沙，同年九月又攻占达坂城、吐鲁番和乌鲁木齐，偌大一块公鸡尾巴都几乎被吃掉了。阿古柏在南疆的政权自然引起了英俄的关注，他们都企图把这个政权置于自己的控制之下，也就是都想把新疆分裂出去，化为自己的殖民地。

江山社稷已处危急状态，大清朝廷惶惶不安。驱逐侵略者，收复新疆，已成为当时中国各族人民议论的焦点。

身为陕甘总督的左宗棠更是焦急万分，不顾年迈体衰，垂暮之年，报国之志，平贼之心，仍炽如烈火，毅然承担起收复新疆的重任。

当时大清朝廷，关于收复新疆的意见有重大分歧，以李鸿章为代表投降派卖国贼，主张放弃新疆，只顾海防。他说："新疆不复，于肢体元气无伤。海疆不防，则腹心大患俞棘"，认为"徒收数千里的旷地，而增千百年之厄漏，已不为值"。那意思说，新疆那“万里穷荒”就是收回来，也没有多大价值，而且北邻俄国，南邻英属印度，就是收回来也保不住。这种谎言谬论本不可一驳，但是李鸿章身居要位，权大势强，他的门庭故吏又遍布朝廷和地方督抚，很多人都趋炎附势，随声附和，一时间这种谬论占了上风。左宗棠挺身而出，力排众议，据理力争，指出海防塞防都很重要，不能“扶起东边倒西边”，他强调国家领土尺寸不可让人，更何况新疆并非“万里穷荒”，旧有“富八城，穷八城”之说，并向总理衙门陈奏了驱逐侵略者，收复新疆具体战略和详细的敌我双方的形势，表达了勇赴国难，“义与天下同安危”一介报国忠臣的赤子之心。

当然，左公的观点，也得到了许多地方督抚的支持，丁宝桢、文彬、吴元炳，还有湖南巡抚王文韶都主张“全力注意西征”。

左宗棠的主张得到了执政的武英殿大学士、军机大臣文祥的支持：“遂排众议之不决者，力主进剿。”这样清廷终于下决心用兵新疆。

西北荒凉艰苦，用兵战线很长，后勤补给线也很长，进军新疆谈何容易，谁来担当统兵大元帅呢？在此之前，同治皇帝刚刚驾崩，新皇帝光绪登基不久，两宫太后垂帘听政，举目满朝文武，竟然无将可点。大厦危矣，栋梁难觅。左宗棠年迈体衰，病魔缠身，已近七旬，风烛残年，堪能胜任？而舍左又谁欤？

光绪皇帝和两宫皇太后拨拉来拨拉去，只有一个左宗棠！

光绪元年三月二十八日，清廷最高决策者发出“六百里加紧”谕旨来到兰州陕甘总督府，左宗棠跪捧上谕，老泪纵横，一场海防塞防的争论终于画上了句号。清廷授予他筹兵、筹饷、指挥军队的全权，并采纳他的建议重新组建了西征军的最高统帅部。

我们把镜头摇到1875年暮春的一个晚上。

陕甘总督府烛光摇曳，一个苍老的身影晃动着。窗外正是明月半墙，树影斑驳，夜风习习，黄河的涛声拍窗盈耳。左宗棠彻夜难眠，时而奋笔疾书，时而徘徊踱步，时而拉开窗帘，遥望月光下的巍巍皋兰，滔滔黄河，一种壮士闻鸡、英雄凭栏、烈士暮年、老骥伏枥的决绝气概，一种鲁殿灵光、孑然屹立的大英雄风度，目光凛然，浩气荡胸。他是站在六十三岁的生命高度，感悟历史的重负，感悟民族和国家的重托。

他举着烛台走近悬挂在墙上的大清域图，目光缓缓移到了辽阔的大西北，那巍峨绵延千里的天山，那浩瀚的塔克拉玛干大漠，那白浪滔天的博斯腾湖，吐鲁番的葡萄哈密瓜，库尔勒香梨闻天下。这是康熙爷开拓的疆土，是我们中华民族先人手执火把，身着兽皮，血汗相伴，胼手胝足，披荆斩棘开垦的土地，岂容得阿古柏毛贼们肆意糟蹋，更难容英俄豺狼的觊觎？戈壁万里，大漠万里，草原万里，群山万里。哪条河流没流淌过汉唐将士的碧血？哪片土地没埋葬着戍边士卒的遗骨？秦皇汉武，唐宗宋祖，千百年啊，千百年，为了这片山河，为了疏通丝路，我们民族一代代，前仆后继，耗尽了多少心血，年年战骨埋荒野！今日长剑在手，是该扫平这半边天下的时候了。

左宗棠两道剑眉攒聚，额心的皱纹凝结成川字形，胸中激荡着历史的风暴，脑海里浮出一代代中华民族的精英：春秋的管仲，战国的廉颇，秦王朝的大将军蒙恬，西汉王朝的骠骑将军霍去病、李广，东汉的班超，三国的“鞠躬尽瘁，死而后已”的诸葛孔明、跃马横刀的老黄忠，晋代高呼“渡河”的祖逖，大唐帝国的李靖、颜杲卿，宋代的岳飞、辛弃疾，明朝的文天祥、史可法……这些先烈先贤，他们身上充溢着中华民族凛然不可侮的浩然正气，他们与日月同辉，与天地共存。正是这无数民族英烈，撑起了华夏民族高邈深邃的苍穹。我左宗棠堂堂七尺须眉，虽年老体衰，但烈士暮年，壮心不已，生当人杰，死为鬼雄，面对强虏，只有呼啸杀去，“我以我血荐轩辕！”

左宗棠毕竟是位饱读诗书的儒将。中国历史文人山峙渊渟的孤独人格和忠君爱国的精神，已化为他生命的基因：“秦时明月汉时关，万里长征人未还”，“葡萄美酒夜光杯，欲饮琵琶马上催”，“白日登山望烽火，黄昏饮马傍交河”……这些铿锵作响的千古华章，使这位年迈的大将军心潮起伏，热血如沸：“愿将腰下剑，直为斩楼兰！”

左宗棠大军出征了，烟尘滚滚，铁流奔腾。没有鼓角横吹离别的凄苦，没有陇头吟的哀怨，没有阳关三叠的断肠，一路雄风浩荡，一路横扫千军的英雄气概！左宗棠手下的战将刘锦棠带着“老湘军”作为先头部队身披浩浩风沙，头顶炎炎烈日开拔了！这是一幅悲壮的出征图，是展示中华民族血性的大出征，是煌煌华夏古国五千年凝聚的血气，横贯天地，力拔山河！

大英雄都是大孤独者，左宗棠这天地凛然的英杰，自然知道这场战争的艰险困苦：既要面对当朝政敌攻讦、谤声四起的逆境，冒政治风险，又要同狡诈凶恶的英俄殖民者斗智斗勇；既要在国库空虚、财政日绌的前提下筹集巨额军费，又要在军粮无着、路途艰险的条件下筹粮转运……这一仗谈何容易?摆在面前的路，荆棘漫道，关山重重。左宗棠和他的幕僚们运筹帷幄，制定了一套完整周密的战略战术：先北后南，缓进急战；对出关部队进行整顿，裁冗留精，严明军纪，改进装备，增设炮兵；筹饷筹粮军屯兵屯。然而当务之急是没有钱，没钱怎么打仗？大智慧者自有妙招，他向英国怡和银行借款，没粮他向俄国人借粮，一次签订五百万斤的购粮合同，并规定让俄国人将粮食送往前线——即古城子，而且粮价运费比从西安运至古城子还低得多。哈哈，这简直是开了一个国际大玩笑，用英国人的钱，吃着俄国人送来的粮来打击英俄殖民者及其走狗！这是历代战争的一个伟大创举，这就是大智大勇大忠大德的左宗棠的杰作！

左宗棠大军进军新疆，由于战略战术的正确，更因将士气撼山河的雄风浩气，三战三捷，使得阿古柏毛贼望风披靡，最后逃到天山深处，服毒自杀。而英俄殖民者目睹这血淋淋的悲剧，吓得目瞪口呆，心惊胆寒。

捷报传到北京。犹如一声霹雳，阴霾密布晚清王朝的天穹，从大西北裂开一道罅隙，泻出一柱阳光，使大病沉疴的清廷脸上洋溢出一抹淡淡的红晕。百年兴亡，百年耻辱；百年喋血，百年抗争。夜深沉，路漫漫，血成河，尸堆山，中华民族的脊梁未断，五千年凝聚的精气未绝！这横陈盘桓着长江、黄河两条巨龙的国土，没有沦陷，没有陆沉！

五

左宗棠性情耿介，不会藏锋敛锷，他是肝胆相照、血肉丰满的人间豪杰。他不仅有跺脚骂殿的憨直，有不理官宦太监索贿的狡黠；又有捧腹自嘲的诙谐；有街头顽童纯真般的争强好胜，又有身先士卒、与将士同甘共苦的朴实风范，既有浇园恋土之情，又有儿女情长的缱绻悱恻……更令人拍案叫绝的是平定阿古柏之后，决定进军伊犁，与俄国老毛子决一雌雄、舆梓誓师的壮举！

1880年，已年近七旬的左宗棠，决定收复被俄国占领多年的伊犁，准备进军大西北，为了便于指挥，他决定西出嘉峪关，移军帐由甘肃的酒泉至新疆的哈密。出发前，他让部下抬来一口棺材，面对三军将士，发表进军令，气壮山河，铿锵作金石之声："只许成功，不许失败，不成功，即成仁，黑漆棺材便是我左某成仁的归宿！"这一壮举，惊天地，泣鬼神，大有"不斩楼兰誓不还"的壮烈！

左宗棠虽至暮年，病魔缠身，又逢夫人亡故，家痛国恨，沉滃交加，更使他精神痛苦不堪。然而他不惜葬身荒漠，远征伊犁，这是个体生命在国家生死存亡、民族矛盾极其尖锐复杂的境况中所喷发出最强烈、最璀璨的光芒，他以大忠大义、大勇大烈去撞击时代，从而中华民族英雄的长廊里矗起一尊倚天仗剑永不风蚀的雕像。

这是中华民族精神苍穹里一道耀眼的电光，这无疑给腐朽的大清王朝一个山崩海啸的震撼，给麻木悲戚的国人一针最富有刺激性的“强心剂”，也给列强们一个泰山压顶般的警告：中华民族血脉未断，头可抛血可流，中华民族的国土尺寸不可丢！在艰难困厄中，中华民族已挺起天山般的脊梁！

这种黄钟大吕般的人格风度，这种气壮山河、视死如归的英雄节操，三军将士无不为之动容。个个热泪双流，一路呐喊，一路呼啸，一路雄风，如霹雳电闪，如江河奔腾，如狂涛海啸，越过戈壁，跨过天山，正义之师，威武之师谁能阻拦……那凯旋的日子还会远吗？

左宗棠不是完人，但他在立功、立德、立言三不朽上却达到了人格的顶峰。早在他同捻军、同回军作战时，就命令部队一边进军，一边筑路，一边种植柳榆，规定部队开到哪里，路修到哪里，柳树栽到哪里，农田水利建设、学校教育、文化出版，面面俱到，施政惠民，泽及百姓。结果从潼关到嘉峪关三千七百里的干线（另外还有多条支线，总长一万多里），栽下数十百万棵杨柳，形成一道绿色的帷幄。大西北贫瘠荒凉，万里戈壁，万里大漠，万里不毛之地。连唐朝的两位名臣魏徵、狄仁杰都视西域为负担，主张放弃，诗人王之涣也感慨：“羌笛何须怨杨柳，春风不度玉门关！”明代爱打圈的朱武皇帝派大将冯胜修长城，竟然把玉门关划到圈外，而左宗棠偏要引春风度玉门关，用将士的一腔碧血洗去大西北的万古荒凉！

文章写到这里本应该结束了。一个伟大的民族英雄已完成了他的人格造型。然而左宗棠被誉为晚清诸葛亮，遗憾的是他没有诸葛亮的权重，不能左右朝廷。但他为官清廉，家无余帛，鞠躬尽瘁，死而后已，其冰雪节操堪与诸葛公相媲美。而且他面对的是朝廷的昏庸，权奸掣肘的险恶背景，创造出如此惊天动地的丰功伟业，其雄才大略，实属惊天地泣鬼神！

平定阿古柏，夺回被俄国佬吞到肚子里的伊犁，按说已功垂千秋了，但左宗棠却一连五次上奏皇上，要求新疆建省，改土归流，设立郡县，一切政治、教育，完全与内地相同。这是几千年未解决的问题。历代西域平乱，实行的都是“羁縻政策”，很少彻底改造西北，建设西北。唯有左宗棠不同凡响，提议一系列开发建设大西北的建议。开办学堂、发展教育、屯田、兴修水利、种桑养蚕、发展畜牧业……直到光绪十年九月三十日（1884年11月7日），朝廷终于同意左公的奏请，派湘军首领刘锦棠为首任新疆巡抚，首府设在乌鲁木齐。

六

我漫步在兰州城的滨河路。宽阔的人行道，杨柳依依，绿荫匝地，身边是滔滔黄河——中华民族的母亲河，对岸便是巍巍皋兰山。我望着云入泱莽、峰涛沸乱的群山，缅怀左公的人格，一种民族精神和自豪感，一种浩然正气从心中油然而生。左宗棠正是儒家文化菁华哺育出来的一代人杰。

我问兰州朋友，这里还有左公柳吗？左公率领士兵在几千里风沙线上种植了几百万棵柳树，没有遗存吗？朋友的脸色陡然变得黯淡，摇摇头，半天没有吱声。

左宗棠率众修筑公路三千七百多里，宽约六至八丈，驴车、马车可以通过，路边植柳三四排，并沿途发布文告：不许攀折，违者重罚。照左公的记录，光是从陕西的长武县到甘肃的会宁县六百里的道路两旁就种树二十六万四千棵。光绪六年（1880），左宗棠自哈密东归，展现他面前的是：“道旁所种榆柳，业已成林，自嘉峪关至省，除碱地、沙碛外，拱把之树，接续不断”，“兰州东路所种之树，密如木城，行列整齐”。这是一项伟大艰苦的事业，绿化三北，左宗棠是开创者。

左宗棠造福大西北，感动了西北各族百姓民众，他们纷纷响应左公号召，也踊跃植树，甘肃植树在前，陕西相继于后，一时间大西北掀起了植树造林的高潮，而百姓善待每一棵绿色的生命，到处贴满告示：

> 昆仑之墟，积雪皑皑。
> 杯酒阳光，马嘶人泣。
> 谁引春风，千里一碧？
> 勿剪勿伐，左侯所植。

才一百多年啊，左公柳却未遗留下一株！是大自然风沙的戕害？还是我们不肖子孙自身的罪恶？

在兰州不仅尚存当年左宗棠开办洋务、创办的织呢厂遗址，创办教育的贡院遗迹，还有“左公桥”——这是黄河上游第一座铁索桥。

在左公任陕甘总督时，就设有负责茶马互市的管理长官，犹如当今的外经贸委主任。这一职务是有薪俸的，也就是说左宗棠既享有总督的俸银，又有茶马使的食禄。左宗棠在任十年，这份俸银照收不误，却一分未动。当他要调离兰州时，才叫人打开存银的仓库，共计三十万两。他清点后，一文不少交给新任陕甘总督杨冒浚，说：“国家对我不薄，我既有一份正饷，便不宜领取另一份兼饷。这是我服务国家的最低条件。西北建设刚刚开始，需要经费正多，到了缓急不济时，可以动用此款。”

这真是天地间堂堂一君子！

暮色苍茫，夕阳沉入远山。黄河一川风涛被落霞染成斑斑驳驳的血红。浪涛拍击着堤岸，发出空洞沉闷的声响，像从遥远的历史中传来，从大地深处传来，嗡嗡震耳。对岸的皋兰山沉浴在暮色里，更显得苍凉、雄浑、劲拔、巍峨。站在时空交会的大视点上，站在中国近百年风烟苍茫的大思路上，读读左宗棠，读读林则徐，读读中华民族的英烈和先贤，你会读出视野的辽阔，读出境界的苍凉，读出思想的雄沉，读出什么叫纯真的人格和完整的灵魂！

啊，壁立千仞的皋兰山，九曲风涛的黄河水，山峨峨，水泱泱，一代民族英雄德音流千载，功名重山岳！

阳光下的风景

——河西走廊掠影

一

车窗外是二千四百里的荒凉，二千四百里的沉寂。戈壁、荒漠，裸露的山脉在浩浩荡荡的阳光下，呈现出麻木的神态，似乎没有怨艾，没有痛苦，没有激情，也没有憧憬。沙碛依然是岑参诗中的沙碛，烈日依然是汉唐时代的烈日。黄土和沙石铸就了边塞的主题，流淌着边塞诗的悲怆。只是灭了烽烟，熄了篝火，哑了羌笛，连迷路的胡马也难寻觅，最后一个匈奴也许被李广利将军带到长安去了。

甘新公路、兰新铁路和明长城犹如三条巨龙在走廊间滚来滚去。有时平行，有时交叉，有时各奔南北，雪山、戈壁、草场、沙漠、绿洲，一番大自然奇特景象，色彩鲜明，一派雄浑浩瀚的苍莽。它以场面的辽阔、气象的雄伟、天地间少有的一种风起云涌推波助澜的景观，激起人们天高海阔任意翱翔的感觉。在这广阔的背景里曾闪烁过刀光剑影的恐怖惨烈，呜咽过血泪交加的生死歌哭，散落着岑参的诗行，飘零着王昌龄的喟叹，风撕扯过玄奘的衣袂、张骞的汉节；砂石激溅过班超嗒嗒马蹄，撞响过商队的驼铃，突兀的驼峰落满点点夕晖。渺渺的汉宫秋月远去了，珠落玉盘的琵琶声消弭了，高山流水的琴音被浩浩风沙吞噬了，渭雨轻尘，灞桥烟柳，杏花春雨江南，都被这漠漠荒野隔绝了……

然而河西走廊并不是阴郁的，四面八方铺满阳光，酷毒的阳光炽烤着山脉、砂石，吸干了它的血液，吸干了它的情感，吸干了它的思想，只剩下一具木乃伊般的岩石，没有弹性和光泽。

阳光过于丰沛也是灾。不知怎的，我一看到这群山和戈壁，就有一种揪心的痛苦，我不知道他们怎样忍受了大自然的酷虐，从远古走到今天，太残忍了！河西走廊原就是精神的隧道，是一种精神的炼狱——那种苦行僧的精神，是人类追求崇高和圣洁的精神。但我是坐在装有空调的丰田车里，我这种西部之旅，首先是对这种精神的亵渎和污染。我手中没有张骞的旌节，肩上没有玄奘的负笈，我更没有贰师将军重如山阿的使命，我连一个商贾都不是。篝火、马蹄、驼铃、残杀、苦恋、艰辛和苦难，对我都是一些空泛的概念，是一种缥缈的幻觉。

我渴望看到马蹄扬起的烟尘，渴望听到胡笳的悲切、阳关三叠的凄婉，渴望听到凉州词、甘州曲的悲壮和苍凉，渴望看到马裹朔风、旗卷胡云、血肉迸溅、剑戈相击的古代战争的浩幅，我渴望遇到一个或一群匈奴人……可是眼前只是被阳光晒昏了的旷野，蔫蔫然，昏昏然，天地无语，群山无语。我多想捡到一块历史的注释、文明的残骸，在这叠叠群山万嶂里，我虔诚地淘洗人类文化的底片……

烈烈西风。

煌煌烈日。

没有瘦骨嶙峋的边塞诗。

没有风鸣马萧的悲壮。

没有断肠人在天涯的凄凉。

二

车窗外依然是空旷的山野，满目依然是粗犷的线条、粗糙的色斑，纷乱而毫无章法的山、壑、沟、洄。但是每方山水都有自己独特的品格，独特的意蕴，独特的情操。虽然没有“浓妆淡抹总相宜”的清丽，却有刚烈、啸傲的气质；没有“风吹松竹雨凄凄”的哀怨，却有浩瀚恣肆、放浪形骸的洒脱；虽然看不到小桥流水，白云人家，却有静穆深沉的气度。我依然带着史诗般的激情、高山仰止的崇拜，翻阅一部历史巨著。每块岩石都无声地向我讲述着传奇和故事，每一粒沙子，都是这部巨著的句读，这长长的文化隧道，怎能不奏响历史的回声呢？二千四百里路云和月，二千四百里路雪和霜，多少故事和传奇，风沙湮灭不了，岁月风化不了，残忍的时间也难咀嚼殆尽千古凄凉。

漫漫无涯的道路，苍茫雄劲的风沙，酷烈毒辣的阳光，焦渴而枯萎的大地，单调、枯燥、平板，死一样的沉寂，梦一样的迷茫——一支驼队从古都咸阳出发了，首尾相衔，缰绳相连，稳健的步履，坚定的信念，高扬着头颅，微眯着眼睛，凝视着前方，漠风把凄清的铃铛的合奏送进你的耳膜——一切都是那么庄严、肃穆。

这是一支伟大的商业使者、文化使者，满载着中原的瓷器、岭南的茶叶、苏杭的丝绸绢帛，满载着汉宫秋关山月的凄清，满载着江南杏花春雨的迷蒙、灞桥烟柳的缱绻，满载着不老的方块字，满载着秦皇汉武的雄威，满载着唐宗宋祖的荣耀，当然也满载着闺中相思、怨妇泪水，浩浩荡荡地跋涉在风沙迷漫的山野……“边城暮雨雁低飞，芦笋初生渐欲齐。无数铃声遥过碛，应驮白练到安西”。

我想象不出商业竟然有这样巨大的诱惑力，从波斯，从阿拉伯，从中亚、西亚那些神秘而遥远的地方，饮风餐沙，茹苦含辛，来到东方古国，语言的障碍、种族的隔膜、风俗的迥异，是这无言的商品沟通了他们的感情，目光和手势成了翻译……

我不知道孔圣人与穆罕默德的思想怎样在这条隧道里撞出灿烂的火花；我不知道亚当和夏娃的子孙怎样与伏羲和女娲的后裔

在以物易物时，把东西方文明和文化嫁接而结出芬芳的果实；《古兰经》和半部《论语》编织出多少光怪陆离酸甜苦涩的故事，友谊和信任、和平与战争、凶暴与温柔、善良和丑恶、篝火与烽烟、血泊和甘泉、羌笛与琵琶、爱与恨、怨与仇，在这长长的走廊里一幕幕地上演着、排练着……

后来我在敦煌402窟看到一幅壁画《观世音菩萨普门品》，它形象地描绘了丝路商队在西北贸易路上艰难的历程：上面画着一队商旅赶着成群的驼、驴，满载珠宝货物，跋山涉水，当胡商驱动驼驴攀登高山时，一匹骆驼失足滚下山崖，脚夫俯首看着深谷惊恐不已。而画面的右部一商队发现一货驼得病，两个商人紧张地为卧倒的病驼灌药，生动地再现了商旅生涯艰难困苦、疾病、饥渴的情景。而另一幅画则描绘了“胡商遇盗”的场面，情景更加细腻形象，因而蕴含的情绪更加激动不安：一队商人刚从峡谷转弯，出行至茂密的树林，身后的骡马驮架上满载丝帛。一群强盗忽然从山岩后跳出，高举长刀挡住商队去路，威胁他们放下货物，商队惊恐万状。为首一戴尖顶白毡帽、穿贯头衫的年长胡商，已将驼架卸下，献出丝帛、金银和中原购置的书籍简册，哀求强盗。画面上的一组商人，有戴白毡帽身着贯头衫者，有戴浑脱帽、猴头，肩着裥衫者。高鼻深目、卷发虬髯，为波斯、大宛、大食国商人。

敦煌壁画藏着五十个世纪的文明。飞天的婀娜，佛陀的肃穆，菩萨的沉静，玄妙而奥秘，百思不解，又百读不厌。一个洞窟就浓缩着千年历史，是一部《史记》，不是司马迁宫刑后的杰作，是线条和色彩的狂歌曼舞。

文化，是人类社会历史发展过程中所创造的物质财富和精神财富的全部成就，世界各国由于历史背景不同，文化遗产、文化类型、文化层次和文化特征也不相同。

我想，河西走廊倘若没有这悲壮的历史风景，还有什么可以称道的呢？如果没有铺满人类追求文明艰难跋涉的精神和苦难意识，这枯燥乏味的书卷谁来阅读呢？历史怎么会为它赫赫煌煌记下一笔，使其永恒地闪烁在人类文明和文化的苍穹？人类高贵的精神填补了自然界的贫乏。

三

风，从车窗前掠过。风，是永恒的，今天的风也是昨天的风，今年的风，也是千百年前的风，宇宙间有了风，也就有了生机，有了风，也就有了喧哗、骚动和灾难。这是宇宙之神的呼吸，停止了呼吸，宇宙也就死亡了。

汽车在半是戈壁半是荒原的风景里穿行，而那些古城堡、烽燧、亭障依然屹立在道旁，任凭历历长风无情地剥蚀，任凭罡罡烈日如火地炙烤，它们以千古的缄默依然昭示着历史，昭示着人类昨天生存的时空。

台湾诗人余光中曾经惊叫“咦呵西部”。其实，余光中惊叹的是异国他乡美利坚的西部。有什么好“咦呵”的？那里有“大雪满弓刀”吗？那里有“落日照大旗，马鸣风萧萧”吗？那里有“风吹梅花弄”吗？少了古典，少了唐诗宋词，连“古道、西风、瘦马”的元曲也没有，更没有凉州词、甘州曲、阳关三叠，我们的诗人“咦呵”什么呢？我们在烈日下奔驰，美利坚还在酣睡，好莱坞的霓虹灯也累了，眼睛不停地眨着，纽约夜总会怕也灯火阑珊了。

七月的阳光丰裕、隆重，赤焰炙烤着戈壁。我们车子在烈日狂沙中飞驰，暑气如浪，汹涌澎湃，烧得车皮发烫。远处的群山，在紫阳下冒着青烟，仿佛谁划根火柴，整个大地就烧成一片灰烬。

这条古老的隧道以及向西延续几千公里的古丝绸之路始于西汉，盛于隋唐，衰于北宋，历经西汉、东汉、三国、两晋、南北朝、隋唐五代、北宋等朝代，虽数度盛衰，但东西方文化交往没有断流。这条文化的河流时而激浪澎湃，滔滔涌涌，时而涓涓湲湲，波澜不惊。现在虽然空旷而沉寂，但静寂里有一种怪异的喧嚣。我的思绪总在这历史的喧嚣里沉浮，在人类拓荒者蹒跚踟蹰的脚步声里聆听生命的史话。

在天水时，令我感叹和震惊的是麦积山的辉煌。那巨大的佛像给我留下极深的印象，这空旷偌大的空间是大宗教生长的地方。宗教就是精神，西部虽然物质是匮乏的，但精神是蓊郁的。这里面荟萃着后秦、西秦、北魏、北周、隋唐、五代、宋、元、明、清等十几个朝代塑像七千八百尊、壁画一千多平方米，一百九十四个洞窟，和敦煌一样，有着珍贵的艺术宝藏，是一个“雕塑馆”。

麦积山石窟原是一个完整的山体，后因地震使崖面中间部分塌毁，故而分为东崖和西崖。然而历经一千五百个春秋，雕像并未溃散，泥土与岩石相似。麦积塑像，主要题材有佛、菩萨、弟子、天王、力士等，尽管各代塑像同处一堂，但各具特色，并非雷同化的模仿。到了唐代，开始追求雍容华丽，塑像形体饱满，比例匀称，庄重自然，锦衣贴身，衣褶清晰、流畅，极富质感，既有彩衣出水的艳丽光泽，又似乎有风起飘曳的微波。那些塑像又千姿百态，其神或低眸凝视，或恬静端庄，或含情带笑，妩媚动人，或黛眉微蹙，抑郁焦灼，或天真活泼，优雅纯朴；其态或盘膝端坐，或虔诚拱手，或娇嗔玉立，或窃窃私语，或侧首旁视，可谓千佛千态，栩栩如生，惟妙惟肖，呼之欲动，触之即活。这是真实的艺术，是赋予血肉丰满的真实生命，既展示出人物丰富的内心世界，又具有极富表现力的构图和雄伟的形体。

天水，古为秦人发祥之地。历史悠悠古迹众多，文物荟萃，名士济济，膏壤沃野，资源独厚；神话萦绕，风光旖旎。

而天水给我留下更深刻记忆的是汉将军李广墓。

匈奴奴隶制军事政权“以杀戮为耕作”，“马边悬男头，马后载妇女”。富有掠夺性，经常侵犯汉朝边境，有时深入距汉都城仅七百里地方，严重地威胁着西汉政权的安全。公元前201年，匈奴大举南下，一直打到晋阳（太原），汉高祖刘邦亲自率领三十万步兵迎战。冒顿采取诱敌深入之计，把汉军的先头部队诱到白登（今大同市），包围了七天七夜，这是历史有名的“白登之围”。汉高祖派人重贿阏氏后，才乘隙脱身。从此西汉政府不得不对匈奴采取和亲政策，就是把宗室女儿作为公主嫁给单于做阏氏，同时还送去丰厚的嫁妆，每年还要赠送大量的酒、粮和绸帛等礼物。直到汉武帝执政前几十年间，共与匈奴和亲七次，靡费了无数财物。但乞求得来的和平并不可靠，仍不能满足匈奴的贪婪，匈奴在接受了公主和嫁妆、粟帛以后，仍随心所欲地发动侵略战争，西汉政府不得不进行防御战争。

大将军李广在长达四十余年的军事生涯中，与匈奴作战七十余次，屡建奇功，威震边陲，使匈奴闻之失魂丧胆，称之为“飞将军”。历代诗人赞誉李广的诗篇很多，边塞诗人王昌龄的“秦时明月汉时关，万里长征人未还。但使龙城飞将在，不教胡马度阴山”，便是著名的一首。

李广死后，尸骨葬于何处，难以寻觅。据说他的衣冠冢位于天水。墓园占地三四亩，墓外有墙垣，门额题“飞将佳城”，两旁有对联，上联为“射石昔曾传没羽，鹤归华表”，可惜下联现已无存。

传说，墓前有一对石马，每天目睹人们对李广的无限怀念和崇敬后，决心效仿李广，为人们做点好事，商议在小麦返青时，为穷苦人家的麦田踏青。它们踏过的地方，收成倍增。有一天，石马又夜出踏青，不料墓冢被盗，盗墓人原想李广身前战功赫赫，死后一定多有黄白之物，谁想，掘开墓冢，只有一盔一靴一战袍，大失所望，怏怏而逃。

清晨，石马回归，见陵墓被毁，悲痛欲绝，双蹄腾空，把墓刨平，堆起土冢，从此这两匹石马便分立两旁，全神贯注，日夜监守，年年月月，风风雨雨，站成永恒，站成传说，站成一个悲壮而动人的故事。

走进这丝织的土地，走进这罡风、天马、骄阳和九部乐章混成的土地，我眼前总是幻化出一叠叠历史的映像，耳边总响起边关的风声，战马的长啸，兵戈的铿锵，哭喊、嚎叫、厮杀声……然而一切都寂然无声，只有满目的荒凉，满目的砾石戈壁，满天的风，满地的阳光。这里仍然是自然力与自然力的战争；河流已经败北，树林和野草已经逃亡，野兽飞鸟已经消弭，留下的只是零落的白骨，大山已化为尘屑，边塞诗也被风化，只留下瘦骨嶙峋的断章……七月的热风还是那样罡烈，七月的阳光还是那样滚烫，千年的时光并未使太阳冷却。广袤与贫乏，冷酷与刚烈，豪迈与悲壮，汉唐两个朝代踏出的一条道路，仍然袒露着慷慨和毫不含蓄的坦荡。

当年玄奘就是沿着这条路，出玉门关进入西域三十六国，又翻过冰大坂，穿过帕米尔高原的崇山峻岭到达印度的，历经千难万险，其“褰裳遵路，杖锡遐征”的艰苦精神，世人难以望其项背。

李白叫喊“行路难”，屈原咏唱“路修远”，其实他二人并没有切身体验，或体验也未有玄奘之深刻，玄奘在这一点就比这两位老夫子强得多。他病倒在罗布泊，几乎昏死、饿死、渴死，仍未发出如此之感叹，心中只有一个目标，矢志不移，九死不悔，摩顶放踵，一步一步地向着目的地跋涉。

这是一条殉道者之路，这里播下一路苦行僧精神。正是这种精神，人类便把人与人区别开来，于是宗教也就诞生了，这是人类文明史上最精彩的一笔。

昨天的地平线

天和地是一部书，地平线把它们装订在一起，上部写满日月星云雨，下部写满山水草木兽。我是一只书蠹，咀嚼着天地间古奥艰涩的文字。

——题记

开 篇

走出嘉峪关，我眼前顿时变得恢弘、辽阔、深旷，那天地间凝结着一条线。它稍稍弯曲，泛着亮光，是那样清晰、柔和、平静，又是那样朦胧、缥缈、空灵，像宇宙之神的足迹。我屏声敛气，目不斜视地静观着，唯恐一阵风把那线吹断，也唯恐弄出一点声音，破坏了这聆听宇宙之神神秘启示的机缘。我真想拥抱它，追逐它，接近它，与它在一起。那是多么遥远、广阔的境界啊！我静观着，仿佛穿过宇宙，穿过漫长的历史，与我生命的本源相遇。我依稀看到历史的画面一幅幅从重重叠叠的时间里孵化出来，从遥远的地平线上凸现出来：

——残阳。落晖。西风。古道。荒旷的戈壁，肃穆的群山。浩浩瀚海，漠漠天光。天地间一片洪荒初始的静寂。蓦然间传来一串孱弱的音符，叮当叮当，仿佛来自神秘的天国，来自梦幻般的大地深处。一队骆驼剪影似地出现在平平仄仄的地平线上，又渐渐融进愈来愈浓的暮色里。

——冷月如水，寒星如萤。霜敷大野，朔风厉厉。野云如魂，孤雁横空。冥冥夜色里，篝火三五堆，火堆旁依偎着商贾、征人、僧侣、使臣。饥饿、劳顿、疲惫、憔悴。远处闪烁着几粒绿色的眼睛，野狼站在山崖上。

——烽火羽檄仓惶，刁斗角策急迫。战马萧萧悲鸣，矢雨倾盆，剑戈铿锵。地迸天坼的呐喊，血流如注的喷涌。陇头吟的悲婉，关山月的凄清。醉卧沙场的旷达，马革裹尸的悲壮。战争的浩幅铺满贺兰山阙，戈壁滩头。

……

这就是古丝绸之路的昨天么?

“边城暮雨雁飞低，芦笋初生渐欲齐。无数铃声摇过碛，应驮白练到安西。”夕阳，古道，缺了瘦马，少了昏鸦，乘着丰田车怎能体验古丝绸路的历史内涵？但山还是玄奘时代的山，沙碛还是张籍诗里的沙碛，只是岁月更苍老了，时间的老年斑长满大漠戈壁，“风尘天外飞沙”成了一道永恒的风景，昭示着历史沧桑的悲凉。

我沿着古丝绸之路奔波，追逐，不知道要寻求什么，会摭拾到什么？风从苍茫深处吹来，依然带着远古的气息；云从天边飘来，无声驮来历史的神秘。那古老的太阳曾吮吸过张骞的汗滴，而月亮可曾洗印过岑参瘦削的身影？漠野的凹痕可是班超战马的遗著？荒沙里可发掘马通的箭镞？长春真人的故事栖息在哪墩骆驼刺下？法显和尚的传说可润湿过这片干枯的河床？……

我追逐着昨天的地平线，来到西部，想在荒草萋疏里抓到一个落日，在戈壁旷野里捕捉到一段历史的残章。

这条充满苦难、艰辛和诱惑的七千公里的人类文化文明的通道，我不可能沿着古人的足迹一步步去丈量，但从咸阳去塔克拉玛干大漠边缘的新疆区域的古丝绸之路一分为三的支线，我却穿越了三次。我曾站在咸阳城外的灞桥，遥望西天，感悟古人折柳伤别的痛苦；我曾站天山铁门关上，领略岑参“试登西楼望，一望头欲白”那种悲怆韵味；我曾徘徊开都河畔，寻觅当年班超辚辚战车迷乱的辙印；我曾站在塔克拉玛干巍巍沙山上，环顾四野，阅读天地的壮阔，岁月的苍凉；我曾闯进罗布荒漠，摭拾玄奘大师因饥渴而昏倒沙滩的留影；我也曾站在昆仑山下，仰望群峰纠缠、伟岸蜿蟠的大山，孤独地遐想：穆天子究竟驻跸何处？他与西王母幽会之地呢？神话的黄金时代过去，就是人类活动的白银时代、青铜时代、黑铁时代。踏着穆天子玉辇金舆的辙迹，一代代伟大的文化使者究竟怎样步履艰辛地跋涉了两千多年？古城墙的雉堞，那忧郁的带有古典味的烽燧遗墩，湮灭的废墟，戈壁荒原凄清的冷月，漠野瀚海酷烈的阳光，在这片躁动的土地上，我步履匆匆，我遐思幽幽，触摸残垣，寻问历史；仰视长天流云，抒发怀古幽情。我曾为那一片腐朽的木简，喟叹人类创造文明的艰辛，也曾为一枚锈渍斑斑的箭镞，感慨黑铁时代人类的野蛮；我独步荒原夜色里，感到一阵阵恐怖。残酷的时间掠夺了一切，而且不动声色。时间是沉默的，沉默属于永恒。

我走进坚韧如羊肠的古丝绸之路西域地区每一个驿站：车师（今吐鲁番西北部）、龟兹（今库车市一带）、焉耆、疏勒（今喀什县一带）、莎车、和田、且末、于阗、蔚犁、尼雅、楼兰……这些富有悲怆意蕴的名字几千年来一动不动地站在那里，虽然有的被风沙湮没了身躯，有的衰老了，有的残疾了，我一走近，它们便从历史深处挣扎出来，昏眼蒙蒙地凝望着我；当我告别之时，这些名字又缩进历史的幽暗里。但是它们已化为人类精神的元素，闪烁着文化的熠熠之光，照耀着后来者的步伐。

这些伟大的文化传播者，一代代，他们艰难跋涉，餐风饮沙，卧冰眠雪，九死而不悔，满面悲怆，只有双目斟满信念，那是灵魂之光的辐射。他们像一支古老的牧歌，在这条古琴弦的伴奏中，吟唱了两千多年。许多人的尸骨都抛撒在荒原黄沙中，只有少数的几个人物走进历史的教科书里，走进山谷洞窟的佛教壁画上，走进民间传说和故事中。

我跋涉在遥远的历史地平线上，拍摄下一组远去的背影，那是昭示后代探索者的路标。

之 一

满眼是荒旷的戈壁，弥漫的风沙，裸体的山岩，木然地忍受太阳的酷虐。太阳，这个宇宙的骄子，风采和威严依然不减当年，辉辉煌煌在天地间狂歌疯舞，发出无声的狂嚎。

我来到天山东部。这从帕米尔高原蜿蜒东来的巨大山脉，走到这里已精疲力竭，犹如一曲雄沉的旋律的袅袅余音，时断时续，孱弱缥缈。当年这里是绿草如茵，牛羊如云，天苍苍，野茫茫，敕勒歌第一行乐谱大概从这里写就。剽悍的匈奴人纵马天地间，在这广阔的舞台演绎着一个马背上的民族的史诗。而现在最后一个匈奴也被班超驱赶到漠北。这里留下一片荒凉。岁月和风沙吞噬了绿草，湮灭了溪泉，排泄出来的是荒凉、荒凉……无边无际的荒凉。

我手中的一册《丝绸之路史话》告诉我：这里是二千二百多年前张骞被匈奴捉住拘留之地。匈奴首领诱降他，强迫他娶妻成家，然而张骞矢志不移，心怀汉家使命，虽身陷囹圄，却伺机脱逃。他这里被幽禁十一年。十一度雁阵横空，十一度草荣草枯，十一度严寒酷暑，一介汉使在穹庐中、在帐篷里是怎样苦度日月?是何等的焦虑、惆怅、愤懑？白天看流云飘弋，雁阵南飞；夜晚，望寒星满天，孤月一轮。月光啊，可托你一缕载回我的乡愁？长风流云可寄我一腔情思?

这里没有宫商角徵羽，这里没有汉宫秋，没有咸阳城的车马喧阗。帐篷里只有胡笳声声，羌笛悠悠；帐篷外只有胡马嘶鸣，碧草连天。张骞登上山头，西望漠野茫茫，征程遥岑；回首来路，飞沙迷蒙，故国何在？身负使命，有愧于汉家天子。十一年，足使一个人由青年走向中年，由中年走向老年啊！

张骞这个小小郎官出使西域，目的是联络大月氏，共同夹击匈奴，剪除障碍，疏通丝绸之路——早在秦王朝时已有一条通商道路，冒顿单于的干戈切断了东西的航线。大汉王朝欲启开古阳关的铁锁，让汉帝国的雄风吹遍天山，吹遍帕米尔高原。张骞第一次出使西域并未完成汉王朝与大月氏联合夹击匈奴的使命，大月氏老王已死，新王不愿回到被驱逐而离去的故土。古丝绸之路上依然有匈奴人横马立刀，阻拦东西的交通。但是张骞却发现、了解和掌握了亚细亚一些民族、部落和王国，于是才有了《史记》中的《大宛列传》和《汉书》中的《西域传》章节。由于张骞的凿空，东方通商之路更加明晰地出现这片荒旷的版图上。

张骞第一次出使西域，随从有百余人，归来时，只剩下他和甘父，那百余人的白骨就撒在这漫漫征途上。两千二百多年过去了，岁月把他们的尸骨风化了，他们只化作历史的背景和对西域的注释。今天我站在天山和阿尔泰山这片首尾相衔的空旷的谷地上，只觉得天空还游荡着他们的灵魂，风声里还夹杂着他们的叹息和呻吟……

大片的阳光丰隆地铺满荒原，那阳光仿佛是从每一颗砾石、每簇草丛、每片山石上辐射出来，辉辉煌煌，令人晕眩，又让人感到一种阔朗。我呼吸着阳光干燥的芬芳，目光睃巡着苍老而悲壮的大地，这土地上曾生长出二十四史中的一页辉煌。开拓者的双足毕竟留下了脚印，留给后人一种难以泯灭的昭示。

历史不是史学家用笔墨写成，是刀与剑蘸着将士血、闺妇泪写成的，字里行间都散发着浓烈的血腥气，回响着干戈的铿锵，氤氲着刀光剑影的凛凛寒气，还有凄婉的啜泣声。

随着张骞对古丝绸之路的凿空，为了开拓和捍卫这条负载文明和文化的欧亚大陆桥，汉王朝不得不诉诸武力，于是战争的阴云时聚时散，不断地出现在这片广袤土地的上空。

那是在天山北麓的荒原上，我看到了古代的烽燧，它突兀在阳光下的旷野上，高高的，像历史的坐标。这巨大的烽燧是用黄土、鹅卵石、柽柳、芦苇一层层夯实修筑起来，那柳条和芦秆犹如今日的钢筋，把泥土凝聚在一起，构成巍峨和雄壮。虽罹患两千多年的风剥雪蚀，依然威风凛凛，展示着古战场的雄风浩气。我手中的《丝绸之路史话》告诉我：早在汉武帝太初四年（前101）破大宛后，“自敦煌西至盐泽往往起亭”。汉武帝派遣强弩将军路博德率将士修建“居延塞”，实际上是居延海溯额尔齐斯河南下达酒泉的长城。后来又把这长城延伸到盐泽（即罗布泊），每年要征集二十三至五十六岁的男子即壮丁赴边塞为戍卒一年。

每座烽燧驻扎几十个人到百余人不等，他们报警的信号：一是烽表，即用红布和白布缝成帆状物，匈奴入侵时，则悬挂在亭壁的高杆上，按入侵者多少、远近而增减数量，一燧挂烽，他燧照传，戍卒们即可作好自卫准备；二是烽烟，即焚薪取烟，亭壁上有烟囱，易于使远处望见，这是比较紧张的信号，夜间用烽火代替烽表，是将点燃的柴束，悬上高杆，也按照入侵者的多少、远近而增减数量；三是积薪，无论昼夜，最严重的报警就是焚烧柴堆，称之为“积薪”。

于是中国古典诗词里才出现“烽火连三月，家书抵万金”的诗句。

狼烟滚滚，战马萧萧，鼓笳悲鸣。刀光剑影的恐怖惨烈，血泪交加的生死歌哭，将军白发征夫泪，长烟落日孤城闭。这广阔天地才真正是古代军事家施展战略战术才华的舞台。这里没有苟且偷生，没有遮藏和躲避，一切都暴露在阳光下，视野中，没有木马计，没有八卦阵，是地地道道的生命与生命的直接撞击，是生命力的张扬和展示。即使战死，也死在阳光下，死得亮亮堂堂，“醉卧沙场君莫笑”，那才是真战士、真英雄的本色，即使头颅落地，血雨喷溅，也是阳光下一道绚丽的生命彩虹！

在阳光覆盖的西域这片广袤的土地上，西汉末期曾分裂为五十余国，其中大部分都为匈奴控制，由于匈奴“敛税重刻，诸国不堪命”，上书东汉朝廷“要东内属”，“愿请都护”。当时，匈奴也分裂为南北两部，南匈奴归属东汉，入居塞内；北匈奴的政治中心仍在漠北，并继续控制西域诸国：车师国、鄯善国、莎车国、龟兹国、于阗国、焉耆国……这些小国之间时常烽火不熄，羽檄飞驰，弄得丝路阻塞，“绝通汉道”。北匈奴单于乘机发兵两万，袭击车师，杀车师王后而使汉军陷入孤立无援。匈奴势盛，无法抵抗，汉兵只好退至玉门关内，丝路一度中断。

疏通丝路之重任，再现大汉帝国之雄威，当属班超。其实班超只带领三十六名壮士，纵横捭阖在这广阔的舞台上。他来到鄯善国，先受到国王的热情款待后又遭冷遇，得知匈奴使者到来，国王畏惧匈奴。班超便带领壮士夜袭匈奴使者，使鄯善国王一心向汉。接着又率众征战，平息疏勒骚乱，继之派人出使大月氏，说服康居，结好于丝路要冲诸国。疏通丝路种种障碍，班超依靠的是当地人民，“以一身转侧绝域，晓谕诸国”，西域诸国“莫不宾从”。

班超四十岁出使西域，在西域二十九年。这其间汉章帝曾下诏，诏班超回朝。汉章帝这个命令却违背西域诸国民意，当班超准备返回洛阳时，沿途各地都要求东汉政府收回成命极力挽留。疏勒有一都尉看劝阻无效，竟然自刎于班超面前。班超行至于阗时，于阗王侯以下都啼泣号哭，挡住班超的坐骑，此时此景，使班超热泪潸然，决计违抗君命，毅然返回疏勒等地。经过班超在西域二十九年惨淡经营，文攻武伐，终于使匈奴的势力大大削弱，“平通汉道”，东西交往的大干线又一次畅通无阻，历史上称之为东汉时期丝路“二通”。

之 二

激起历史长河涟漪的不仅仅是文治武功，铁马金戈，更撼人心魄的是那些艰难跋涉、忍辱负重传播文化和文明的使者，他们的脚步惊醒了沉默的历史，也惊醒了凝固的世界。

文化对政治的超越，宗教对人生的规范，艺术对人类苍白精神的充盈，原不是金戈铁马所能征服或替代的。

人类的精神史是横贯历史的血脉，没有它，历史将是干枯的、僵涩的。在这条丝路上，永远不灭的是那些穿越时空的精神的光芒。

佛教早在公元前三世纪中叶便传入西域，至公元初年方传入中原。据说，东汉明帝曾做一梦，梦见一个很高大的金人，“飞空而至”，醒来后，他请朝臣替他圆梦。一位博古通今的大臣名叫传毅的说：“西方有一种神，您梦见的可能是‘佛’。”于是汉明帝便派人四处寻找佛法。后来得悉天竺国有两个很有名望的游方僧，一个叫摄摩腾，一个叫竺法兰。这两个印度和尚以游化四方、弘扬佛法为己任，受到邀请，欣然从命。他们沿着丝路，过雪山，涉流沙，一路风尘仆仆，来到洛阳。明帝热情款待他们，并专门为他们修建寺院，供他们译经。这个寺院就是著名的白马寺。于是洛阳城里便出现了佛号声声、佛烟袅袅、祈祷诵经声如涛浪的景观。

我走进西部，在柏孜克里克千佛洞，在库木吐拉千佛洞，在克孜尔千佛洞，在敦煌艺术宝窟，那一尊尊佛像雕塑、乐伎图、舞伎图、弹琵琶图，记载着他们的故事。他们的肉体已消弭在黄沙漫漫的旷野，他们的精神已升腾为不朽。我曾想，这一代代的宗教传播者，带着对宗教的虔诚，肩负着传播文明的使命，跋涉雪山、戈壁、荒原、大漠，顶烈日，冒风沙，面对重重苦难，矢志不移，有多少人暴骨沙野，化为泥尘。而后继者，依然风尘仆仆，继续开拓他们的事业。

他们是人类精神的使者。

我的目光凝视着洞窟的壁画，仿佛是抚摸历史额角的皱纹。在这里仍活跃着没有被风沙湮灭的细节和故事，还跃动着苦行僧不灭的思想和情感，这里仍熠熠不息地燃烧着中世纪僧侣精神之火。

而行走在这历史地平线上，有一个巨大的身影永远不会消逝，那就是法显和尚。

法显和尚是东晋人，他三岁为沙弥，二十岁受大戒，自幼受佛法教育，“志诚行笃”，仪轨整肃，常以律藏残缺为憾，矢志前往天竺求经律。东晋安帝隆安三年（399），法显与同学慧景、道整、慧应、慧嵬等十一人从长安出发，西行求经。当时法显已是六十多岁的老人了，要渡流沙、穿戈壁、越葱岭，其艰难险阻难以想象。花甲老人依然情致昂扬，虽死无怨，同去印度十一人，归来时，仅剩他一人。

《法显传》中记载他从敦煌向鄯善国出发途经沙河的情景：“沙河中多恶鬼热风，遇则皆死，无一全者。上无飞鸟，下无走兽，遍望极目，欲求度外，则莫所拟，唯以死人枯骨为标识耳。”法显在沙海跋涉十七天方到鄯善国。他在此停留一个月，又踏上穿越塔克拉玛干大沙漠的征途。在浩瀚大漠中艰难挣扎三十余日，方到于阗。塔克拉玛干被后来的瑞典探险家赫文斯定称之为“死亡之海”。漫漫黄沙，垒垒沙山，酷阳烈日，沙暴肆虐，这花甲老人该是经历了怎样惊心动魄的苦难？九死一生，闯过这生命禁区，法显只用寥寥十几个字记录了这一段旅程：“路中无居民，沙行艰难，所经之苦，人理莫比。”可谓，艰辛困苦不可言状。他在于阗停留三个月，又开始翻越海拔平均五千米的帕米尔高原。这里雪峰林立，直插云霄，巉岩嶙峋，怪石丛耸，巨壑深涧，风寒刺骨，鸟无影，兽无迹，更无道以假，法显一行凭着一种怎样超人的意志和信念，在这崇山峻岭上攀登？这是通向精神高峰的攀越，宗教的力量已远远超过了生命肉体自身的力量。经过一个月的艰难跋涉，他们来到北天竺——即曼陀罗地区，这是北印度的门户。当时，曼陀罗已被波斯人、希腊人、斯基泰人、大月氏人所占领，佛教已遭到毁灭。法显大失所望，虽从残垣断壁间看到佛教的遗迹和丰富的地下文物，却已是残红飘零，落叶缤纷了。

法显离开曼陀罗，要去中印度。当时这里是笈多王朝帝国的鼎盛时期，经济发达，文化繁荣，佛教盛行，经号响彻山谷，佛烟氤氲云空。法显遍游佛迹，拜访寺院。法显看到博大精深佛教经典，回想一路艰辛，许多同伴都死于途中，不禁感慨唏嘘，怆然泪下。

他青筋嶙峋的手指握着笔管，战栗地写道："……今日乃见佛空处，怆然生悲。彼众僧出，问显等曰：汝从何国来？答云：从汉地。彼众僧叹曰：奇哉！边地之人乃能求法至此，自相谓言：我等诸师和尚相承已来，未见汉道人来到此也。"

法显在笈多王朝的首都摩揭陀国的巴弗邑住了三年，学习梵文，记录律藏，写经画像，又南下到多摩梨帝，又二年，此时同去的伙伴皆已死去，只剩下他一人了。五年后，这位年高七旬的老僧独自一人乘商船踏上归途。途中船遇大风，船在暴风和海浪中迷航，最后漂流到山东崂山之南岸——即今山东即墨县……

那是九月的一天，我乘塔里木石油天然气勘探指挥部的"巡洋舰"，驰行了一天一夜来到塔克拉玛干东部边缘的古城和田——即当年的于阗。我遍历小城，寻访当年文化使者的遗迹，千年风沙已毁灭了历史，但从零星的佛塔和残存的寺院中，我依稀看到这里曾飘拂过多少僧侣的袈裟、商人的衣袂、征旅的长发……这些古丝路的开拓者，曾在这里抖落一路风尘，行囊里补充上食物，羊皮袋里装满水，又精神抖擞地迎着浩浩风沙，踏上更艰险的征程。

法显是中国第一批到达中印度的僧人，比玄奘早了二百多年。他跋涉到佛教文化的源头，用那双苍老的瘦骨嶙峋的双手启开了释迦文化的闸门，随之，释家思想的流水便潺潺汩汩沿着漫长的丝路流淌而来，漫洇了西域广袤的土地，浸淫了中原干涸的精神原野。

之 三

在法显的身后，有一个身影是模糊的，他常常被历史所遗忘，这便是宋云，那是北魏时代。这个时代很奇怪，虽然九州狼烟弥漫，王朝更迭如舞台的折子戏，幕起幕落频繁得令人眼花缭乱，而文化却取得了令人惊叹的辉煌。且不说魏晋南北朝时期出现了陶渊明、谢灵运等一大批光彩夺目的诗人，而在干戈如林的缝隙中，释家文化也汹涌澎湃在中原奔腾，而推波助澜者，宋云算是一位。

宋云是敦煌人，他西行取经，据《洛阳伽蓝记》中所记：应为神龟元年，即公元518年。

宋云为何到天竺？这和北魏当时社会情况有关。北魏经营西域，提倡佛教活动。十六国时，佛教已盛行大江南北。北魏文成帝开始在当时的京城山西大同开山凿窟，历经三十六年，营造了著名的云冈石窟；宣武帝又建成了著名的龙门石窟，时当公元500年。我国著名的麦积山石窟也是开凿于北魏景明年间。我国四大著名佛教石窟中的三座，均开凿于北魏，这种文化背景，宋云西行取经，当属自然之事了。

北魏明帝时总揽朝政大权的是胡太后，胡太后的姑母就是一个尼姑。胡太后自幼深受佛家文化影响，她执政后变本加厉地推行佛教。由于她的倡导，到了神龟元年（518），仅洛阳的寺院就达五百余所了。

宋云是官派的文化教育使者，他身负胡太后赋予的使命：一是取经，二是宣扬国威，三是结交邦邻，扩大北魏的影响。宋云西行时，胡太后亲自送行："敕付五色百尺幡千口，锦绣袋五百枚"，向沿途各地赠送，并且还带有胡太后给各国的公文，其中就有给丝路沿途的哌哒王、乌苌国王、乾陀罗国王的"诏书"。

这与法显和尚西行就迥然不同了，法显是民间文化交流，而宋云则是国家间的文化交流了。

宋云的马帮驮队没有走传统的道路——河西走廊，因战乱无法通行，只好从青海西平（今西宁），临羌（今湟源），然后经日月山口进入沙漠地带，然后到达鄯善国。在鄯善国小住几日，又经过且末到达精绝之地，即今日的民丰县。这些地区地广人稀，但信仰佛教，城内佛塔上挂满彩制幡盖，这些佛盖中，宋云还见到距他一百多年前——后秦时的僧人所挂的幡盖。宋云继续西行，进入了著名的于阗国。其实，于阗王并不信佛，有一位胡商领一位叫毗卢旃的和尚来到于阗，坐于城南杏树下，施展法术，使于阗王听到他的声音，于阗王便亲自来到杏树下，和尚便说：佛让我来找你，令你造佛塔一座，如遵令而行，保你社稷永存。于阗王不信，便说：你让我看见佛，我便从命。和尚随鸣钟向佛报告，空中便顿时出佛像。于阗王大惊，忙五体投地，当即命人造塔建寺，随之，在塔克拉玛干大漠边缘出现佛风荡漾的局面。

宋云身为北魏使臣，当然受到于阗王盛情厚待。

宋云离开于阗便南下进入朱驹波国，即今新疆叶城，然后西北而行，经喀什噶尔，又由此向西南，攀越帕米尔高原，经过艰难的跋涉，越过兴都库什山，进入今阿富汗境内。当时阿富汗为顺哌哒所统治，因此宋云称其地为哌哒国。哌哒是大月氏的种族，也有人认为是高车人种，亦称白匈奴。宋云路经此国时哌哒势力很强，东至于阗，西及波斯，四十余国皆臣服于它。宋云说是“四夷之中，最为强大”。但哌哒人不信佛教，以游牧为生。宋云到达此国后，向哌哒王递交了北魏明帝给哌哒王的诏书，哌哒王“再拜跪受诏书”。宋云在此逗留一个月，便起程去波斯，而后经赊弥国（今巴基斯坦奇拉尔一带）、钵卢勒国，直到北魏正光元年（520）四月中旬，宋云等进入著名的乾陀罗国，在这里参拜了各种佛迹，第二年二月返回洛阳，所得佛经一百七十部。

这一时期，哌哒不仅打通了中国与中亚各国、波斯及拜占庭之间的交通，相当大的程度上掌握着从塔里木盆地通往里海各贸易港口的丝路商业，而且与吐谷浑相互协作，操纵着从印度到中国的中西交通。宋云这庞大的外交使团的西行无疑沟通了中原与西域诸国的关系。

作为胡太后本人是不值得赞扬的人物，她独揽朝政，弄得北魏江山一片混乱、腐败不堪。而胡太后作风更不怎么的，她每晚都要四个男人侍寝，当尔朱荣大军兵临洛阳城下，守城的将士自动打开城门迎接，她的近侍也纷纷逃走。胡太后吓得哭哭啼啼，知道性命难保，后来，急中生智，拿起剪刀，削发为尼，结果被尔朱荣认出，把她和幼主一起抓住。

尔朱荣见胡太后剪光了头发，脱掉了绣花鞋，泪流满面，用手捏着额说："听说你一刻也离不开男人，我成全你，死后嫁给河伯行欢作乐吧！"说罢一挥手，令部下把她和幼主扔到黄河里。这就是历史上有名的"淫皇后死后嫁河伯"的故事。但胡太后派宋云出使西域，在客观上还是促进了中西文化交流，繁荣了中西经济贸易。

之　四

躁动的风沙，疾旋的苍鹰，飞驰的野云，荒旷的戈壁大漠，仍然向我展示着西部不灭的激情和无所顾及的野性。大西北，每一页都有着《创世记》的荒凉，每一页都蕴含着《出师表》的悲壮，每一页都藏匿着《蜀道难》的险恶，每一页都炫耀着《天方夜谭》的传奇！这里每座山的筋骨，每条河的水脉，每片土地的肌肉，都贮存着远古的气息、中世纪的忧郁、征旅的泪水、僧侣的艰辛、戍卒的喟叹、商贾的忧怨，还有长安怨闺的惆怅、慈母的牵念……

我追逐着昨天的地平线，沿着逶迤的古道，踏着披离的衰草，去寻找天荒地老的传奇和神话。

这条古道上长满荒凉和寂寞，也诞生了祆教、基督教、佛教、伊斯兰教，东风西雨曾飘洒在这片土地上。在这条古道上，塞人、羌人、丁重人、月氏人、匈奴人、突厥人、回回人、蒙古人自东向西迁徙；希腊人、阿拉伯人、雅利安人、粟特人自西向东迁移……这是人类的大循环，是古代文明的辐射，高山雪原难以阻挡，大漠戈壁难以隔绝。他们用生命点亮了人类精神浑蒙的苍穹。

两千年来，在古老的地平线上留下的背影和深沉足迹的，莫过于玄奘了。

大唐帝国以高屋建瓴的视角，以囊括六合八荒的襟怀，纳八面来风，迎九天流云，把中国文化推向一个辉煌的顶峰。而玄奘矢志西去印度取经，当时唐帝国立足未稳，西北边陲依然躁动不安，并非具备盛唐时期磅礴的气度，阳关、玉门关的铁门还落着沉重的古锁。

二十六岁的玄奘决心继承先贤遗志，继续开拓这条文化长河，使其浪涌潮急。他孤身一人离开长安，开始了悲壮的文化苦旅。他昼伏夜行，风餐露宿，经过张掖、酒泉，到了瓜州。刺史独孤达是虔诚的佛教徒，他对玄奘的到来非常高兴，热情接待，并为他准备食品、马料，指点西出玉门关的路线。正在这时，从凉州发来追捕玄奘的公文，刺史独孤达当着玄奘的面撕毁捕文，让玄奘赶快整装西行。独孤达这个小小州吏历史上并没有留下什么辉煌的政绩，但是他敢于蔑视皇威、撕毁捕文，放行玄奘，这一举动，石破天惊，为中国文化史掀开佛教东渐的辉煌篇章。

这时，有一胡僧，名叫石磐陀，愿拜玄奘为师，并送玄奘出玉门关。临行前，石磐陀又领来一个胡人老翁，自称往返伊吾十三次，认识路途。《西游记》的孙悟空和白龙马就是以这青年胡僧和老翁为模特而创造的。据说，榆林窟千佛洞里有三幅壁画，就绘有唐僧、孙悟空和白马。孙悟空就是那位胡僧的化身：身着襦裤、麻鞋，头戴金环，额低嘴长，露齿披发，双眼圆睁、似人又似猴，形象逼真而带野性。

一日，玄奘和石磐陀渡过葫芦河后，在草地上休息。月光下，石磐陀在玄奘背后突然拔刀而起，后又徘徊犹豫，玄奘在月影下知道他起了异心，但仍然端坐不动，且问他为何拔刀。石磐陀于是把刀放下，说："弟子想，走这条路实在艰难，虽然这座烽火台附近有些水草，但只要有一处发现了我们的行踪，我们的性命就完了，还是回去吧！"玄奘的回答是，他宁可西进而死，决不东退一步。玄奘让石磐陀回去，独自踏上艰难险阻的征途。

瀚海茫茫，风吼沙啸，天地浑蒙，哪有道路可循？他只能辨认着一堆堆骨骸和驼鸟的粪便的痕迹踯躅行进。白天太阳如火，夜晚却风寒如割。"晚则妖魅举火，灿若繁星；昼则惊风拥沙，散如时雨。"在过莫贺延碛大戈壁时，玄奘迷了路，又找不到泉水，谁知祸不单行，随身携带的水囊又失手落地，倾洒一空。没有水，就意味着死亡，玄奘依然策马前进，五天五夜，竟滴水未进，口干舌焦，几乎葬身大漠。幸亏老马识途，并闻到远处有水腥味，在最危急的时刻，驮着他找到一处水源，这才幸免一死。又经过两天艰难跋涉，方穿过莫贺延碛，到达伊吾。

玄奘是孤独的跋涉者，是真正的"文化苦旅"。易卜生说："世界上最有力量的人是孤独的人。"

玄奘又继续西行，过沙漠，越戈壁，攀越帕米尔高原，历经千难万险，九死不悔，终于走进佛教文化的源头。玄奘在印度学习、游历、参观、讲学，进行十多年的活动，足迹遍及印度的东西南北。曾参加"规模宏大的经典教义答辩大会，其中与会的有十八个国家的国王，六千多博蕴经义、造诣宏深、能言善辩的僧侣，玄奘作为主讲人，大会连续举行十八天，大家聚精会神地倾听玄奘的精辟议论，始终没有一个敢上台反驳他的意见"。后又参加五十万人佛教盛会。玄奘的大名声震遐迩，受到印度佛教界的尊重，他决计回国时，又受到当地僧侣千般挽留。鸠摩罗王甚至表示“只要他留在印度，愿为他造一百所寺院”。但玄奘一颗拳拳爱国之心，坚如磐石，于公元645年回到长安。

我曾路过甘肃天水县，这里有条“通天河”，传说玄奘路阻天水，白鼋托佛的故事就发生在这里。

有个千年老鼋愿驮玄奘过河不过提了个条件：求玄奘在西天佛祖面前询何时脱壳成人形，玄奘满口答应。其实老鼋的要求并不高，谁知玄奘意念只在取经，竟然忘了老鼋的嘱咐。取经归来，又过通天河，老鼋将他同白马驮在背上，将至对岸之际，忽然问当年相托之事，玄奘无言以对。老鼋顿生怒气，一翻身，玄奘连人带马掉进河里，经包、衣服均被打湿。玄奘爬上岸来，又忽然狂风大作，天昏地暗，雷电交加，沙飞石走。玄奘按住经包，直到天明，风平雾散。玄奘便解开经包，晾晒于崖上，至今这里还有玄奘的晾经台。

——这不过是吴承恩老先生撰写的《西游记》的情节。

玄奘回到长安，却得到官方的热情欢迎，唐太宗对其跋涉五万余里，历经千难万险，“访道殊域，今得归还，欢喜无量”。且不说传手谕于阗等沿途各国派衙役护送法师，并命沿途官员接待。如果说，玄奘出国是私费，是出逃，归来时却已是公费。一代佛教大师回到长安被安置在太子李治修建的慈恩寺译经，又专门在寺内修佛塔一座收藏他带回的经卷，这便是至今巍然于西安的大雁塔。

一代佛宗历经坎坷和惊心动魄的千万磨难，终于完成了一项震撼中国文化史的伟业。

大唐帝国纳佛、儒、道不同宗教流派，相辅相成，各行其业，这在中国历史上是不多见的王朝，比之东汉“罢黜百家，独尊儒术”之襟怀和气度是何等宽阔、博大！这就造就了大唐文化教育的辉煌！

之 五

高天上悬着一轮炽热的太阳，阳光如瀑，波波溅溅地倾泻在这片荒旷的土地上，远处的地平线被阳光烤干了，像一条晒干了的羊肠子，横亘在天地间。我孤独地走进苍茫，走进空旷，走进原始的鸿蒙。天山，在远处蹲踞，大漠在远方休憩，脚下的戈壁滩是岑参的“一川碎石大如斗”，静寂得能听到石子被阳光晒裂的哔剥声。天空干净得连一片云朵也找不到。车子翻过一座山丘，越过一片高地，除了白花花的阳光和我，还有我乘的丰田车，什么都没有。在一片沙丘前，我们停下车子，我真想掬起一捧沙土，亲吻历史，摭拾驼铃的残韵。那飞扬的马蹄，那野营的篝火，那天涯孤旅的喟叹、断落的诗行，那苍凉暮色中的疲惫，还有羌笛的哀怨、烽火狼烟的惊惶……这古丝绸之路从关中平原的长安奏响第一个音符，穿越河西走廊这辉煌的中音部，走向古西域高音部……

在落日残照里，我依稀看到一个背影，那是仗剑去国的诗人岑参。尽管诗化的大唐帝国，留下王昌龄的“秦时明月汉时关，万里长征人未还”，王维的“大漠孤烟直，黄河落日圆”，王翰的“葡萄美酒夜光杯，欲饮琵琶马上催”，王之涣的“羌笛何须怨杨柳？春风不度玉门关”，李白的“明月出天山，苍茫云海间”等等千古绝唱，但没有岑参，汉唐的边塞诗就顿然黯淡失色。翻开那些诗人的履历，只有高适西出过阳关，而大多数诗人只凭浪漫主义想象，根本未涉足西域。李白算是个游吟诗人，放浪山水，啸傲江湖，诗侣酒俦，他根本没去过天山，一生只不过东游齐鲁、北游幽燕、东游江东吴越，更多的是缠绵于巴山蜀水。而岑参却在西域生活了六年：暮投交河城，晨登火焰山，啸傲戈壁风，策马天山路。逸兴遄飞，豪气干云，那是一种生命和精神的张扬与驰骋。

岑参出身于世代为相的官宦之家。曾祖父、祖父、伯父都官至宰相，但均无善终。岑参出生时，伯父——作为宰相的岑羲因太平公主事发而受牵连，籍没家产，放逐家族，身首异处已有两载。曾经是青石丹墀、飞檐翘瓴、庭深如海的相府早已荒草没阶了，昔日翠华摇摇的威仪已化为一页冷梦。

岑参青年时代命运多舛，仕途蹇涩坎坷，出入长安，奔波多年，却未应举登进士及第，一事无成。三十岁当了一名参军，大概相当于现在师团参谋，或秘书角色，八九品的芥豆小官。岑参郁郁不得其志，难展雄才大略，不得已投笔从戎，西出阳关，踏上漫漫军旅生涯。

岑参生活的开元、天宝年间，从军出塞的是士人进身的主要途径之一。《唐音癸签》卷二十七载“盖唐制，新及第人，例就辟外幕，而布衣疏落才士，更多因缘幕府，蹑级进身”。高适二十岁时在度安求会不遇，然后北上蓟门，以期获得从军立功的机会，这是士人晋升的捷径。到了李林甫、杨国忠为宰相的玄宗时代，朝政腐败，官场黑暗，文恬武嬉，醉生梦死，莘莘学子想跻身仕林更是难于上青天。但他们又不甘于寂寞，忧国忧民之心如焚，便只好奔波在从军出塞的小径上。我想唐帝国制定这一政策，很像我们今天干部下放挂职，或援藏支边一样，镀金几年，回来加官晋爵，岑参也未能免俗，热衷功名，羡慕富贵，当然，不能否定，岑参也怀有以身许国、志在四方、为国安边的抱负。

岑参两次沿着丝路到达西域，先后任高仙芝幕府书记，安西、北庭节度使封常青的判官，在西域服役期六年。六年间诗人一身戎装，仗剑纵马，踏遍天山南北。在火焰山下，诗人骑一匹瘦马，仰望赤土如火、热浪炙人的火焰山，吟哦道：“赤焰烧虏云，炎气蒸塞空。”面对着砾石遍野，碎石如斗的荒旷的大戈壁，叹道：“黄沙碛里客行迷，四望云天直下低。为言地尽天还尽，行到安西更向西。”而对西域的厉厉长风，更有深切的体验：“九月天山风似刀，城南猎马缩寒毛”，“轮台九月风夜吼，一川碎石大如斗”，“北风卷地百草折，胡天八月即飞雪”……

我依稀看到诗人满面风尘，饮马伊克塞湖畔——古称热海：“蒸沙砾石然虏云，沸浪炎波煎汉月”——长吟短叹；我看见诗人策马天山脚下，急骤的马蹄激溅出火星；在高昌故城、交河故城的驿馆里，在瀚海阑干百丈冰的隆冬，愁云万里，北风卷地，暮雪飘飘，那种使人感到天高地远、浩乎千里、一片旷远浑茫的北国气派。

大西北啊，这里有天的深邃，地的旷达，云的高远；这里有沙的浩瀚，风的狂妄，山的峥嵘；这里有太阳的肆虐，月亮的冰冷，星辰的缥缈；这里能使人目光舒展，胸意豁然，呼吸畅达；这里能使人情感升华，灵魂飞腾，浮想联翩；风起风落时，那燥烈中的宏伟；日出日沉时，那静默中的庄严，任凭你胸中块垒犹如冰山，也会化为一池静波；任你有一腔忧怨，也被高天长风吹得无影无踪……在这里，你能寻到生命的高度，在这里，你能志存高远，在这里你会感到生活的旷博，创造的浪漫。玄玄宇宙，地老天荒，在这里，你会感到人生该有一个多么广阔的空间。中国历代文人都有强烈的功名欲，都想跻身仕途，展示经天纬地的雄才大略，当他们受到挫折，郁郁不得其志，在谲波诡浪的宦海中沉沦后，有的就胸藏丘壑、遁隐山林、寄兴烟霞、诗酒风流，以示对世俗的超脱；面对斜阳暮树、孤村、荒水、松窗、竹户、芳径平芜，淡烟疏柳，抒发心中块垒，营造那种诗情画意的氛围。那种诗是一种病态的分泌。而岑参恰恰相反，他是伴着风沙，就着飞雪，写下的诗篇，字里行间有着诗人发烫的情感，有着热血的燃烧，生命的腾腾烈焰。

披襟当风，长歌当吟，壮年的岑参为古西域这部古老的巨著圈圈点点，写下无数注释，留给后人一把解谜的钥匙。

文学的最高境界是诗。诗是自然的灵悟，是一种天籁。岑参破空而来，绝尘而去。西域六年的军旅生涯可谓他一生的华彩乐段。

诗人的边塞诗绝非“酒侣诗俦，潦倒风流”之作，而是忠烈之心的骚动，忧国忧民的感怀。他曾“不为妻子谋”，“不愁前路修”，关楼城堞，大漠旷野，冰雪浃骨，战马长啸，甲戈碰撞，枪剑拨击，劲风狂雪，都有一种很强的历史穿透力，片纸尺牍背后凸现出强烈的民族意识，忧患意识。诗是西部苦难的河流。苦难造就了诗人，也使西部充满了诗意的芬芳。

结　语

我在大西北奔波，我循着昨天的地平线，行走在河西走廊，盘桓在天山脚下，饮大漠长风，踏戈壁砾石，亚细亚的阳光照耀过古人的身影，也照耀着今人的身影。踏上西部这漫漫征途，无疑走进一部令人回肠荡气无言的史诗，悲壮的史诗。

这是一个黄昏，我孤独地徘徊在戈壁滩上，望着沉沉落日，那巨大的圆，红得像血，天空霞光飞腾，暮野一片静寂。天与地相连处是一条缥缈的线，像一根弦，落日就是在那根弦上跳荡的音符，我仿佛听到相撞时发出巨大的轰鸣。

在这天地间，历史上有许多人物就消失在地平线的尽头，他们没有留下姓名，没有留下墓碑，然而他的背影长长地铺在这广袤的充满苦难的土地上，他们的足迹已被大地收留珍藏。历史演绎，岁月递嬗，天地浩茫，雪泥鸿爪，要寻访到中国文人的足迹，也实在难。然而他们传播的文化的火种，以及他们本身丰富光扬的人文精神，却依然熠熠不熄地燃烧着，光照千秋，光照人类精神的苍穹。

解读凉州

一

离开兰州，我乘上汽车，直奔武威——古称凉州的边塞名城。时值阳春四月，几天前我离开故城济南时已是春色酽酽、绿意沸腾了，而这里却是一脸的边塞相：肃穆和苍凉。左边是霸气粗豪的祁连山，白雪冠顶，渗透出一缕缕凛凛寒气；右边是雄浑苍莽的龙首山，呈现出一抹冷漠的灰黄。看不见山泉流水，听不见莺歌燕语，路边新栽的杨柳似乎还未从冬眠中醒来，光秃秃的枝条摇曳在干燥的旱风中。稀稀落落的村庄里偶尔传来一两声鸡鸣犬吠，传递出一缕生命的气息，天地间一片旷达的静寂，一片枯涩的静寂。

汽车穿行在河西走廊里，像穿行在时间的隧道里，历史的密码从四面八方蹦跳出来，雪花般地扑落在大脑的屏幕上：边墙塞障，大漠孤烟，古道驼铃，石窟塔影；耳边不时响起羌笛的哀怨，筚篥的呜咽，胡笳的悲鸣……似乎卫青、李广的战马刚刚从这里踏踏驰过，大唐王朝的边塞诗人就在我们前边，那飘动的衣袂依稀入目……

凉州词、塞下曲、陇头吟、阳关三叠在我的记忆中还未温习一遍，眼前的走廊忽然变得开阔，转眼间不见了龙首山，祁连山也退避三舍，在白云下缥缥缈缈，躲躲闪闪。视野里出现一座城郭，人们说，前面就是武威了。

啊，武威，一片孤城万仞山。王之涣没有说谎！

对古凉州我心仪已久，曾引起我多少缤纷缭乱的遐想，那是汉唐边塞诗留给我的意象。汉唐时代多少诗人钟情凉州，写下了辉映千古的凉州词，那是中国文化流韵中一道壮丽的景观。秦、汉、南北朝、隋唐，以至宋明，历经两千多年，这片被风沙裹挟和烈日燃烧的赭褐色的土地上，总是烽火狼烟，干戈如林，战争的剧目频频上演，连绵不绝。

凉州是古代羌人息居之地。羌，就是"西方的牧羊人"。羌人以游牧为业，逐水草而居。华夏族一个部落的酋长就姓姜。姜、羌，文字上同根同源，也就是说，炎帝部落很可能就是东迁的羌人。

秦汉之际，匈奴在中国北方崛起，他们击败了东胡，又驱逐了月氏人，河西走廊的羌地也受到了侵略，祁连山下丰美的牧场成了匈奴人纵横驰骋的天地。剽悍、骁勇、"善骑射"的匈奴人不断南下侵犯汉境。从汉高祖刘邦到汉景帝，几代皇帝，因汉业初创，数十年间没有力量与匈奴抗衡，只好采取和亲政策，以缓和边境危急。但匈奴贵族贪得无厌，得陇望蜀，不时骚扰汉廷。到了汉武帝时，这位气宇宏赡、有囊括四海之志的一代霸主，决心要解决河西走廊问题，要同匈奴决一雌雄。

汉武帝要开疆拓土，疏通丝绸之路，连续派卫青、霍去病、李广率军出击河西走廊。骠骑将军霍去病，首战首捷，一举击垮了匈奴休屠王，占领了河西走廊的东端，并获得了匈奴的祭天金人。武帝将它陈列于甘泉宫，以示武功，为了纪念这场战争的胜利，命名此战场为武威，炫耀汉王朝的军威和武功。

由于连续对匈奴人用兵，匈奴屡遭失败，不得不远走他乡，河西走廊完全被西汉王朝控制。到了元鼎二年（前115），汉武帝在河西走廊开设郡县——即置武威、酒泉、张掖、敦煌郡，后又设金城（兰州）郡，被称为河西五郡，其行政机构和内地完全一样。武威郡即凉州刺史的治所，这样，武威便有了凉州的别称。

到了唐朝初年，由于隋末天下大乱，河西走廊被匈奴人的别支突厥和吐蕃族、吐谷浑割据。唐高祖李渊统一天下后，深感凉州地理位置的重要，特别任命善于征战的儿子李世民为凉州总管。但李世民并未就任凉州，李渊就派了黄门侍郎杨恭仁为安抚河西的大使，并专任凉州总管。

从唐开国到以后的一百多年中，唐王朝与西北少数民族发生了多次战争，而战争大都是以凉州为根据地而进行的，也就是说凉州是当年的前线总指挥部。《资治通鉴》载，唐开元仅二十九年，在这里就进行了二十四次大的战役。整整一个唐朝，在丝绸之路上进行了上百次的大战役，前后三百年，前仆后继，为开拓这条人类文化的“运河”、中西友谊之路，所付出的代价，真是血流成河，尸堆成山。贞观余烈，在唐朝国力极度强盛时，西域诸国与大唐的关系进入了政治、经济、文化艺术水乳相融的阶段，凉州作为河西走廊的桥头堡，自然也达到了繁华鼎盛时期。

战争给人类带来了无数灾难，却也为人类文明史的发展起着不可替代的促进作用，正如人类学家说：战争选择的是大道义、大精神，战争是一种金属文化。如果没有战争，人类怕是还处在茹毛饮血的原始社会。

凉州在大唐时代的知名度极高，仅次于都城长安。凉州词、凉州乐、凉州伎舞，风靡全国。王建有诗云：“城头山鸡鸣角角，洛阳家家学胡乐。”这里胡乐指的就是凉州乐。温子升描述当时凉州的繁华景象是“车马相交错，歌吹日纵横”，而岑参也激情洋溢地写道“凉州七里十万家，胡人半解弹琵琶”。可见盛唐时期，这西北边塞重镇的歌吹喧天、文化葱茏绚丽的画面。

二

这就是古凉州吗？这就是王维“百尺烽头望虏尘”的凉州吗？这就是岑参“胡人半解弹琵琶”的凉州吗？这就是“车马相交错，歌吹日纵横”的凉州吗？不闻边声鼙鼓动地声，不见假面胡人假狮子，哥舒翰的大军安在哉？高仙芝的营帐安在哉？那跑雪踏沙的胡马呢？那荷戟执戈的戍卒呢？我还没有来得及从唐诗的韵里醒来，眼前扑面而来的是成群的高楼，是宽阔的街衢，是穿梭的汽车，是蠕动的人群，是喧嚣的市廛，嘈杂的声浪。这一切都淹没了边塞诗的古韵。

我千里迢迢来到河西走廊，想摭拾古典的浪漫、苍茫的诗情，寻觅风华葱茏盛唐诗人飘零的身影，一切都不在了，一个现代化的小城，以鲜活的、富有生机的亮丽和繁华呈现在我的眼前。

我走在古凉州的大街小巷，似梦似幻，我触摸现实，遥望历史，眼前总幻化出汉唐时代边塞古城的风貌。啊，你看，从那酒肆里，从那曲曲小巷里，从秦砖汉瓦垒砌的小院里，走出一个个宽衣长袖、峨冠博带的士子。他们步履或潇洒，或蹒跚，或稳健，或轻捷，边风吹拂着他们的须发，秋阳在石板路上投下长长的身影……

啊，那不是高适吗？他显得苍老，才五十出头呀，两鬓染霜，满脸是被风沙揉皱的纵横，双眼溢满忧愁和悁悒，腿脚也显得蹒跚，眉额攒聚。他在想什么呢？是咀嚼新酝酿的绝句，还是因边声风紧而为将帅哥舒翰思忖作战方略？

啊，路边酒肆里传来琵琶声声，丝弦嘈嘈。一位风度翩翩、眉目英俊的年轻人掀开门帘走出来，他瘦削的脸颊被冷酒烧得一片赤红，肩上一把长剑，口袋里还露出被揉搓得缺边少角的半卷诗书。他是岑参吧？两度出塞，戎马倥偬之际，烽火狼烟之中，他跻身于边塞诗人的行列。打开全唐诗，没了岑参，边塞诗会出现缺行断垄，不成气候。

那是王维，还是王之涣？王维我认识，他既是诗人又是画家，被世人称之“诗佛”。诗仙李白，诗圣杜甫，再加上这个诗佛，使全唐诗奇峰突兀逶迤跌宕。他老先生也隔三岔五地写几首边塞诗，一不小心弄出几首千古绝唱。还有王之涣和高适、王昌龄三个“铁哥们”上演了一出“亭上画壁”的故事，成了诗坛千古美谈。王之涣显得颓丧，没有戴唐士子帽，一头花白蓄发被风撩得凌乱，虽人到中年，仍富有狂傲不羁、放浪形骸的诗人风度……

后面还有王翰、李颀、李益，他们的相貌还有点陌生，但名字早已熟悉，都是盛唐名冠华夏、声播九垓的“星”级诗人。他们都来凉州干什么？举行笔会，还是诗人论坛？

我知道，凡是文化名城，总是和文人分不开的，街巷里总是要飘曳着文化人的衣袂。这些诗人为何都有凉州情结？也许有了凉州，边塞诗才得以崛起，边塞诗的崛起，又为诗化的大唐帝国耸起一座巍峨的高峰。全唐诗有一千八百首边塞诗，而边塞诗又有一百多首冠以“凉州词”，或以凉州为背景的诗。许多诗人并未来过凉州，凭着浪漫主义的想象，也写了不少凉州词，抒发一腔忧国忧民的爱国情怀，成了千古绝唱。王之涣的“黄河远上白云间”，王翰的“葡萄美酒夜光杯”，李益的“只将诗思入凉州”……每当我吟诵这些诗篇时，总感到有一股肃杀悲怆的意蕴从字句间丝丝缕缕地冒出来，直透肺腑。

人类社会的发展史上，剑与诗，骷髅与鲜花，狂啸与低吟，铁血烈火与歌舞伎乐，总是在战争与和平两条并行的线上交替弹奏，构成一曲雄浑壮烈的乐章，一曲永恒的乐章。

在凉州活动时间最长的是高适和岑参。唐代是恢弘壮阔的大时代，姹紫嫣红的文化景观处处闪烁着诗化的光芒。那个时代，吟诗成了时髦。考官要作诗，交友要作诗，甚至求偶也要作诗。长安曲江池，当年是很风流的地方。那里既是落第士子借酒浇愁、发泄牢骚的地方，也是贵族以文才择婿的重要场所。我想高适也许曾在曲江池畔饮酒浇愁感时伤怀过吧！

高适二十岁时在长安求仕不遇，到了天宝八年，经人举荐混了个县尉。县尉是县令的属官，官阶从九品下，是官吏中最低的一级，相当于现在的副科级或股级芥豆小官。他曾作诗道：“拜迎长官心欲碎，鞭挞黎庶令人悲。”他毅然辞职，投奔河西节度使哥舒翰幕府做掌书记，驻守凉州。后来安禄山叛乱，哥舒翰大军开往潼关。潼关失守，哥舒翰被俘。高适在乱军中逃出。这时唐玄宗也出逃巴蜀。高适追寻太子李亨到了灵武。

凉州虽然没有夕阳箫鼓曲院风荷，没有烟雨霏霏晓风残月，没有江南的杏花春雨烟柳画舫，但这里边风浩浩，大漠茫茫，山岭峻拔，戈壁旷大，他在这里度过一段充满审美体验的浪漫人生。

高适在《陪窦侍御灵云南亭宴诗》中对凉州山川风物地理形貌有过动人的描述，诗的序言如是说——

> 凉州近胡，高下其池亭。盖以耀蕃落也。
>
> ……军中无事，君子饮食宴乐，宜哉。白简在边，清秋多兴，况水具舟楫，山兼亭台，始临泛而写烦，俄登陟以寄傲，丝桐徐奏，林木更爽，觞蒲萄以递欢，指兰茝而可掇。胡天一望，云物苍然，雨潇潇而牧马声断，风袅袅而边歌几处，又足悲矣。……

这是一幅天高地阔、秋色悲戚的边塞画卷！

高适写这首诗时是天宝十三载，也就是公元745年，那时高适年逾半百，生命的秋天已如寒霜降临。回首大半生，命运多舛，仕途蹇涩，书剑飘零，功名未遂。他和岑参一样，都有热衷功名的世俗追求，又有恃才傲物、狂放不羁的独立人格，面对这胡天塞地的凄楚秋风、飘零的黄尘落叶，羁愁别恨能不黯然生悲？“一樽易致蒲萄酒，万里难逢鹳雀楼”（陆游诗），和友人郊野宴乐，借酒浇愁，洗涤尘烦，感叹相聚不易，相会佳期难卜：“河汉徒相望，嘉期安在哉？”

我来寻觅高适宴乐的灵云池。武威的朋友带我到郊外踏青。往事越千年，人非物也非。灵云池已不再，南亭已不再，萧萧牧马已不再，唯有祁连山还耸立着，耸立着巍峨，耸立着雄浑，耸立着千年不变的苍莽。而峡谷里有一泓碧波，云影山影树影，倒映在水中，水光潋滟，烟波澹澹，偶有水鸟掠过，撒下一串啾啾鸣韵，给这荒凉的大山增添一抹灵性和缥缈的温馨。朋友告诉我，这是上个世纪60年代修建的一座水库，库水源自祁连山冰雪的消融。

我站在湖边远望，颇感到“檐外长天尽，樽前独鸟来”的诗情画意。高适和朋友们在这里举觞醉酒时正是秋天。望天地鸿蒙、六合八荒，阳光薄金，秋风薄寒，心境自然会变得凄然、怆然！

岑参是和高适齐名的边塞诗人。他比高适小十三岁，而且两次来过凉州。洋洋大观的边塞诗有了岑参便平地又拔起一座高峰。

岑参对河西走廊和古西域有着更多的生命体验。他曾于天宝八载在安西节度使高仙芝幕中掌书记，驻在武威。四年之后，也就是天宝十二载，岑参第二次从戎，这时正是封常清任安西节度使，他也曾住过武威。

我在武威的街巷里寻寻觅觅，但寻不到高适住过的营帐，找不到岑参醉饮的酒楼茶肆，一切都被现代生活的烟尘遮住了，物换星移，一个繁华喧嚣的边塞古城已湮没在岁月的苍茫中了。

无独有偶，岑参也是二十岁时到长安求仕不遇，只好另辟蹊径，投笔从戎，仗剑出塞。“琵琶一曲肠堪断，风萧萧兮夜漫漫”，“一生大笑能几回，斗酒相逢须醉倒”。这是岑参第二次到西北边疆、由临洮赴北庭，途经凉州，重逢节度使幕府的朋友而写下的诗句。也是个秋风裹寒、瘦月清霜的夜晚，在街上某一个小酒馆里，老友相聚，泪眼相望，冷饮边秋，醉酹寒月，豪气中不乏苍凉，欢乐中更添忧伤。

弯弯月出挂城头，城头月出照凉州。
凉州七里十万家，胡人半解弹琵琶。
琵琶一曲肠堪断，风萧萧兮夜漫漫。
河西幕中多故人，故人别来三五春。
花门楼前见秋草，岂能贫贱相看老。
一生大笑能几回，斗酒相逢须醉倒。

岑参这首《凉州馆中与诸判官夜集》，写出了凉州的繁华，胡人云集、琵琶声喧的景象，又道出书剑飘零的诗人的悲苦心情。在前线与老友相会，感情极为复杂，热酒冷梦，吟诵如潮，不是江南才子的浅斟低吟，而是军旅诗人的狂饮浪醉。也只有边塞重邑凉州，户外战马嘶鸣，风沙萧萧，边月凄清，边秋肃杀的大境界，大氛围，才能酿就这一缕豪迈悲壮的诗情！岑参在另一首诗中咏叹："词赋满书囊，胡为在战场。"满腹诗书，一腔经天纬地的凌云之志，在京都却不能施展，只能从戎军旅。这牢骚也透出岑参的心中块垒。

记不得在哪本科幻小说里读过这样的情节，说当一个人乘坐超光速的运载工具，便可以追上历史的脚步，看到近代、古代，甚至远古人类活动的画面，像看连环画似的，一页页翻阅，秦汉唐宋元明清都历历在目。可惜，现代科学还未发明制造出这种超光速的运载工具，自然我也无法追寻远逝的历史，更难寻觅远去的边塞诗人。

三

说起凉州，不能不提到王维。王维是一个重量级的边塞诗人。他的命运和高适、岑参都有相同之处，多舛和蹇涩。王维出塞时间比高适、岑参都早。在开元二十五年（737），王维奉命出任凉州河西节度使判官。他在凉州也住了两年，开元二十七年回到长安。

当时是崔希逸将军任河西节度使。唐初，唐王朝与吐蕃和好，边境安宁。但不久，唐玄宗听信谗言，令崔希逸率兵出击吐蕃，于是双方失和，战争的阴翳又骤然笼罩河西走廊。那时王摩诘任监察御史，唐玄宗便派他去崔的幕府任判官。此时凉州已处在战争的前沿，“凉州城外行人少，百尺烽头望虏尘”。路断人稀，站在百尺高的烽火台上就能望见滚滚虏尘。

王维多才多艺，他不仅是诗人，也是画家。他的诗画名盛天宝、开元年间。他前期生活积极仕进，后期消极隐退，张九龄罢相，李林甫上台，安史之乱中王维被迫当了伪官，使其对政治失去了热情，而趋向于其早年受熏染的佛门，他买下了风光清幽的辋川别墅，于政务之余，闲住在终南山中参禅修化。

我在武威还摭拾到一段“王维画石”的民间故事。

唐玄宗时，凤翔（今陕西宝鸡）封有岐王。一天岐王听说大诗人、大画家西出长安，大概是奔赴凉州就任判官，路过凤翔。岐王盛情邀王维作画题诗。王维欣然答应，面对备好的纸墨，沉思片刻，一挥而就，画出南山怪石一幅。墨迹虚实相宜，气度非凡。岐王看画，高兴至极，赞不绝口，令下人悬挂中堂。谁知一日，忽然狂风暴雨，雷鸣电闪。宫侍向窗外一看，阳光灿烂，风烟俱净，而室内何来风雨？吓得人躲的躲，藏的藏，乱作一团。狂风暴雨过后，众人一看，室内一切毫无损伤，唯有墙上那幅“石画”不翼而飞。岐王命宫中文臣武将内查外找，皆无踪影。

事过百年，到了唐宪宗时，一日，忽然有大臣禀报，说高丽王派使节送来一件重要文物。宪宗令高丽使臣进宫。只见使臣抬着一架红漆木箱，众人打开，原来箱里装着一块石头，众人大惑。再看高丽国王的信函，说是，某年某月某日，雷雨交加，天降一块大石头，上有贵国诗人王维的题诗印章，如今我们双方已是友好邻邦，愿“完璧归赵”。唐宪宗细细观察，果然有王维的题诗印章刻于石上，和过去保存的王维的画稿一比较，手迹印章一模一样。

传奇是有点传奇。王维的诗和画在中国文化艺术发展史上确实独标高格，影响了一代代诗歌和绘画的创作。

还有个诗人王之涣，此人留下的诗并不多。全唐诗中仅有六首。诗不在多而贵于精。这六首并不影响他成为杰出的诗人而横陈在唐朝诗歌发展史上。而这六首诗中的《凉州词》《登鹳雀楼》又成为传世之作，流传千古。比起乾隆爷的万首诗，可谓“一句顶一万句”。艺术承认的是创新，而不是数量的多寡，更不被官位和权势所左右。

王之涣和王维、高适、岑参略有不同，他没有戍边的经历，但凭着一首《凉州词》而成为唐初卓尔不群的边塞诗人。

王之涣是山西太原人，曾做过小小县尉。他性格豪放，又不拘小节，你想在那个君君臣臣的封建专制的社会里能有多大出息？即是今日之官场，那些耿介、直言者又有何人纵横政坛？中国官场文化讲究的是虚伪、阿谀、中庸、仰人鼻息、唯上是从，性情放达的文人单凭他孤傲的文化人格，也是不会被重用的。尽管你学富五车，才高八斗，诗满书囊！性格已先天性地决定了王之涣的仕途坎坷。

王之涣做县尉时曾有“文安放粮”一案。那是他到河北文安县的第三个年头，文安闹起天灾，旱魃、洪魔、虫祸，联翩而至。秋天，颗粒无收，文安百姓已是家家断粮，户户断炊了。他连写了几份奏章，要求皇上开仓放粮，但是半年过去，泥牛入海，毫无音讯。王之涣愁眉不展，夜不能寐。一天，他闷闷不乐到街上散步，来到一家小酒店，想借酒浇愁。谁知刚刚坐下来，进来一老一少，老者六十多岁，少者是个七八岁的小女孩，饿得面黄肌瘦，两只大眼睛怯怯地望着陌生的一切。她牵着爷爷的衣襟，躲在身后。这时酒保走来大声驱赶。王之涣制止酒保，并命他："再加两个菜，拿几张饼来！"老人热泪盈眶，述说他们是河东人氏，家乡闹灾，儿子媳妇已饿死，自己便带着九岁的孙女来讨饭，说着便急忙跪下："客爷，你行行好吧，收下这孩子，他会烧火做饭，打水扫地……客爷，孩子跟着我也是饿死，就让她跟着你逃条活路吧！"王之涣见孩子可怜，便收留了。

回到县衙，越想越难受，怎么办？灾情越来越严重，死人越来越多，等圣旨，至今杳无音讯；不等圣旨，私开官仓，要犯杀头之罪呀！王之涣辗转一宿，难以入眠，最后下决心，开仓赈灾！……老百姓得救了。消息传到朝廷，皇上大怒，立即命钦差到文安捉拿王之涣。幸亏有在朝做官的好友保奏才免遭死罪。随后，王之涣弃官，浪游四方，并结识了大诗人李白、杜甫；他西游长安又结识了岑参、储光羲等人。

王之涣何时来过凉州，史书上没有记载，但那首流传千古的《凉州词》（"黄河远上白云间"）描写的却是古凉州一带旷阔凄凉的景色。

我想，那是一个天高气爽的秋天的早晨，王之涣登上凉州郊外某一座山包上，举目远眺，黄河仿佛从白云间奔流而来，而身边是一片孤独的边塞小城，背依耸立千仞的祁连山。在这胡天塞地、人烟旷稀的地方，哪有什么春色可言？戍边的将士啊，你们不要吹奏羌笛，怨恨杨柳不绿边塞，春风是不会吹度玉门关的！这悲怆的诗句，渗透着怨恨，渗透着凄凉，也展示了塞外苍凉宏阔的画卷！

孤城一片，苍山万仞，悠悠白云，黄河远去。这里一切都是死亡般的沉寂，是大自然的静默。这是一种大境界，大风景。大象无形，大音希声。这首《凉州词》喊出了负戈戍边、开边立业千万将士的心声！

王翰、李颀、李益，他们有的来过凉州，有的并未来过，却借凉州这个"酒杯"，来浇自己心中忧国忧民的块垒。他们或浅酌低唱，或狂吟浪醉，烈酒冷梦，感念畴昔。性格放达、粗犷豪放的王翰，极喜乐饮，常常喝得酩酊大醉。他来未来过凉州，无籍可查，但那首“葡萄美酒夜光杯”，悲怆凄凉，直透肺腑，也只有他放浪江湖的豪气，才写出这震撼千古的绝唱！

李益祖籍是凉州人，但他出生河北，一生未回过浸润着祖辈血汗、埋葬着先人骨殖的故土。他才华横溢，二十一岁中进士，可出仕二十载，没有升迁，一直在渭北节度使臧希让幕府中，身居微职。他深感仕途失意，毅然弃职浪游，足迹遍及幽燕、河朔边塞。他写了许多边塞诗，被乐工谱之管弦，传入宫廷中歌唱。后来宪宗闻李益诗名，便于元和元年从河北召李益回长安，随即入朝为秘书少监、集贤殿学士。李益又“狂妄”起来，自恃有诗才，言行失检，授人以柄，结果让人打了小报告，被朝廷降了职。他看到官场险恶、宦海诡谲，干脆把乌纱帽一拽，退出这片肮脏的是非之地，做他的诗人去了。他虽未回过故土，却对凉州寄予无限的乡愁乡思。“腰悬锦带佩吴钩，走马曾防玉塞秋。莫笑关西将家子，只将诗思入凉州”。

凉州是人文荟萃之地。千百年来，凉州曾负载过边塞诗人的生命和卓越才华，曾负载过国中文化史上一段流韵千古的壮丽景观——凉州词。高适、王之涣、王维、岑参、李益、李颀……他们的诗章具有丰富的想象力和情感色彩，成为超越时空的绝唱，诗人们以凝重的历史感和指点江山的风采，为凉州在唐诗中留下了不可磨灭的形象。

四

高楼、绿树、宽街、阔路，尽管现代化的脚步喧嚣而热烈，但边塞古城仍保留着一角静谧和肃穆，展示着这片土地的厚重和沉淀了的历史苍凉感。青砖斑驳的鸠摩罗什古塔，古色古香的城门钟楼，出土铜奔马的雷台，气宇轩昂古树千章的孔庙，还有稀世珍宝的西夏碑，依然向人们昭示着：灿烂的文化依然在，丰隆的历史依然在，古道驼铃商贾络绎的繁华依然在。虽越千年，这边塞古城依然闪烁着历史的幽玄；凉州词依然闪烁在中国文化星光浩瀚的苍穹。

词，是音乐文学。凉州词是为凉州乐而写。而今，凉州词依然在，凉州乐却已失传。

凉州乐曲曾风靡天下，这是东西文化交流绽开的鲜葩。那时这个丝路要塞，这片干渴焦苦的土地曾接纳几番东风西雨。凉州乐曲是西域龟兹乐曲和中原乐曲结合而形成的一种独特风味的乐曲，浓郁的地域特色、富有野性的激越的情调、苍凉雄浑的旋律，为唐代乐坛吹进一股新鲜的山野之风。《隋书·音乐志》："大业中，炀帝乃定清乐，西凉……以为九部乐。西凉者，起符氏之末，吕光、沮渠蒙逊等据有凉州，变龟兹声为之，号秦汉伎，至魏周之际，遂谓之国伎。西凉伎，即乐曲名。"也就是说，早在隋朝之前，东晋十六国时的吕光、沮渠蒙逊占据凉州时，把龟兹乐加以改造而形成凉州乐。

凉州是多民族杂居的地方。维吾尔族的先人回纥，土耳其的先人突厥，藏族的先人吐蕃，还有吐谷浑人。这些少数民族的音乐歌舞像一条条河流从四面八方汩汩滔滔涌流而来，它们携带着大漠戈壁的雄旷，挟着雪域高原的清冽，裹着大草原的苍莽，还有中原大地的凝重，汇聚在凉州这片赭褐色的土地上，能不搅起汹涌澎湃的情感波涛，激起撼人心旌的漩涡吗？它们鲜活的生命色彩和浓郁的地域特色，交融渗透化合，孕育出凉州歌曲舞蹈的瑰丽音乐之花——凉州文化。正如希腊、罗马文化在印度和土著文化相撞击而出现了键陀罗文化一样。

到了唐代，凉州已发展成为一个繁华的边陲大邑。唐人小说《集异记》中讲述过一个故事：有一年正月十五，唐明皇在上阳宫张灯结彩，喜庆灯节。唐明皇看到满宫灯火辉煌，宫灯缤纷花样新颖、别致，甚感欣慰。这时有个道士感慨道：今年的灯节除了凉州，天下没有比长安盛大红火了。唐明皇问道：你到过凉州吗？道士说：我刚从凉州回来。玄宗惊异，又问道：我想到凉州看看行吗？道士说：可以。你闭上眼睛，一会儿就腾空到了凉州。玄宗果然看到“千条银烛，十里香尘，红楼迤逦以如昼，清夜荧煌而似春”的繁华景象。这固然有点荒诞离奇，很有点魔幻小说味，但也说明盛唐时代，凉州的确是一个繁华的边城。元稹有诗云：“吾闻昔日西凉州，人烟扑地桑柘稠。葡萄酒熟恣行乐，红艳青旗朱粉楼。”可见大唐盛世，这里“土沃物繁，人富具地”。

音乐是一个民族情感的流泻，是一个时代精神的张扬，是审美意蕴和想象力的标志。一个没有自己特色的诗歌乐舞的民族，是灵魂苍白、精神枯萎、情感干瘪的民族。古希腊把诗歌乐舞交给女神缪斯掌握，也就是把人类的智慧、灵魂交给了伟大的女神。

凉州，这个荒僻、苦焦的祁连山脚下的边塞小城，竟然是诗的城，歌的城，舞的城，莫不是越是荒凉、环境艰苦的地方，越需要瑰丽、旖旎的诗歌乐舞来滋润干渴的精神旷野？《旧唐书·音乐志》里说：“自周隋以来，管弦杂曲将数百，多用西凉乐；鼓舞曲多用龟兹乐。”唐时宫廷里流传着《霓裳羽衣曲》，也就是《霓裳羽衣舞》，据说，原是开元年间河西节度使杨敬述所献。后来经过玄宗润色并制歌词。那细腻、婀娜、优雅、轻柔的舞姿，那些“云髻峨峨，修眉联娟，丹唇外朗，皓齿内鲜”的舞女歌伎，其形态“翩若惊鸿，宛如游龙。荣耀秋菊，华茂春松。仿佛兮轻云之蔽月，飘摇兮若流风之回雪”。可谓动人心魂，摇人心旌；那舒曼、轻盈、富丽华赡的乐曲，又让多少人回气荡肠，如梦如幻！

李频有诗云：“闻君一曲古凉州，惊起黄云塞上愁。秦女树前花正发，北风吹落满城秋。”凉州曲调苍凉悲哀、深沉、婉转、动人。所以《隋书·音乐志》评价“掩抑摧藏，哀音断绝”。

唐代的“九部乐章”中“西凉伎”是北魏太武帝平定河西一时所得。这雄浑健美的西凉伎，杂糅了汉、羌、月氏、羯、鲜卑、匈奴诸多民族的文化因子，到了隋唐时期发展成形，成为一部大型歌舞。在节日庆典、祭祀或皇上祝寿时演出，乐队庞大，衣着华丽，阵容雄壮，气魄宏伟。那是一个大时代精神的象征，那是一个民族意志强旺、意气昂扬、情感澎湃的喷发，是一个风雷激荡的民族魂的展示。

据资料载：其乐队设编钟、编磬、弹筝、掐筝、卧箜篌、竖箜篌、琵琶、五弦、笙、箫、筚篥、小筚篥、笛、横笛、腰鼓、斋鼓、檐鼓、铜钹、贝等乐器组成。是多种乐器的交响曲，协奏曲，是多民族的大合唱。繁弦急响，雄风浩荡，展示了盛唐时代壮美雄阔的气魄和气吞八荒的大唐胸襟；以给人一种征服一切、战胜一切，所向披靡的英雄气概和凛然难犯的浩然正气。

现在流行于全国各地的狮子舞，据说脱胎于“西凉伎”。这是一种民间舞伎，粗犷、豪放、通俗、活泼的风格，尤受百姓的喜闻乐见。白居易有诗赞曰：“西凉伎，假面胡人假狮子，刻木为头丝作尾，金镀眼睛银贴齿。奋迅毛衣摆双耳，如从流沙来万里。紫髯深目两胡儿，鼓舞跳梁前致辞。”这短短几句，把西凉伎从角色、内容到狮鬣飘扬的形态、装饰写得入木三分，栩栩如生。这种恣肆汪洋、海立云垂的气韵，也流泻出盛唐时代的欢忭之情。

五

那是一个月色融融的春夜，边塞的月亮又大又圆又富有质感，清凛凛的月光照耀着边城和山野。“凉州三月半，犹未脱寒衣”，但毕竟是暮春时节了，料峭的夜风里夹杂着泥土的清香和树木花草萌发的气息。春夜的武威，灯火辉煌，市声喧嚣。我漫步街巷，一片片商店、酒肆、咖啡馆、网吧、舞厅，人影飘动，熙熙攘攘。流行歌曲在大街小巷横冲直撞，却不闻胡人的琵琶羌笛；舞厅里传来探戈、伦巴强烈刺人的节奏，却不见凉州乐伎婀娜优雅的舞姿，没有凉州曲的悲怨苍凉，没有凉州词的雄沉宏阔，更没有“此时秋月满关山，何处关山无此曲”的场景。一切远去了。那些在酒肆茶楼狂吟浪饮的诗人，只留下几首凉州词，便悄然地消逝在历史的幕后，大唐帝国的盛世遗风连点踪影都难寻觅，因为这里不再是边塞重镇了。造物主早把一段盛世的历史撕下来深深地埋葬在时间的泥土里，很难萌发出新的故事，新的传奇。葡萄美酒依然醉人，但酒醒处，却不闻肃杀的秋天和动地的鼙鼓；边塞的雄风、古战场的豪情已随着夜气浸入灯红酒绿里，也难怪那商店门外张贴的广告，是时髦性感的女郎。只是千年的古月依然照耀着这穿越了风雨千年的古城。

我走向郊野。旷野上是千里沉寂，千里沉默。高邈深邃的夜空，一天晶莹闪烁的星斗，裹着寂寞裹着孤独的祁连山，依然呈现出狂飙卷澜般的雄姿，庄严、沉郁、凛然，绵延千里，每一座山峰都高贵地矗立着，平静而肃穆，从容而大度。我边走边默吟着王之涣、王维、高适、岑参的边塞诗，我只觉得一股哀婉悲怆的情绪弥漫在胸中。岁月匆匆，历史匆匆。一种失落感萦绕在心头。失落了什么呢？汉唐的雄风浩荡？拓边扩土的霸业？辟地有德的将帅，甲胄有劳的士卒？金戈铁马、尸陈荒野的悲壮，刀光剑影铸就的历史辉煌？抑或是那种充塞天地之间的至大至刚的浩然正气？天籁的恢弘，物语的奥妙，使我的脑海忽然飘忽起一缕禅意：生命的轮回，历史的轮回，人生的轮回，似乎这是一种宿命，是一个千古之谜。是人类撼动了历史，还是历史推动了人类社会发展的脚步？

望着月光下的巍巍祁连山，望着远处隐隐的长城、烽燧、垛堞，还有身后的边城，我肃然起敬。感谢武威，感谢古凉州，我应该脱帽叩首。是凉州这个伟大的支撑点，支撑着汉唐历史的一页苍穹，支撑起中华民族一个辉煌的时代，中华民族数千年的文明史、文化发展史，有谁能像你一样既具有镞矢如雨、战马长啸的战争画卷，又具有汹涌的诗情、滂沛的乐章？

走阳关

一

告别灞桥的烟柳，挺起男子汉的坚劲，我沿着风沙漠漠的古丝绸之路，走进马革裹尸的悲壮，走进马踏飞燕的传奇，走进玄奘的故事，走进“西出阳关无故人”的苍凉，听听“阳关三叠”悲戚的旋律，触摸一下历史深处的凄怆……

阳关，你在哪里？我多想像岑参仗剑骑马，披一肩猎猎风沙，马蹄敲一路古典的浪漫，去叩响你森严的铁门，捕捉一缕古西域的诗情……

出了敦煌市，我们的丰田车一路颠颠簸簸向西奔驰。我目不转睛：远处、高处、横竖……沙丘连着沙丘，坟冢一般排列着。

风也悲鸣沙也悲鸣，却没有遥遥塞马的遥遥悲鸣，没有画角连营，角吹震天，只有满目的荒凉，死亡般的沉寂。

啊，阳关只有留在古人的韵里么？“渭城朝雨浥轻尘，客舍青青柳色新。劝君更尽一杯酒，西出阳关无故人。”古往今来，吟咏阳关的诗篇很多，我读过的就有上百首。王维还有“不识阳关路，新从定远侯”；张祜的“不堪昨夜先垂泪，西出阳关第一声”；杜甫也有诗云“弱水应天地，阳关已近天”；白居易也曾放歌“相逢且莫推辞醉，听唱阳关第四声”。至于受王维《阳关三叠》的影响而写阳关的诗篇更是多如繁星了。五代后唐孙光宪的

《酒泉子》一词，也是受《阳关三叠》的影响创作出来的，读后令人感慨唏嘘，不禁鼻酸，其词曰：“空碛无边，万里阳关道路。马萧萧，人去去，陇云愁。香貂旧制戎衣窄，胡霜千里白。绮罗心，魂梦隔，上高楼。”

到了宋代，一代名相寇准，干脆就以王维的《阳关三叠》诗意，自制一首《阳关引》词，尽意地发挥了王维的意境。词曰：“塞草烟光阔，渭水波声咽。春朝雨霁轻尘歇，征鞍发。指青青杨柳，又是轻攀折。动黯然，知有后会甚时节。更尽一杯酒，歌一阙。叹人生，难欢聚易离别。且莫辞沉醉，听取阳关彻。念故人，千里自此共明月。”

这首千古绝唱，曾给予人留下多少阳关的牵念和向往，那悲婉的旋律，那凄楚的诀别，怎能不使文人骚客回肠荡气，热泪潸然？我想象得出：春意朦胧的时节，客舍杨柳青青，烟笼灞水。在这怨风愁雨的凄凉景色里，设酒送友远行，渭水一别，天各一方，难聚易别，依依不舍，斟上满满一杯酒，也斟满朋友的一片深情厚谊，泪水伴着酒液，咽进肚里，酸甜苦辣涌满心头。因为“西出阳关”，再也难遇到“故人”了，怎能不咏歌嗟叹啊！

阳关情结，成了古人离愁别恨的象征，成了悲戚凄怆的意象。

我千里迢迢穿过河西走廊来寻觅阳关，摭拾古典诗词的意境，感悟历史，感悟人生，感悟古代文人的情结——那是一种生命文化，去寻觅他们浪迹天涯的心路，寻觅他们漂泊无定的歌吟……

二

眼前的沙丘更加雄伟了，沙垄相牵，沙山相逐，海海漫漫，无边无际。一切都是浑蒙的，浑蒙的天，浑蒙的地，浑蒙蒙的意象，使人浑身长满浑蒙的意识。

这沙梁险峻陡峭如削，蜿蜒如游龙，莽莽苍苍，气宇磅礴。慷慨的阳光在眼前铺开九月的梦幻，起伏跌宕的沙丘谱就一曲无声的奏鸣。

翻过一道沙梁，前面沙谷里忽然出现一片古建筑遗址：夯土砌成的墙基排列有序而清晰，面积有上万平方米，附近有一段高不过二尺的断断续续的城堡墙基，向导说："这就是阳关故址！"

啊，这就是阳关吗？这是王维的阳关吗？这就是唐诗宋词中的阳关吗？那雄伟的城垣呢？那飞檐翘瓴的关楼呢？那荷戟而立的士卒呢？那雉堞上的残阳落晖呢？那垛峰的清霜冷月呢？那骨横朔野、魂逐飞蓬、负戈外戍、杀气雄边的悲壮和惨烈呢？

残垣无语，断壁不言。漠天漠地间，一代名关只剩下一个空洞洞历史概念了！

人类在创造辉煌。

时间在吞噬辉煌。

人类终究不是时间的对手。

时间，残酷地掠夺了一切。

走进阳关故址，举目四顾，天苍苍，野茫茫，且不说没有故人连飞鸟走兽也难觅踪影，西去的征人能不感到一阵阵揪心的凄凉？这是独行者的天地，孤独的心伴着孤独的身影，在落日余晖里艰难跋涉，这是他们悲剧命运的注释，是他们生命意志的炼狱，是他们精神和灵魂的流放之所。人类精神的一部分就是西出阳关的人抒写的。这些敢于走出阳关，走进西部的人，实际上是以生命做抵押的。且不说征旅戍卒，而那些文化使者、商贾僧侣，又有几人生还故里，名载青史？他们的肉体陷于沙漠恶风，而精神却飞扬于风沙之外，铸成他们生命的不朽。

"秦时明月汉时关"。阳关和玉门关都是西汉开辟河西之后建立的雄关险隘。阳关因在玉门关之南，故得名，两关互相策应，形成河西走廊西端的大门，分南北两道才能通向西域、中亚、西亚和欧洲。自汉以来，几多朝代都把这里作为军事要塞派兵把守。那时，层楼重叠，飞檐凌空，箭楼巍然，气势盖天。沉重而厚实的秦砖汉瓦，显得古拙苍然。身着戎装的戍卒负戟持戈，吆吆喝喝地走来走去，检查东来西往的商贾、僧侣、旅人。马帮驼队满载着毛皮、珍珠、玛瑙、石榴、苜蓿，风尘仆仆走来，从中原大地跋涉而来的汉唐商贾，用骆驼满载着丝绢、茶叶、陶瓷、铁器、铜器、竹器，把出关的木牒交给验证的戍卒，少不了还要向这些戍卒们来点“意思”，对方手一挥：“去……”于是商人们便在这里补充水草、食物，西出阳关，迎着浩浩风沙、厉厉酷阳，跋涉而去……

元代有一位诗人马祖常，字伯庸，他不是汉人，是雍古特部维族人。他的高祖锡西吉思曾任凤翔兵马判官，因官名中有马字，而号马氏。马祖常是元代名噪文坛的诗人，曾有诗云：“紫驼载锦凉州西，换得黄金铸马蹄”，“波斯老贾渡流沙，夜听驼铃识路赊。采玉河边青石子，收来东国易桑麻”。到了元代，这河西走廊最西端的关塞还是一片繁荣的货物聚散地，至于汉唐时更为昌盛了。

而今，曾经张扬汉唐武威的雄关已湮灭在荒野流沙，听不见“悲笳数声动”，看不见霍嫖姚的旌旗，李将军的战马已化为无生命的石雕厮守在黄土高原一丘墓冢前，而哥舒翰已投降安禄山，连迷路的胡马也不见踪影……

徘徊在废墟间，我无感慨可发。陈子昂“念天地之悠悠，独怆然而涕下”，把上下几千年文人骚客的感慨都倾吐殆尽了。我再来凭吊这边关的残骸遗骨，怕是连牙慧也难捡到！

我来自东部黄海之滨，泰山脚下，平原和大海、绿茵和鲜花和我生命律动的节拍非常和谐；热情而浪漫的大海曾给我自由的想象，一马平川的原野、轻舒漫卷的禾浪曾给我生命里注入一种温情和缱绻；即使僵冷寂寞的冬天，还有青松翠柏点缀着我寂寞的时光。而眼前的无限空旷和苍凉，却使我体味到古西域的苦难意蕴。古人在灞水折柳送别友人，一吟三叹，那是生死离别啊！闺妇泪尽，灯花凋零，那是思念断肠人还在天涯！

三

走进废墟遗址，随处可捡到一些破碎的瓦当、陶片、铜箭镞，残缺的刃片、铁器、货币、石磨的碎块、石臼，甚至还有珍珠玛瑙……当地老百姓称之为“古董滩”。这些文明的碎片，依然闪耀着汉唐时代的雄威，是历史不灭的灵魂。虽然它们无声无息，像一片片苍老的叶子坠落在泥沙里，连其为之奉献的历史之树轰然倒塌在时间的黄沙中，但这些残片也曾威风凛凛地展示了一个时代的繁荣和昌盛。我俯身捡起一枚铁片，吹去上面的浮沙，已锈迹斑斑。我不是诗人，没有折戟沉沙认前朝的“诗情”；我也不是考古学家，很难辨识是哪个朝代的遗物，它曾有犀利的刀锋，闪着骇人的寒光。戍边的兵卒荷于肩头，巡逻在垛堞之上，目光睃巡着西方，监视着漠漠黄沙中的“风吹草动”，“南邻犬戎北接朝，将军到来备不虞”，那时的阳关是一座威风凛凛的城堡！

“绝域阳关道，胡烟与塞尘。”阳关塞前塞后，并不都是一片阳光明丽，行人络绎不绝，战争的乌云，也曾“黑云压城城欲摧”。

从阳关向南向北，各有烽燧数座，每座间隔五里，它们排列在一条线上，给阳关插上双翼。一直延伸到离阳关约七十里的玉门关，这些烽燧中间有长城相连，与玉门关东西走向的长城、烽燧、亭障，形成丁字形，构成了坚固的军事防御工事，保卫着敦煌绿洲。

我们沿着残痕如线的汉代古长城行走，那一座座烽燧被风剥沙蚀，残高不过四五米，有的化为一丘坟冢似的土堆。谁知，两千多年前，这每一座烽燧烟墩，曾经生动而威武地导演了一场场揭天盖地的战争：如雨的马蹄，如雷的呐喊，如注的热血。兵甲森森，战马萧萧，旌旗遮日，那戍边将士的铁甲在阳光下闪闪烁烁。呐喊声里，有着中原白发母亲的叹息，有着闺妇怨恨的啜泣，有着稚子的哭嚎。马革裹尸的悲壮，从这里升腾；“卧醉沙场君莫笑”苦涩中的潇洒，在最野蛮的地方，也有着最忠诚的种子萌发。血渍湿了一片干沙，白骨增添荒漠的色彩，烦嚣的交易场所，只剩下横陈的尸体，一切经济和文化的交往，都是服务于君主政治，为了自身的安危得失，也像阳关的铁门一样，时关时闭。

战争的间隙里，更是一片凄凉的氛围。落日楼头，断鸿声里，戍边的将卒，抚摸着累累的刀伤剑痕，怎能不思念远方的故土亲人，那些亲人怎能不“一望关山泪满巾”？多少同伴已葬身沙海，魂飞塞外，想想自己：不过是死神之网的漏鱼。而至夜阑月西沉，漫漫长夜，朔风凛凛，荷戟的士卒，衣寒单薄，秋风入汉关，边月满西山，那凄婉悲凉的心境，怎能不使他们肝肠寸断？伏波将军马援有马革裹尸的豪壮，定远侯班超“何须生入关”的阳关不仅仅是离情别绪的意结，也是战争残酷的象征。

四

我在沙丘间徘徊，踟躇。对于那些历史的残片不像我同行的朋友那样兴趣浓厚，我的目光变得冷静，我审视着埋在黄沙的古汉关，回味着历史的嬗变，风云的变幻。

我知道：阳关虽然到了唐代还在使用，但此时的阳关已受风沙侵蚀，成为荒漠边关的代称了。来自西南塔克拉玛干大漠的风沙，不断侵袭，逼着人们向东后撤。所以后人有“阳关隐去”之说。宋辽之后，人们离开阳关。元代以后，阳关已不复存，只剩下残垣断壁，黄沙覆埋了的一片瓦砾。

王维的《阳关三叠》只不过把阳关当作诗歌创作的一种意象。王维是站在一个生死离别的制高点，来俯视人生、感悟时空的。倘若阳关不被风沙湮没，孤城一座，登上楼头，驰目西望，黄沙连天，鸟无影，兽无踪，天地间是一片可怕的空旷，这西部竟是死亡的象征，能不泪洒灞桥，依依相别吗？此去经年，何日相见？怕是老朋友的尸骨也难寻觅了！王维言之“无故人”，实在有点潇洒轻松了。

唐代以后，咏阳关的诗就增添了更加悲怆的意蕴，正如寇准那首词，写得更加凄然愀然了。

诗，是浪漫主义的儿子。即使现实主义诗人，其诗句也不乏浪漫主义的因子。

而岑参就比王维写得更真切了：“走马西来欲到天，辞家见月两回圆。今夜不知何处宿？平沙万里绝人烟。”岑参从戎西征，是否走的阳关这条路，不可考，但他亲历了西部的苍凉、悲戚的氛围，其体验要比王维深刻得多，感悟也深切得多。

阳光酷烈，沙海如蒸，旷漠阔天之下，只有这片历史的残骸，被风化着，湮灭着。我听见时间的脚步践踏而发出的吱吱声，听见历史在脚下呻吟的哭泣声。

登上沙梁，放眼四顾，阳关周围的景物尽览眼底：东边是南湖乡的农田、树林，绿意葱葱，而西面便是满目黄沙，再过去就是祁连山脉尾部的大戈壁滩，在这满目荒沙中，有这巴掌大的一块绿洲，的确令人惊异，是造物主有意的点缀，还是宇宙之神无意间落在人间的翡翠？这黄与绿构成极大的反差，而且那绿色战战兢兢、瑟瑟索索，似乎一不小心就被这无边无际的黄沙连骨头带肉吞噬殆尽了。

在茫茫黄沙，浩浩戈壁的囹圄里竟有一片碧波荡漾的湖泊，古称“渥洼池”，今曰“黄水坝水库”。正是这碧波创造了阳关千古传奇和写不完的诗篇。“把关就是把水”。谁控制了这片水，谁就掌管了通往西域的钥匙——想想吧，从西域经过塔克拉玛干大沙漠东行的人们，经过长途跋涉来到这里，如果得不到水源的补充，会渴死，更莫想进入敦煌绿洲。而由东西去的人如果得不到水源的补充，要穿过塔克拉玛干大沙漠，那简直是妄想！水，生命之源，没有这片水，阳关这个名字也不会出现在中国历史中，而王维的《阳关三叠》更不会唱到今天！

玉关情

一

和阳关一样，我认识玉门关也是从在古典诗词里，一朝的唐诗，一朝的宋词，铺天盖地，几乎把天下的名山大川边塞雄关都压得不堪重负。人世沧桑，岁月嬗递，有的随着历史而湮灭，有的却随着诗词的流传而名垂千古。也和阳关一样，如果没有“春风不度玉门关”“秋风吹不尽，总是玉门情”“长风几万里，吹度玉门关”等等千古绝唱，怕是玉门关名副其实地湮灭在历史黄沙中了。而今虽然化为一片废墟，但玉门关的名字却鲜亮亮地活着，活在唐诗里，活在宋词里，活在莘莘学子朗朗的诵读声里，活在白发苍苍老教授的讲义夹里。时间难以磨蚀，风沙难以消弭，却激起人们对它更多的怀念和向往！且不说唐代三大诗人都有歌颂玉门关的诗篇，那位擅长边塞和山水题材的浪漫主义诗人王维也有玉门关的名句。诗风雄放、注重边塞和战争题材，称之为边塞三诗人的岑参、高适、王昌龄，更有大量的吟咏玉门关的精湛之作。

唐人薛用弱的《集异记》中记载着一则故事：王之涣、高适、王昌龄三人到旗亭饮酒，正遇上一群歌伎会宴。他们在一旁观看，有几名歌伎在唱当时的名曲。王昌龄说：“我们都是诗人，名位不相上下，今天听她们所唱，谁的诗歌唱得最多，谁为优等。”最初唱的是王昌龄的，接着唱的高适的，后一个唱的又是王昌龄的，王之涣便指着第四个说：“此女如果唱的不是我的诗，我永远不再作诗。”此女果然一开口便唱道：“黄河远上白云间，一片孤城万仞山。羌笛何须怨杨柳，春风不度玉门关。”可见这首凉州词在当时已经唱遍天下了。

诗人的情结系于玉门关，展示了他们天才的光芒。玉门关和阳关为何如此引起诗人们的关注，牵系如此众多诗人的情怀？翻阅李白、杜甫、白居易的档案，在履历栏里并无发现他们涉足玉门关。我想这除了诗人浪漫主义想象之外，应是二关皆为边垂雄关，萦系国家安危，诗人一片爱国的赤诚之心借雄关而倾吐了。玉门关已毁于风沙近千年了，至今人们不断地迎风冒沙来瞻仰它的遗容，凭吊抒怀，发思古之幽情，或涵泳斑驳的文化，或发掘厚厚的历史，或感悟古人离情别绪、一腔愁怀，抑或体验人生的种种艰辛和苦难……

二

我读过北欧古代一则神话传说：讲的是“提尔的剑”，谁得到这把神剑，谁就能所向披靡，战则必胜，最后得到皇帝御座。这把剑后来就落到匈奴人阿提拉手中。匈奴人打了一仗又一仗，所向无敌，后来打得厌倦了，就在匈牙利定居下来。

在汉武帝时代，匈奴人尚未“打得厌倦”，他们一次次冒犯汉地，武帝便派张骞出使西域，联合大月氏，夹击匈奴，但计划落空了，以后几经谋略，决定对匈奴贵族展开大规模进攻——

第一次是元朔二年（前127），汉武帝派大将军卫青出云中以西，沿黄河北岸，与匈奴右贤王战于高阙，然后又沿着河套南下，把匈奴驱逐出河套，夺取了河南大片土地。接着便设置朔方、五原郡，从内地迁徙十万人定居，又将秦长城加固延长，以防御匈奴反扑。

第二次战役是在元狩二年（前121）春，骠骑将军霍去病率领一万骑兵，沿河西走廊，越焉支山，一直打到狐卢河。夏，霍去病再次率数千铁骑，兵出北地，越居延泽，一直打到新疆天山。这次重创匈奴主力，迫使匈奴浑邪王、休屠王只好遣使向汉投降。连匈奴人也不得不泪水涟涟地哀唱道："失我祁连山，使我六畜不蕃息；失我焉支山，令我妇女无颜色。"据说，这一仗，斩三十万匈奴首级。

然而匈奴残部在"秋高马肥"季节，积储了仇恨和力量，再次进犯汉家边境。时隔二年，即元狩四年（前119），武帝又派卫青和霍去病率骑兵、步兵几十万人，分道深入大漠南北，寻找其主力作战。卫青出定襄塞外，与匈奴单于大战，双方激战一天，伤亡惨重。夜幕降临，风高天黑，汉军左右两翼包围单于，单于仓惶突围逃遁。唐人卢纶有诗云："月黑雁飞高，单于夜遁逃"，描述的便是这一战役景况。霍去病与此同时出代郡，同匈奴左贤王作战，一直打到瀚海（今贝加尔湖）而返。此次战役之后，匈奴迁徙大漠以北，从此"漠南无王庭"，这大概才有了"定居匈牙利"的传说。

嗣后，汉武帝十分重视边防关隘的建设，决定在河西走廊先设两郡，后设四郡，对秦长城加固延伸，与此同时修建了阳关和玉门关。接着成龙配套地修筑一系列城堡、亭障、烽燧，组成了整体防御工事。

我们驱车来寻找玉门关遗址，人们告诉我：这名曰小方盘城的即是当年的玉门关。我留宿敦煌时，就听到关于玉门关的传说：在小方盘城西面，过去曾经是森林蓊郁、沼泽遍布、沟壑纵横、荒草遍野，此处被称"马迷途"。过往商队来到这里像进了诸葛亮的八卦阵，迷失方向。商队里有一个小巴郎子，捉到一只饥饿的大雁，小巴郎子心地善良，大雁含着泪说："咕噜咕噜，给我食物！咕噜咕噜，能出迷途！"后来，这支商队又路经此处，再次迷路，大雁飞来，告诉富贾，留下一颗宝石镶嵌在城楼，夜里，宝石发出绿光，就不会迷失方向。但富贾十分吝啬，不舍得一颗宝石。商队一连几天走不出迷途，人困马乏找不到水源，危在旦夕，大雁再次劝告，富贾只好答应，把最大的一块墨绿玉石镶在城楼上，这才走出迷途。玉门关由此得名，而人们却忘了它的原名小方盘城。

而眼前只是一片废墟，黄土墙垣的残骸。站在高冈上，纵目天地，只见北面远山一抹，如梦如幻，缥缈天际，那是马鬃山；山之南便有长城一痕，近而远，古而今，无论从那角度望去，那是一行气势雄浑的边塞诗，是一曲无头无尾凄婉悲凉绝唱。天风浩荡，大漠苍茫，这起伏跌宕的旋律，震撼古今，有一种惊心动魄的威慑力量。它融入山脉，融入天地，它是天空和大地交媾而分娩的一条巨龙。远处还有一座座烽燧，隐约的轮廓随着长城一字排开，像巨鲸浮出海面的脊梁。

雄关。古燧。长城。你怎么显得如此苍老？风也悲嘶云也悲嘶，却不闻胡马的悲嘶；沙也狂啸尘也狂啸，却不闻边卒的狂啸。

关楼里白发将军的梦，垛堞上，风吹飘动着戍卒的衣袂，静夜里，一角弯月下，那凄凉哀婉的塞下曲也都化为天光云影消弭得无影无踪了吗？

三

风沙撕去了皮，剔净了肉，烈日吸尽了血，只留下一架嶙峋的骨架，这残存的骨架曾支撑过一个巍然庞大的雄关，曾支撑过汉唐时代的尊严，曾支撑过一段用方块字垒起的历史。

我走进残垣断壁间。横竖。高低。宽窄。我凝视它们，它们凝视我。无言的交流，心灵的沟通，我仿佛沉浸在一种诗意的幻觉里：乘一叶扁舟，像李白一样溯江而行，时而停泊在大唐帝国的码头，时而抛锚在大汉王朝的港湾。朦胧中，我眼前海市蜃楼般地幻化出一座赫赫雄关：城楼轩昂，翼角翚飞，长阶如梯，垛堞绵延。戍卒们的甲戈跳荡着夕阳的余红，战袍上落满尘埃，一张木然如塑的脸，粗糙黝黑、线条绷紧、布满悲怆和凄凉。突兀的肌腱勃起雄性的勇猛，一种原始的美，一种原始的生命力。

秋风飒飒，野云乱度，雁阵横空。一个兵卒迎风展开一页信笺，双手激动地颤抖着，壮士读着读着泪水潸然而下，打湿了信笺……

寒星霜月，夜色迷蒙，孤月一轮。漠漠旷野，沉寂无声。蓦然夜色里传来一阵凄婉的笛声，是《折杨柳》，还是《凉州词》？中原白发母亲泪，闺中妇人怨。山路遥遥。水路遥遥。风路遥遥。雨路遥遥。何处觅故乡？大山隔绝。戈壁隔绝。荒漠隔绝。断鸿声里，听胡笳悲切。月色里，是什么东西发出磷磷青光？是一堆白骨！可怜荒滩戈壁骨，犹是春闺梦中人。那战死的将军，白花花的骨殖抛撒塞外他乡，一缕孤魂尚游荡在这天地间。谁承想，这漠漠荒野曾是荷满剑戟和鼓角的血土！

……一阵风沙扑面而来，我从梦中惊醒，睁眼一看，我思绪的小舟仍原地未动，停泊在这片废墟上。残垣脚下有一棵索索柴迎风摇曳，摇曳着悲怆，摇曳着凄凉，还摇曳着孤独。我走过去，轻轻地抚摸着那灰绿色的枝叶。憔悴的叶子无言地凝望着我，像是叙述生命的苦难，岁月的艰辛。我抬眼望望残垣，奇异地想，这些残垣断壁，就像一架古老的钢琴，只要拂去尘埃，轻轻一弹，就会奏响一片浩浩荡荡的历史回声，会释放出一曲曲悲歌、爱歌、恨歌和生命之歌。可是我用手指弹弹墙土，连点音响都没有，历史哑默了！故事干瘪了，传奇枯萎了！然而我依然感到有一股气传导给我的神经，那是汉唐的雄风，那是怆然傲岸的民族精神！

——这里本来就是一片古战场，只要你静下心来，侧耳倾听，那箭矢镞雨的呼啸，那烈烈战马的长嘶，那古燧上的缕缕狼烟，那城楼上的角鸣，那剑戈撞击的铿锵，都会从远方传来，从历史深处传来。

战争与和平是平衡人类的两块砝码。历史躯体里流淌着血与火的基因，也长满诗与歌的细胞。如果没有战争，历史的躯体会变成侏儒；如果没有诗与歌，历史之躯体也会枯涩，而失去丰腴和弹性。

汉唐不是晚清。汉武唐宗都是气宇雄赡、视野宏阔的一代霸主，有囊括四海之鸿志，吮纳八面来风之襟怀。玉门关既是御敌的盾牌，又是友谊的窗口。这里既驰骋过班超、李广利的萧萧战马，飞扬过霍嫖姚猎猎旌旗，也游弋过氤氲缠绵云蒸霞蔚的释家经幡，飘扬过细君公主和解忧公主的彩幡锦帜。门开门闭，吐纳着中西文明；锁启锁落，凝聚着战争的阴云。文明与野蛮在这里厮杀，智慧和愚昧在这里格斗，友谊和仇恨在这里交织，痛苦和欢乐在这里分娩。每一道雄关都张扬着国家的尊严，每一座烽燧都燃烧过民族的浩气。然而这一切都成了哑剧。黄土凝结的巨大墙垣，高达数丈突兀在蓝天下，旷野间。身前茫茫，身后茫茫，断了驼铃，哑了羌笛，灭了篝火。是一片沉重的寂寞，即使时间落在上面也会化为无声的尘埃。周围空无一人，历史的残骸摊晒在烈日下，风在它身上任意践踏；沙在它头顶肆虐狂啸。那些守城的将卒呢？那些攻关的敌手呢？最后一个匈奴也被霍去病带到长安了吗？汉唐王朝早已沉沦了，淹没在历史的苍茫里，这残垣，这烽燧，这长城，是历史留下的遗言，还是浮出时间水面的桅杆？日月浮浮沉沉，春秋来来往往，玉门关虽死犹未瞑目。千岁滚石还睁着一只眼，断戟锈镞呢，只要擦拭一下，依然闪烁着汉唐的雄威！

四

我冒着风沙的折磨，忍受着烈日的炙烤，在大西北这荒野大漠中跋涉，溯着时间之流走向历史深处，我不知道，我到底寻找什么？是前世的因缘吗？大西北与我结下难解难分的情结？我不是历史学家，也非人类学家，我的一切探索和追求的目的是什么呢？我站在墙垣上，茫然四顾，一切如幻如梦，一切空空然，浩浩然。只见黄沙、黄雾、黄风、黄尘，只见白花花的阳光吮吸着大地的血液，也吮吸着历史的精华。这些辉煌了几个朝代的关楼、城垣、烽燧、长城，都已化为时间肚腹里的排泄物，然而不灭的灵魂依然徘徊在这风沙世界……

历史是什么?历史是一种精神，人文精神，人文情操。

不死的是唐诗宋词，不灭的是汉唐的雄气，横贯天地，漫溢史书。

纵览汉唐边塞诗词，多是笼罩着战争的阴云。而这个庞大的主题，只有两个角度来描述：一是戍边将卒的奋勇杀敌的豪气，一种是思归的怨艾。这种复杂矛盾的心情，弥漫了整整一个汉朝，又整整一个唐朝。

大漠穷秋，孤城落日，横尸溅血，败卒残兵，萧萧边风，萋萋疏草，更添一抹悲凉氛围。从汉到唐悠悠千载，烽火不息，狼烟不止，战争的浩幅铺天盖地，埋尸边关的何止千千万万！高适有诗云："边兵如刍狗，战骨成埃尘"，人类历史就是在这白骨丛中，在这血水浇灌之中，拔节生长，一代一代。

然而，在历史波澜壮阔的长河巨流中，令我激动振奋的不是那些古战场刀鸣剑戟的厮杀，不是血流成河陈尸荒野的悲惨场景，也不是英雄豪杰马革裹尸的悲壮……而是那些艰难跋涉，风尘仆仆，传播文化文明，汗滴大漠的文化使者。

玉门关既是边陲重关，也是古丝绸之路的一个重要驿站。如果把古丝绸之路分为东、中、西三段，这里既是东段的终点，又是中段的起点，由此可以进新疆的伊吾，沿塔克拉玛干大漠北部边缘途经焉耆、轮台、龟兹、姑墨、疏勒，越葱岭，至安息，而可达古罗马帝国……

落日熔金，残霞缤纷。小方盘城——玉门关在晚照里更显得苍凉、肃穆，虽为废墟，那残缺的美更令人敬畏，一代雄关虽已穷困潦倒如此境地，仍不失威风凛凛的浩然之气，怎么不让人怦然心动呢？我们的车子已经启动了，我依然频频回首：玉门关，你穿越历史时空，并没有沉沦，作为一种傲岸怆然的民族精神，永远屹立在这天旷地阔之中。

夜读嘉峪关

一

我是在一个初秋之夜登上嘉峪关的。

嘉峪关位于嘉峪塬。宋代这里还是“有关无防，聊备稽查”。虽然汉代也在这里设防，但没有像阳关和玉门关一样受到重视。宋朝以前的历代皇帝的视线，虽然漫不经心地扫瞄过这里，却未停下来凝视一下。到了宋景宗时，在这里草草设立了一个“玉石障”，即系烽燧候望系统的一个据点。障中的首长为障侯，犹如现在的一个边防哨所所长。直到明朝，爱打圈的洪武皇帝“雄畴大略，视野旷达”，目光久久地凝视着河西走廊——古丝绸之路的第一个要塞。洪武五年（1372年），朱皇帝传下圣谕：命西征大将军冯胜在这里选址建城设关。

冯大将军先令副将付友德率领勇敢善战的骑兵为前锋至兰州，大败蒙古兵。之后，又率兵入河西走廊，大破元将失剌罕兵。元将上都驴投降，俘人口数十万，马牛羊十万余头。又率军沿弱水打到亦集乃路（今额济纳旗），守将卜颜帖木儿投降，至别笃山，元岐王朶儿只班逃去，追获其平章长加奴二十七人及马驼牛羊十万余头。追兵又进军隶州，杀射元将不花，元太尉锁纳儿等降，后又打到瓜州、沙州，获金银印，夺得杂畜二十五万余头，元兵溃灭。冯胜一直打到玉门关班师凯旋。

冯胜攻占河西后，沿途巡视，看中河西走廊的嘉峪塬，认为这里必须设关建城。这里依山傍水，南有祁连山余脉文殊山，北有马鬃山余脉黑山，两山之间形成一峡谷地带，确系交通咽喉，一道天然屏障，且水源丰富，坡下有“九眼泉”，“冬夏澄清，碧波不竭”。另外，在离嘉峪塬三十公里处有酒泉郡做后盾，可提供平时和战时守关军队之军需，险要的地形和优越的自然条件，使嘉峪塬这片土地一下子成了万里长城西部的“第一雄关”。

六百多年的历史风烟在这里翻腾飞扬。

六百多年的风霜雨雪在这里飘洒弥漫。

六百多年的故事传奇在这里蔓延滋长。

谁说，这是一个关隘，那伸向南北蜿蜒如巨龙的长城，分明是雄关伸出双臂去拥抱大西北的旷野和群山，去拥抱罡烈的西风和飞扬的尘沙。呼吸文明，吐纳岁月……

嘉峪关未修成之前，古丝绸之路，就从这塬下的讨赖河畔通过的。这条通道仅四百米宽。西汉张骞的马蹄从这里战战兢兢地踏过，霍去病威风凛凛的战马从这儿驰骋而过，东汉班超班勇父子的辚辚战车从这里隆隆碾过，形容枯槁的东晋法显和尚、满面尘沙的唐朝玄奘的芒鞋从这里踽踽走过，依马仗剑的岑参两次饮马讨赖河水，西去边塞背囊里也曾装进几片嘉峪塬意象……当然后来还有许多满腹委屈一腔惆怅的贬官逐臣，泪洒讨赖，汗滴沙碛。古道。西风。烟沙。落日。这里翕动着粗重的文化呼吸，也弥漫着边塞烽火狼烟……

雄关、雉堞、箭垛、刁楼、长城、烽燧，这是战争的产物，又是一种战争文化。庞大的防御体系是朱明王朝的一道院墙。从古罗马伊特洛城的杀伐到阿喀琉斯雄狮般的吼怒，古代战争总是那么撩人，剑戈相击，血肉迸溅，是一种生命力量的张扬，远比现代战争给人更多的审美意蕴。辽阔的原野，阔大的背景，对垒的双方，剑戟铿锵，呐喊雷鸣，生命迸溅出火光，热血沸腾为彩虹，战争的诗剧不仅故事高潮迭起，而且情节撼人心魄。

应该费点笔墨的是瓮城有东西两门，分别刻有“朝宗”“会极”字样。“朝宗”，顾名思义：“春日见朝，夏日见宗。”西域诸侯成为地方长官，由西而来，去朝觐皇上。“会极”，即“六合之间，四极之内”。这意思说，亲善友好地会见来自边极的诸侯、仕官、商旅。可见，这座耸立在旷漠大野的关城，纳清风，揽明月，也是友谊的枢纽。

在关城的东门顶上的三层楼阁上，分别悬有三幅巨匾：“气壮山河”“天地正气”“长城之宰”。笔力遒劲，苍健雄浑，和这浩浩雄关气韵相通，古拙苍凉，一种穿透力极强的沧桑感。

二

我站在楼头，极目远瞩。月光下，六合茫茫，天地苍苍，巍巍耸立着这一庞大的关城，本身就是一尊历史的风景。只觉得时光、岁月、历史从那厚重古拙的城砖缝隙里丝丝地流淌，浸满我的全身，使我感到一阵阵惊悸。月光下，那蜿蜒的长城，起伏跌宕，隐隐远去。那是龙的狂舞，还是电的长鞭？鞭打历史，横扫尘埃，激荡时空。文明化为碎片，岁月铸成悲伤。在狂舞中，掀天揭地之文，震星惊月之字，暴风雨般地倾注荒原阔野。顽石凝铸痛苦，飞沙扬起愤怒，边草的枯荣化为历史的沧桑。在黄土间，在群山间，在无边无际的沙碛里，生与死都是一部悲怆的史诗……

边关的月亮又大又圆，极亮，极富有质感，伸手可揽。月光凄清幽凉，雄关雉堞化为墨色剪影，茫茫戈壁旷野，幽幽远山，月笼烟沙，天地一片空明，更感到一种历史的情愫油然而生。时值夏夜，尚若清秋月夜，登斯楼耶，其悲怆意蕴更加浓郁——寒辉如水，征雁横空，嘹唳雁鸣，凄厉悠远，戍人衣薄，寒气逼人，思乡念亲，泪水潸然。这本身就是一首意撼人心的边塞诗。如果谁在这凄清月色里，横吹洞箫，无论是《陇头吟》或是《折杨柳》，抑或是山村野调，都会激起乡情万叠、乡愁万斛……

我有个嗜好，每到一处历史古迹，总想摭拾有关它的民间传说和神话故事，这里蕴含着丰富的文化内涵，文化的力量正好体现着人类征服自然的动向。

关于嘉峪关有许多民间传说：诸如“定城砖”“山羊驮砖”“冰道运石”等等，都是修建关城的故事，最感人的莫过“击石燕鸣”的传说，凄清悲婉，撼心动魄。

传说，嘉峪关修成不久，有一对燕子筑巢柔远门内。一日，两燕出关，日暮，雌燕先归。及至雄燕飞回，关门已闭，不得而入，遂悲鸣触墙而死。雌燕悲痛欲绝，不时发出啾啾之声，召唤雄燕归来，一直悲鸣到死。死后其灵不灭，故至今在关内有啾啾燕鸣声。只要用石块敲击土墙，这悲戚的声音便悠悠不绝，令人思之，不禁怅然。

究其原理，因关城墙角的砖石砌成，结构严密，墙表厚实，墙体向上呈梯形倾斜，形似喇叭状，故以石相击，便发出燕鸣似的啾啾之声，由快而慢，由低而高，最后化为一缕凄迷之音缥缈在苍茫云空。这与“万里筑怨”的孟姜女哭长城的故事虽然表现形式不一，更有人鸟之别，但有个共同的主题，那就是爱的悲剧，生命的悲剧。

在这风清月明的夜晚，我按朋友的指点，以石击墙，果然发出啾啾的燕鸣，其声凄清，其音苍凉，顿时给我一种诗意的感觉，我仿佛化为一只紫燕飞舞在空中，无巢可归……

月色下的嘉峪关，更给人一种苍凉雄浑的审美感。这种美是朦胧的，一半来自理性，一半来自感性。

烽火台上千年古月犹存，它映照过戍卒将士的身影，倾听着一曲曲《折杨柳》，凄婉的旋律在苍凉的月色里飘曳；这雄翘的瓦楞栖息在苍凉的月色里，奏响一路凄凉孤独音符。大漠深深，征途漫漫，风尘在这里卸下，友谊在这里驻足，烽火在这里燃起，狼烟又在这里消弭。这古城的每块石，每块砖都是一页书卷，镌刻着历史的悼文。

我去过山海关，东临沧海，巍楼高耸，威震天宇，和万里之外的嘉峪关东西遥遥相对。但是努尔哈赤的铁骑却破关而入，如潮涌浪卷，直逼京畿，最后取代了三百年的朱明王朝。而嘉峪关想阻拦雄烈的西风，却来阻挡住文化的潮流，文化的力量并非刀光剑影的令人胆骇，但却能征服人心，吸摄灵魂。

这关城建筑结构也是壮美的，舒缓有致，交错有序，既联系又分割，和蜿蜒的长城构成一曲气韵磅礴的旋律，飞扬流动。站在城楼上，有一种腾云驾雾、飘然欲仙的感觉。“乘天地之正而御六气之辨，以游无穷”。在这漠天旷野，雄关长城大起大落的气势，震古撼今，有一种摄人心魄的美感力量。

我以审视的目光，扫描着嘉峪关，而嘉峪关也以无比宽容的目光凝视着我。我们对望着，我的心颤抖着，兴奋着。对这种对望我感到莫名其妙，那是一种神祇的目光，它蕴含着丰富的历史和文化内涵。我只觉得嘉峪关在这里等我等了六百多年，我的视觉错位了，我的听觉被肢解了……我听见这雄关、这古长城发出一种声音，声音由远及近，由低变高，空宇传响，其势雄象，贯于天地，这种声音由何而来？为何震慑心魄？我揉揉眼睛，展神静思，我觉得是古人的幽魂，是戍卒的哀怨，是历史的旁白，是岁月的风声……

三

回到寓所，夜不能寐，起身拧亮台灯，再次翻阅有关嘉峪关的史料，我手中有一本《丝路三关》，对阳关、玉门关、嘉峪关有详细的记述，从秦汉到宋明，在这茫茫西北风沙线上，傲勃苍野，巍然天地，耸立起一尊尊的历史的大风景，也展示着一代代王朝的胆略、气魄，当然也透出帝王们对于边患的怯懦、惶恐的复杂心态，他们的心境并不那么坦然和大度，当然也不能高枕无忧。长城、关楼、垛堞、烽燧，都是历史的产物，随着历史的发展，其历史作用也越加黯然。

其实，朱明王朝是从那淫逸成性、二十六年不上朝的万历皇帝一路衰败下去的，至崇祯皇帝，虽宵衣旰食，然而已无回天之力了。他的几代爷们修筑加固的长城、关楼已经失去了防御功能，吴三桂开关纳清，一代长辫子马蹄袖的王朝便从容分娩了。

后来康熙皇帝登上宝座，有大臣提议修筑长城，康熙道："秦筑长城以来，汉、唐、宋亦常修理，其实岂无边患？明末我太祖统大兵长驱直入，诸路瓦解，皆莫能挡，可见守国之道，唯在修德安民……所谓众志成城者，是也。"

诚哉，康熙皇帝是中国历史上少有一代明君，气魄宏伟，襟怀壮阔，他知道万里长城，巍巍边关，并未阻挡住他先辈驰骋的马蹄，那么筑城建关有何用哉？这是他从实践中悟到的真理。

清政府不重修长城，但并不说明不注重边防军事工程的构建。

清朝初年，在西域天山南北，居住着厄鲁特蒙古族，分准噶尔、和硕特、杜尔伯特，土尔扈特等四部，与清政府保持着臣属关系。从17世纪中叶以后，准噶尔部逐渐强大起来，后来厄鲁特等部也陆续占领了天山南北名城，势力达到青海、西藏地区，篡夺了汗位的噶尔丹为实现其割据一方的野心，与正在扩张势力的沙皇俄国勾结起来，进行了一系列分裂祖国的背叛活动。为了维护国家统一和巩固清王潮的统治，康熙大帝先后三次御驾亲征率兵平定了叛乱。到了乾隆时期，清军又先后平定了达瓦齐割据势力，击败了阿睦尔撒纳在伊犁发动的叛乱，粉碎了大和卓博罗尼都和其弟小和卓的分裂祖国的活动。整个新疆重新统一在清政府直接管辖下，并于乾隆二十四年（1795）以后，称之为新疆。

当年康熙皇帝率大军就是出嘉峪关而西征天山南北的。那是一幅多么壮阔的场面，甲戈如林，旌旗如云，气吞万里如虎，横扫千军，使得强虏灰飞烟灭。

我想象得出，康熙大帝登上嘉峪关城楼，驰目西望，苍茫的戈壁、粗犷的群山、飞扬的风沙、空旷的土地，那目光一定像鹰隼般的锐利。汉唐的雄风会激荡在这位满族伟人的胸襟，天风浩荡，面对这片广袤的野性的土地、热血一样的土地，一派雄奇和旷达，这位潇洒不羁、指点江山、创造历史的巨人怎能不热血沸腾，壮志凌云？他三次西征，将祖国疆土扩展到汉唐旧基，此时的嘉峪关，已非御敌的关隘，而是他的凯旋门……

到了晚清时期，这嘉峪关曾经接纳了一个伟的大民族英雄，他就是林则徐。

那是震撼中外的鸦片战争之后，这位叱咤风云、虎门焚烟的英雄，此时已被摘掉顶戴花翎，“从重发往伊犁”。他是骑着毛驴一路仆仆风尘走来，憔悴的神色、紧锁的双眉、忧郁的目光，环顾着大漠、戈壁、荒原，汉唐古郡，古道烽燧，关楼长城。天上盘旋着苍鹰，眼前飞扬风沙……塞外一景一物怎能不触及他心中忧愤，又怎能不想到历史上无数英雄人物：博望侯张骞，贰师将军李广利，骠骑将军霍去病，西域都护班超……俱往矣，而今身前身后是满目疮痍的国土，列强汹汹而来，奸佞当朝，小人弄权，使得大清江山如风波浪里的漏船，他多想重振雄风，横扫强虏，为国建功立业，然而一腔忠诚，却换来贬谪边陲的重罪，又怎能不让他义愤填膺？

从他贬谪途中的日记上看，道光二十二年（1842），他是翻越六盘山，过兰州，登乌鞘岭入河西走廊，于当年九月七月日从酒泉“过丁家坝至嘉峪关，宿之城外驿站”，“是日行七十里，路不甚长，而小石碛砂，无一平路”。

林则徐只在嘉峪关住了一宿，也是在这样的秋夜登上嘉峪关城楼的。我想，他不会有像我这样的心情登楼赏月。他忧心如焚，愤懑郁积在胸，壮志难酬，报国无方，忍看山河破碎，而身为一介贬官逐臣，怎能不扼腕长叹，栏杆拍遍，有谁会登临意？彻夜难眠，在驿站客舍秉烛挥毫，写下八首杂咏诗，直抒胸臆：“雄关楼堞依云开，驻马边墙首重回。风雨满城人出塞，黄花直笑逐臣来。”第二天便策驴出关，迎着浩浩风沙，踏上漫漫贬途，风吹着他的花发，他回首“天下第一雄关”的匾额，双眸射出的是一股凛凛心灵之光，凝聚着无穷的历史感悟……

一个民族，一个王朝已经衰败不堪，腐朽不堪，纵有雄关千叠，长城万里，怎敌得列强的铁甲利舰、长枪大炮的轰击？“关”，是国家主权的象征，是民族尊严的象征。一个任人宰割的民族还谈得上什么主权和尊严？林则徐这短暂一瞥眼神里蕴含着万念俱灰的怨愤，英雄末路无力回天的悲怆。他蓦然收回目光，狠狠捣了一拳驴屁股，四蹄嗒嗒，扬起一片烟尘，嘉峪关便湮没在这烟尘里了……

甘州地理

山　光

苍茫苍茫的灰绿，苍苍茫茫的土黄，苍茫苍茫的山光水色，构成这远天远地的鸿蒙和悲壮。在秋天已近尾声的时节，我走进神话般的土地，梦幻般的远方。

我一脚踏进古称甘州的张掖，一曲古乐“八声甘州”仿佛从我胸中奏响，悲婉苍凉的气氛氤氲着我。祁连山就在我的左边，隐隐地贴着天，和天粘连在一起，匈奴称为“天山”。

祁连山位于河西走廊西南部，甘州区域占据它的二分之一。它东起乌峭岭，西接党全山口。祁连山脉的家族成员有走廊南山、冷龙岭、陶勒山、野马山、大雪山、党河南山、赛化腾山、土尔根达板山以及阿尔金山。这是一个庞大的山系。焉支山也是祁连山一脉，坐落在山丹县境内。

走近祁连山，只感到走进野马的视野，野骆驼的领地，身上顿生一种雄性的苍郁、豪放情感，生命之火也毕剥燃烧得更旺烈。这里的山峰巍峨、高峻，登上一座山峰，游目骋怀，你会感到雄浑粗犷的秋天的景色惊呆了，震撼了，这般伟大的风景，你不仅未曾见过，也很难想象，这是大西北之魂，触目惊心。这里弥漫着气势磅礴的森林，栎树、松树、山杨、槭树、松、杉，茫茫林海，万壑松涛，奇峰错落，云雾缭绕，气象万千。浩瀚的云涛中露出峥嵘的雪峰，海拔四千米以上多为终年积雪的山峰，形成广阔的现代冰川，成为河西走廊天然的“高山水库”。

在张掖结识了文友唐国曾，他是个诗人，也是散文家，他赠所著《甘州风韵》散文集，并陪我去祁连山黑河大峡谷游历，我们驱车不到两个小时，只见眼前山势陡起，连绵不断的山峰，峥嵘陡峭，黑黝黝地直插云天。我们无力登上山顶，在山腰处已感到头晕目眩，大山的巍峨、雄奇、险峻构成一种强大的压力，你一时难以承受如此的博大厚重，这个千姿百态的形象，使你叹为观止。

祁连山是西部人文自然最好的分水岭。祁连山以东是宋词元曲、《红楼梦》《西厢记》的原产地；以西则是边塞诗、《西游记》《天龙八部》《穆天子传》的素材库。

东行的人不绝如缕，相望于道；

西去的行者，人影伶仃。

西出阳关无故人！

我和文友国曾驱车看望焉支山，焉支山距张掖只有六七十公里，等级公路，我们的车速很慢，也好，我正要细细观察甘州的地理形貌。前天在列车上匆匆看了一眼，留下了惊心动魄的印象。我惊异地感到自然的历史和人文的历史并不同步，山依旧是汉唐时代的山，荒原依旧是昔日的荒原。窗外的风景：大漠孤烟，边墙塞障，石窟塔影，清泉绿洲依然在，风啸处“孤蓬自振，惊沙坐飞”的景观依然在，只是哑了羌笛，断了边塞诗行，不见了刀光剑影的惨烈，不见了马革裹尸的悲壮。人与自然的博弈，谁胜谁负呢？两千年是什么概念？穿越历史，穿越岁月，又有什么感想？两千年的春风，两千年的秋雨，春风风人，秋雨雨人，自然界的永恒基因不可解，也难解人类的历史，只能借助这古老的舞台一代代演绎下去。焉支山位于祁连山和龙首山之间，它属于祁连山脉，又独立成山。山峰并不高峻，却也苍茫雄浑。山下曾生活过中国几个著名的少数民族：戎、羌、月氏、乌孙、匈奴、回纥。山南是一片广阔无垠的草场，坦荡如砥，是盛产良种军马的地方，山下有一条河流叫弱水，汉语言经典中出现过

"弱水三千"，是否指此水？但这条弱水养育了各族人民。大月氏人走了，乌孙人走了，戎人羌人消失了，这里成匈奴人浑邪王、休屠王的地盘。那时整个河西走廊都在匈奴掌控下。祁连山、焉支山塑造了他们的灵魂，强健了他们的体魄，丰腴了他们粗犷、豪放的风骨。匈奴人高举弯刀，纵马天地；张弓引射，奔驰大野。那气派、那豪强，令禽兽觳觫，草木惊心。匈奴人，还时常南下东进，流窜汉地，烧杀掳掠，无所不为，汉朝边境成了他家的菜篮子和米袋子，时有威胁国都长安之险。汉初，国势衰弱，无力抗击匈奴。汉高祖曾出击匈奴，结果被围困白登。无奈，只好以和亲方式，换取短暂的和平。

张骞通使西域，来到焉支山下被捉、扣留，被迫在这里放马牧羊。一扣十一年，这位汉朝使臣，白天放牧，望天上的白云，盼飞来一片温暖的乡音；晚上坐在帐篷前，仰望星空，遥想长安的明月，低声悲歌："苍天兮万里无疆，猛士兮寸断柔肠；暂困匈奴兮吾为此伤，何日西行兮望穿茫茫！"面对威胁利诱，饱经千辛万苦，张骞心怀报国之志，不忘肩上使命，终于逃离匈奴。大汉朝也走出泥沼，历史翻开新的篇章。

时间来到公元前121年春天，汉朝国势已逐渐强盛，汉武帝命年轻的骠骑将军，独自率领精兵一万出征匈奴，征讨河西的匈奴浑邪王和休屠王。他率军直捣单于城，生擒单于之子，在焉支山前与浑邪王的部落激战，大破浑邪王主力，以多胜少，各个击破，接着翻越焉支山，追袭千里，席卷整个河西，直奔休屠城，击溃休屠王的大军。一连捣毁匈奴五个部落，斩首八千余级，俘获休屠王的儿子和相国、都尉和战俘八千九百六十人，取得大胜。当年夏天霍去病又出征河西走廊，一场场刀剑铿锵的杀伐，一场场腥风血雨的厮杀，大扫浑邪王的残部。两场征战，沉重打击了匈奴的力量，匈奴不得不退到焉支山北。

霍去病短短一生，四次出征河西，歼敌十一万，使匈奴人失去赖以生存的祁连山和焉支山。祁连山地域广阔，水草丰美，大片绿洲，是优美的牧场，焉支山麓的草场，是匈奴人的生命伊甸园，处处花香，处处芳草，牛羊遍地，牧歌声声。现在全失去了，匈奴人悲哀地唱道：“亡我祁连山，使我六畜不蕃息；失我焉支山，使我妇女无颜色。”匈奴“毋文书，以言语为约束”。匈奴人没有文字，没有历史和文学，这首《匈奴歌》是汉人给他们记录下来的，这是唯一的文学遗产。

我们驱车来到焉支山下，踏上这片神话般的土地，重读古战场，身边仿佛响起匈奴人的马蹄声、弯刀的铿锵声、鸣镝的呼啸声，有一种血腥气、沧桑气扑面而来，把我带入那遥远的年代……

两千年呐，山前山后的废墟荒冢，已成文人墨客的幽思，历史学家的疼痛，一件件出土文物，只给考古学者带来惊喜。历史就隐藏在荒草丛中，红荆棵下，灿烂的人文在那儿，古道驼铃商贸在那儿，你不小心也会踩醒岑参的诗行，踩痛匈奴人的遗骨，一时搅起兵嘶马鸣……岁月流逝，风云变幻，千里祁连山已从蒙昧走向文明，匈奴的哀歌已化为丝路花雨的空谷清音。

我身在荒原，风从我身边流过，云从我头顶飘过。我感到孤独。孤者，单也；孤者，无语也。天地无语，万籁无声。山无言则有巍峨之美，水无言则有渊深之美，草无言则有丰茂之美，花无言则有鲜艳之美。这空旷的舞台不需要看客的掌声和欢呼，这天地，这山水，唯我独尊。大自然的静默是一种大境界、大气象。人在它的面前，只感到渺小，只感到敬畏。

蓦然，我看到山坡上有一丛野花，蓝格莹莹，格外惹眼，走过去，只见那小花恣意开放，面对烈日旱风憨憨地微笑，笑得纯真，幼稚，笑得輾然，还有几分淡定。是什么花，这么精神？名秦艽，好奇怪的名字！这名字里准含有寓言故事和美丽传说，我先记下。抬头望去，它的背景依然是天苍苍，野茫茫。

焉支山西酒泉道，
北风吹沙卷白草。
长安遥在日光边，
与君不见使人老。

甘州大地，山巍峨，水蜿蜒，气势磅礴，苍茫雄浑，走进甘州像走进岁月深处，走进历史的幽邃的后院。

水色

黑水河发源祁连山，也称“弱水”，它是仅次于塔里木河的中国第二大内陆河。黑水河全长九百二十八公里，流经甘州张掖市甘州区、临泽县、高台县、酒泉市、金塔县，注入内蒙古自治区境内的居延海，其流域面积十四万多平方公里，它流经山丹县时，山丹河汇入黑河。由此黑河一转身向西流去，称为倒淌河，在临泽县又有梨园河汇入，在高台县境内，摆浪河也投入黑河怀抱，黑河一路匆匆而来，纳千溪，汇百川，努力壮大自己，发展自己，形成一条气势磅礴、雄浑壮阔的大河。雨季，常有暴雨洪水出现，急浪滔滔，浊流滚滚，携砂裹泥，常泛滥成灾。我问行人，他们说水大时漫过黑水河大桥。

那么一条气势雄浑的大河怎么叫“弱水”？黑河，这条“弱得浮不住鸿毛”的内陆河，它流动十分艰难、沉重。它没有大江大河的磅礴气势，也没有江南水乡的秀丽风光，它流经的地方，多为戈壁、荒漠，但它有坚韧的耐力，顽强的冲击力，一路摧枯拉朽，使得两岸出现勃勃生机。

黑水河，是一条古老的河流，它的名字出现在《史记》《尚书》等古籍中，从五帝到夏禹时代，这条河就奔腾在甘州大地了。《水经注》里记载“黄帝长子昌意，德劣，降居弱水，为诸侯焉”；《尚书》说，禹“导弱水，至于合黎，余波入于流沙”。

《山海经》里记述得更详细：“西海之南，流沙之滨，赤水之后，黑水之前，有大山，名曰昆仑之丘……其下有弱水之渊环之。”这里的西海就是居延海。

智者乐水，仁者乐山。有了水，大地便有了灵性，有了情感，当然也多了生命的激情。我是中午走近黑水河的，黑河在张掖市郊外，一条荒莽的大河，由南向北流去。河床露出大片大片的沙渚，一股浑浊的流水绕过沙渚匆匆流过，正如古籍记载的“弱水入于流沙”。

传说，老子曾乘青牛进入流沙，所以常常能隐隐约约看见流沙一带紫气氤氲，因此在黑河流域下游居延海便有了“流沙仙踪”的名胜，这给黑水河增添些许神秘感，神奇感。

我见到黑水河时正是暮秋时节，河水平静，涓涓细流，缓缓流淌，沙渚上长着水草，已经枯黄，在河风中摇曳，瑟索有声，一种荒凉，一种苍凉之感油然而生。这是苦难的河，命运多舛的河，从高山走来，一路上不是戈壁、便是荒漠，没有芳草鲜花的装饰，没有林涛的伴奏，没有画舫兰舟、三角帆的陪伴……它寂寞、孤独，但它顽强地开拓自己的路。

黑水河润泽着两岸山峦和村野，给甘州带来生命之液，给苍莽亢旱的大西北带来一抹湿润的抚慰。甘州成了“苇溪连片”的水乡之都，城内有湖泊、水光潋滟，得黑河之利，张掖成为丝路重镇，这片绿洲千年不老，也得益于黑河这里是通往西域各国的咽喉要道，驼铃叮咚，马蹄嗒嗒，商旅、军士、僧侣、文人墨客，还有被发配边陲的贬官逐客，相望于道，在张掖交换货物，在这里得到休整，干渴冒火的喉咙得到水的润泽，风吹皱的脸庞，被洗一脸的沧桑。他们水囊里注满水，食袋里装满粮，马蹄声脆，驼铃声润，又踏上西去的漫漫征途，西域的客商又起程东去，这里被誉为“塞上江南”。

跋涉在古丝绸路上的商队都是沿水源而行，广阔的大西北，是荒漠、半荒漠，戈壁滩赤地千里，鸟兽绝迹，炎炎烈日，死亡沉寂，只有张掖出现一大片绿洲，把丝路的南线、北线和中线会合成一处。

黑河给甘州带来一片阔大的湿地，这里流水汤汤，蒹葭苍苍，鸥鸟飞翔，鱼虾满塘，更喜人的是到处垂柳，柳丝拂拂。如果你夏天来，一片片荷花映日开放，风起处红翻翠舞，如许江南风光。所以罗家伦有诗云“若无祁连山顶雪，错把张掖当江南”，古人亦云“边城城北接烟林，四座风来吹我襟。自信中流双桨动，共看曲岸一竿沉”。

在黑河下游有多处湖泊，白牙湖、马尾湖、明塘湖，还有大片的滩涂、湿地、池塘、蓄水田。沼泽湖泊湿地，像一块未开发的处女地，记录着黑河流域的沿岸湿地演化的天然面目。

陪我游览的文友唐国曾告诉我，高台县罗城乡一带就有数百亩天然湿地。

我们驱车游历了张掖城郊湿地，在这里有野生的红柳、大片的芦苇、东倒西歪的沙枣树、横偃竖长的高杨大柳，盐碱地的羊齿草、茂密的羊胡子草、灰蓬蓬的酸刺，水中的荇藻、水草，一湾湾汪着黄卤水，一片片盐碱滩，还保鲜黑河原始的生命和风貌。

我在一水塘看到野鸭、鸳鸯，成双结对，悠闲地浮游在水面上，两只黑亮亮的小眼张望着周围的一草一木。

游历湿地，我还惊喜地发现江南特有的禽鸟——白鹭，在这里它有个诗意的名字：雪客。洁白的翎羽，亭亭玉立在沙渚上，灌木丛中，神采飘逸，灵性疏淡，不染世俗的孤高自持，甘州人喜欢白鹭，南鸟北栖，他们称这远方的客人为“凌波仙子”。看到它，我脑海不禁涌出唐人写白鹭的诗句：“漠漠水田飞白鹭，阴阳夏木啭黄鹂”“数丛沙草群鸥散，万顷江田一鹭飞”“桃花流水鳜鱼肥。青箬笠，绿蓑衣，斜风细雨不须归”。

国曾告诉我，这湿地是禽鸟的天堂，鹭、鹤、鸥、雁、鸭、天鹅，依湿地繁殖，傍湿地越冬。

黑河是往来僧侣、商旅、游人的驿站和水源，也是各种候鸟的中转站。

又一个黄昏，我乘公交车来到郊外的黑河大桥，晚风吹拂着岸边的芦苇，秋天、芦花放白时，那些芦穗饱满丰盈，摇曳在晚风，再晚几天，那芦絮如雪，漫天飞舞了吧。

城 韵

关于张掖古城的初建，民间流传着一个美丽的传说。古代，在今张掖城附近有黑水国废弃的城池，相传，隋朝时，有个叫韩世龙的大将，驻扎黑水国城。一天黄昏，一位须发皓白的老人两手空空，却沿街叫喊“枣”“梨”，呼过，杳然而去。人们大惑不解，报知韩将军。韩世龙觉得奇怪，但悟出这种仙人的暗喻，要居民“早离”，于是当机立断，率领居民仓皇弃城而去，果然夜间狂风大作，摧城拔屋，一夜之间，城池便被风沙埋住。后来，一位郡主要建新城，便请风水大师选择城址，大师说：“我有一枚铜钱，把它扔出去，落在哪里，就在哪里建城。”大师一扬手，铜钱凌空飞起，直到三四十里之外才落下。郡王派士兵去寻找，发现这一带芦苇密布，溪水荡漾，一枚铜钱闪闪发光。郡主惊喜不已，决定在此建城，先建钟楼，接着又建东西南北四条大街，命名张掖。

张掖古城坐落在黑河岸畔，“黑河如带向西来，河上边城自汉开”。汉武帝派霍去病四次率军攻打匈奴，休屠王被杀，长久盘踞在河西走廊匈奴人被驱赶殆尽，河西走廊划入大汉版图，于是诏令建四郡：凉州、甘州、酒泉、沙州（敦煌），张掖即“张国臂掖，以通西域”。

历史的甘州，明珠璀璨。两千年的历史中，它扮演了西北重镇的角色，是古丝绸之路的重要驿站，波斯人、阿拉伯人的商队，穿过大漠戈壁、在这里落脚，洗去一路风尘，盛馕的口袋里装满食品，牛皮水袋里装满甘甜的井水，于是上路了，驼铃叮咚，马鸣嘶嘶，东去汉唐的国都西安，还有漫长的路。

十六国时，北凉沮渠蒙逊曾在此建都，隋、唐、西夏、元、明、清历代都重视西北重镇的经营，清代诗人诗云：“三秦锁钥山河险，万国车书驿路通”，甘州被誉为“塞上锁钥”。三千年的风雨沧桑，两千年的丝路，边塞重镇欧亚大陆桥的咽喉地带，张骞两次出征西域，玄奘跋涉万里西天取经，他们的身影都闪现在古城，他们饱赏了甘州的山光水色，感受了甘州的灵气，坚定了步伐，充实了信念，于是汹涌澎湃的释家文化也一路滔滔灌进甘州。

甘州一度称为佛都，小城不大却建有金塔、木塔、水塔、火塔、土塔，按中国五行所建，大佛寺是丝路上名刹大寺，古刹塔影，晨钟暮鼓，成为张掖一大景观。

沮渠蒙逊主宰甘州时期，这位君主，他善于学习，吸收汉文化，并以当地音乐、歌舞与龟兹乐相结合，创造出《秦汉伎》；隋大业五年，隋炀帝为发展东西贸易，在张掖山丹举行规模空前的盛大“万国博览会”，高昌、龟兹、契丹、疏勒等二十七国使臣“迎立道左，接候御驾”。隋炀帝在张掖接见和招待西域二十七国国君，那张灯结彩的欢腾，那车水马龙的喧嚣，那挥汗如雨、举袂如云的人浪，渲染了张掖古城的盛大节日，茶楼酒肆尽是戴贯头帽、着胡服、长髯飘飘的波斯人，阿拉伯人。胡旋舞、甘州曲，给万国博览会更添迷人的风采，客栈闾巷里，骆驼成队，胡马成群，商人饮酒歌舞——这是中国历史上首届万国博览会，为后来大唐帝国“九天阊阖开宫殿，万国衣冠拜冕旒”奏响序曲。

甘州是一块神奇的土地，壮美的山川、丰饶的特产、灿烂的文化，人杰地灵，构成一部千年史诗的壮丽篇章。

大唐帝国的诗人陈子昂个性情豪侠，武则天称他“地籍英灵，文称华晔”，召见后拜为麟台正字。他曾两次出塞，经陇坻，过张掖，写下了许多感人肺腑的诗篇和卓有见地的表文。他的《度峡口山赠乔补阙知之王二无竞》：“峡口大漠南，横绝界中国，从石何纠纷，赤山复翕赩”，这是诗中的前四句，热情赞美甘州壮丽的山川地貌。杜甫的祖父杜审言一生未临张掖，他却作诗张掖，那甘州意象、古战场的惨烈景象，泻于笔端。他有一首小诗《赠苏绾书记》：“知君书记本翩翩，为许从戎赴朔边。红粉楼中应计日，燕支山下莫经年。”这边塞小城曾经是汉军拼搏厮杀的古战场。南朝梁时诗人徐陵的诗更直接描绘了这古战场的战争画卷：“关山三五月，客子忆秦川。思妇高楼上，当窗应未眠。星旗映疏勒，云阵上祁连。战气今如此，从军复几年？”

诗，是时代精神的反映，是历史的一面镜子，铺开张掖的地图，你会发现四周村镇的名字，不是堡，就是寨、营，这是战争的遗著，军队驻扎之地，大的“堡”是高级军官的指挥部所在地。

战争使白骨蔽野，血濡山河。

战争也催生文明的发展，在冷兵器时代，对峙的双方不仅是力量的交锋，也是智慧的较量，当烽火熄灭，硝烟散失，人类追求和平的欲念更强烈，一个耕织牧猎的繁荣时代来临了。到了隋代，经过二百年南北朝战争，在伤痍灼灼、废墟累累的大地上，开始轰轰烈烈的建设高潮。隋炀帝南国开通了大运河，塞北举办贸易交流大会，这下不能说，隋炀帝是贪腐的昏君，在历史上，他虽然名声不佳，但也做过利国利民的大事。

据考古资料表明，丝绸早在商朝已经传到了西域。公元前1世纪传到罗马，王公贵族格外喜欢，称中国为“赛里斯”，意思是丝绸之国。汉代以后，随着丝绸生产的发展，它在丝路贸易中的规模也越来越大。到了唐朝，丝绸的生产和印染有了巨大的发展，丝路贸易也达到了高潮，长长的河西走廊，像一条传送带似的，源源不断将中国的丝织品输送到西域地区，早在大汉帝国时代，中原和大漠南北的匈奴人交易马匹，之后隋唐时期这种交易更加频繁和繁荣，乌孙和大宛的“西极马”“汗血马”，唐太宗誉之为天马。在鼎盛时期，茶叶、丝绸、瓷器以及漆器，远销西域，中亚细亚以及北亚和阿拉伯等国，最后辗转西伯利亚，到欧洲；来自中亚细亚一带各种珍禽异兽也源源不断由丝路传入中国，狮子、犀牛、孔雀、大雀等，还有大量瓜果菜蔬也陆续传入中国内地，葡萄、苜蓿、石榴、菠菜、棉花、胡麻、橄榄、豆蔻等，还有石棉、砂糖、葡萄酒。

随着物资的交流，宗教和文化艺术也随之传入中国，公元前60年至前10年左右，佛教自于阗传播到叶城、莎车、阿克苏、库车、焉耆、且末、若羌、米兰、楼兰等西域诸小国家。西域和印度、中亚细亚的歌舞音乐，甘州的“西凉伎”，武威的“凉州曲”，汉时风靡全国，唐代的“霓裳羽衣曲”就是直接受到印度乐曲的影响而创作的。胡旋舞、胡腾舞、拓枝舞都是由西域传入内地的。

河西走廊最先沐浴了佛光的照耀，甘州大地寺庙遍布，佛塔林立，佛风荡漾，晨钟暮鼓，声声惊醒世人。张掖的大佛寺，室内的睡佛为全国之最，山丹的大佛寺为国内坐佛之冠，马蹄寺、西来寺，闻名遐迩，是享誉全国的名刹大寺。我去张掖大佛寺，只见雄伟的大雄宝殿有睡佛，身长三十五点五米，卧躯高达七米，令人惊叹，睡佛哪里昏昏而睡，一只眼闭着，一只眼睁着，清冷的目光看着世界。我赞叹大殿门外的一副楹联：“佛睡非佛睡，只是我未醒。”甘州，是西北丝路重镇，隋炀帝派他的重臣斐矩来经营，隋炀帝远来大西北的缘由，起之于斐矩绘制撰写的《西域图记》。斐矩文武双全，且善于与西方异族打交道，隋炀帝派他数次出使西域。

斐矩来到张掖广泛地接触外商，了解西域名国的山川地形，自然风貌、风俗民情、物产商品，后来他绘制一册《西域图记》，这不纯是一本地图册，书内配有人物肖像，胡人衣着、头饰，从国王到商贾到百姓，都绘画得栩栩如生，这是一部形象化的地图。

斐矩在《西域图记》序言中，明确指出丝绸之路分“北、中、南”三条通道。这三条通道皆以敦煌为起点，北道从伊吾

（哈密）过伊犁河至东罗马帝国，达于西海（地中海）；中道从高昌（吐鲁番），经焉耆、库车、喀什度葱岭（帕米尔），至波斯（伊朗），达于波斯湾；南道从楼兰，于阗（和田）度葱岭、经阿富汗，至北婆罗马（巴基斯坦），达于阿拉伯海，西域各国通过三条路线将各种货物运到张掖，互易后，再将中原货物运送回西域。

隋炀帝西巡张掖，还写了一首诗，以此张扬他的文学才能，《饮马长城窟行》：“萧萧秋风起，悠悠行万里。万里何所行，横漠筑长城。”诗很长，这是开头四句，不料这首《饮马长城窟行》成为名篇，气派宏大，颇有魏武之风。

两千多年来，如果没有丝绸之路，东西方文明将是孤立的孤独的、隔膜的，是一只小小的“蚕”改变了世界史的进程，改变了人类共同的命运。

这是秋天的一个下午，我登临张掖古城的钟鼓楼，这是甘州的标志，巍巍鼓楼，飞檐翘瓴，碧瓦青砖，雕梁画栋，在西斜的阳光下，熠熠闪光。

钟鼓楼也称靖远楼，是明代建筑，建在张掖四条大街交汇之处，是张掖的灵魂。“唯有古建筑的梁柱门牖窗扉古色古香，更能引人发思古之幽情”，我站在鼓楼上，全城尽收眼底，那新建的高楼大厦的罅隙仍有古建筑的身影，大佛寺、金塔、木塔，古香古色炫示着历史的悠长，古文明的灿烂，思古之情油然而生。

我想起“八声甘州”这个词牌。这原是唐教坊的大曲，“八声甘州”是其中一个乐章，抽出独立为一个曲牌，到了宋代变成词客们的“词牌”。柳永的《八声甘州》，对潇潇暮雨洒江天，“霜风凄紧，关河冷落，残照当楼”，苏东坡《八声甘州·有情风万里卷潮来》“几度斜晖”“俯仰昔人非”，吴文英的《八声甘州·渺空烟四远是何年》的“送暮鸦斜日落渔汀”，还有辛弃疾的《八声甘州·故将军饮罢夜归来》等等，大都伤今怀古，叹老悲秋的人生感悟，借甘州词牌，抒发一腔郁垒。声声甘州，既非写给甘州，也非写自甘州，词人与词都与甘州毫无干系。大宋朝版图很小，那时的甘州是西夏的地盘，这些文人词客怎去得甘州？只有辛弃疾壮怀激烈，“以气节自负，以功业自许”，不甘沉沦，讥嘲昏君庸臣“看风流慷慨，谈笑过残年”。我想象得出，辛弃疾写这首词时，眼里准含着泪花，吊兴废，感身世，无可奈何！

好啦，打住！

现在我放牧视线，夕晖流水，屋瓦鳞鳞，烟波荡漾，高楼耸峙，雾树弥漫，大西北的文化名城，今朝更精神，更挺拔，英姿焕发，牛斗光焰。

2016年9月30日—10月4日草

在敦煌，我仰望星空

一

青天一碧，风清月朗。

这是敦煌的夏夜，小城已经酣睡，万物已经入梦，天地一片静寂。我坐在宾馆一处观景台上，仰望星空，敦煌的夜空是那么寥廓、深邃，那么无穷无极，我的思绪像一堆燃烧的火焰。人类为了探索宇宙，发明了望远镜，射电望远镜，最近中国制造了方圆五百米的“天眼”，面对深阔无极的宇宙，又能探索到什么呢？留给人类的仍然是困惑，是神秘，那么人类的智慧只剩下想象了……

于是宗教产生了。

许多宗教都有一套关于创世的神话。古埃及神话说，女神露得被其父大气之神逼迫离开其夫，也就是她的兄长大地之神，于是依依不舍的露得手脚紧抓大地，身体变成苍穹。

宗教是非物质的，是人类精神的延续，是想象中的产物。

今夜星光灿烂，北斗七星，耿耿在天。仰望星空，我想起《哥舒歌》：“北斗七星高，哥舒夜带刀。至今窥牧马，不敢过临洮。”北斗七星，又称天罡星，凶星，主战乱。唐军大将哥舒翰昼不歇兵，夜不卸甲，不辞劳苦地戍边防守。“中天悬明月，令严夜寂寥”，那是一番怎样军风威严的景象！勺柄朝南，正是八月既望。北斗星是由大熊座的七颗明亮的恒星组成，曰：天枢、天璇、天玑、天权、玉衡、开阳和瑶光。前四颗称为斗魁，后三颗称作斗杓。在《道藏经》里，七星的名字全换了：天狼星、巨门星、禄存星、文曲星、廉贞星、武曲星、破军星。

人是需要仰望的，仰望天空才知道宇宙的自由、广阔、无极、圆满。面对宇宙，谁能不油然而生出一种敬畏感，神秘感。原来，宇宙就是一尊巨大无比的神，人在它面前忽略不计。这尊神既没有从前，也没有以后，谁也看不到它的身影，它的面容。

也许我与敦煌有缘，从兰州，经武威，过甘州，涉酒泉，越嘉峪关，又经瓜州，一路来到敦煌，来到三桅山下。一路风尘仆仆，一路激情洋溢，我要在敦煌寻找什么？或是敦煌会给予我什么？我想都未想，这其中是一个巨大的谜。但我知道宗教精神实际上是一种英雄主义，精神的皈依不仅仅是信念的坚定、信仰的崇高，而是像耶稣一样面对苦难，淡定、从容，哪怕钉在十字架上也表现出殉道者的节操。是这片精神的高地在吸引着我。

祁连山过去了，焉支山过去了，嘉峪关过去了。我依稀看到霍去病的铁骑刚刚奔驰而去，班超的战马嗒嗒西驰，远处山野是还有一缕不散的烟尘；我依稀看见玄奘大师，孤独的身影跋涉在戈壁大漠，一袭破旧的袈裟被风撩起，干渴的喉咙，皴裂的嘴唇，疲惫的神色，身上的汗水被吮吸殆尽了……为了一个信念，摩顶放踵，一步一步艰难地前行。天地茫茫，路途茫茫，眼前只有茫茫沙野。我想，能够穿越河西走廊、塔克拉玛干大沙漠的人，一定是满身披载着阳光的人。

那是一个秋天的黄昏。阳光明媚而含蓄，天空高远，晚开的小花从容而又淡泊。一条小河扭动着细瘦的躯体，有气无力蠕动着。一个老僧来到三桅山下，他手拄锡杖，一脸倦色。他下意识地抬起目光，蓦然看见山上“忽见金光，状有千佛”，心头掠过一阵惊喜。他情绪顿生兴奋地惊叫：“我看到佛光了，阿弥陀佛！”那是鸿蒙之光，是虚幻之光，是智慧之光，来自太阳之光，佛祖不再显得虚无缥缈。古希腊的太阳神是赫利俄斯，是光明之神。佛教里也有大量的和太阳有关的传说和神话。西方的上帝说要有光，于是便有了光。基督教徒在教堂中祈祷来自穹顶的光线，那是上帝之光。上帝存在于信徒心中，他们以自己天才的智慧和工匠精湛的技艺建造了一座座教堂，动辄以几十年几百年的财力、几代人的精力投入这项工程中，这是灵魂的庇护所，又是精神的高地。乐尊和尚没有想这么多，他决心在这里开凿洞窟，那是公元366年。于是乐尊和尚“肩负着秘密的宗教仪轨”，雇人开始一项跨世纪的伟大工程的营建。

一座有灵气、有仙气、有神气的大山，便成了佛家的精神家园。随后法良禅师来了，在旁边开凿第二窟，这是莫高窟最早的洞窟。后来佛家文化便沿着丝绸之路奔涌而来。

北凉的皇帝沮渠蒙逊，尊佛礼佛。他在辖内河西走廊四处修庙建寺，开凿洞窟，敦煌自然是最佳选择之地。在他倡导下造窟运动蓬勃兴起。

那洞窟在荒山野岭，它本身就在修行，檀香淡淡，青烟袅袅，清凉、圣洁的空间，静谧如沉默的佛。

所谓洞窟，就是开凿在山崖河岸的佛教寺庙，这里人迹罕至，环境优雅，宜于静思、修行，加之开凿洞窟比修庙建寺省钱省工省力，且又坚固，所以得到众僧的欢迎。三桅山上响起一片叮叮咚咚铁钻声，岩石上火星迸溅，汗水和石屑齐落，落霞和尘雾共舞，春夏秋冬，年年岁岁，一千年的雕凿，一千年的描绘，一千年的渴望，这里出现一片庞大的洞窟群。僧人们闻悉，跋山涉水，披风沙，顶烈日，千里迢迢来到这里，他们用经声哺育信仰，用虔诚铸成信念。诵经声里延长了黄昏，夕阳为山峰镀金。这些沿着丝路散布各地的洞窟，像佛陀的串珠，点缀着这苍茫雄浑的荒凉的土地，为河西走廊增添了绚丽多彩的石窟文化。

汉武帝开疆扩土，西域的门打开了，河西走廊佛风渐盛，敦煌莫高窟的开凿，接着是东、西千佛洞，榆林窟的开凿，随之便是文殊寺石窟、马蹄寺石窟、炳灵寺石窟、麦积山石窟、水帘洞石窟的动工，而敦煌名闻遐迩。

敦者，大也；煌者，盛也。

阳光下的敦煌空旷苍茫，
月光下的敦煌幽远高古。

二

沁人的月色给大地带来一片空明，远处隐约的沙山、古堡、长城的残堞、烽燧，近处的胡杨、红柳、屋舍、沟壑，像水墨画里的景物，清晰而醒目，混沌而苍茫。敦煌的夜晚和白昼有些殊异。白天看得见的，夜晚看不见；夜晚看得清的，白天模糊着。我恍惚觉得那城堡、垛堞上有张弓荷戟的健儿，死心如铁地守边把关，历千年风雨而不动。敦煌的夜晚给人一种清朗如昼的感觉。我总觉得那幽暗被一种光驱逐着，那是佛光，是千年前乐尊和尚见到的那束光。乐尊和尚把那光留给了敦煌。

这是照亮人类心头的一缕圣光，生命之光。每当黑暗降临时，这光顿时光芒四射，心头昭昭然，天地昭昭然。使人醒悟、憬悟，如醍醐灌顶，从而谨言慎行，弃恶从善，这光是精神的紧箍咒。

人性是恶的，丑恶的成分很强大，善的力量很弱，一切宗教都极力倡导弃恶从善。上善若水，水往高处流很难，上善也很难，人的本性自私，“克己复礼”，孔子提倡了一辈子，有谁能达到这种精神境界？几千年来，特别近百年来，自然科学、人类征服太空向宇宙探索的成果，包括杀人的大规模的尖端武器，足以毁灭地球几十次，可人类的精神境界又提升了几重？人变善了还是变恶了？物质主义、消费主义、霸权主义，已弄得整个地球一片肮脏、混乱，陷入恐怖、死亡的囹圄。人类能主宰别的生命之命运，却很难主宰自己的命运。当一种生命强大到不受任何生命制约时，等待他的只有毁灭。自己毁灭自己。“只有今天的人类拥有毁灭族类的危险和可能性”。我们的前人做出了很多愚蠢的事，而今我们不仅不反思，反而变本加厉，以超速度，前无古人、无所不用其极地干着更蠢的事，最终只能加速毁灭人类自己。

公元前5世纪是人类文化的曙光初露，并随之普照大地的时期。苏格拉底、柏拉图、亚里士多德出现在希腊那片神话般的土地；释迦牟尼属于热带印度神秘的国度；孔子、老子、庄子诞生在古老的中国，这些圣贤圣哲不谋而合地开始思考人与自然的关系，人与社会的关系，人与自身的关系。他们提出的理念，至今还是真理。

佛教讲因果报应：“福祸无门，唯人自名；善恶之报，如影随形。”古希腊哲学家柏拉图坚信因果报应，他在《理想国》中说：“人在世间犯有一罪者，死后当受十倍惩罚；在世时公道而勇敢者，死后，每一项亦受十倍的酬报。”法国大思想家伏尔泰也坚信因果报应：“要建立一个良好的社会，应当是需要宗教的。”大物理学家牛顿说：“有限的知识常使我们远离上帝，随着知识的丰富和研究的深入，又常使我们回到上帝身边。”科学巨擘爱因斯坦年轻时反对迷信，对基督教不那么热衷，晚年却彻悟道：“宇宙是神秘的，上帝是存在的。”还有惊人之语：

> 如果有一个能够应付现代科学需求，又能与科学共依共存的宗教，那必定是佛教。

佛教所讲的一切因缘，最终都归于空性，由反观心性而获得证悟。道教的方法是遵守中庸之道，坚持符合客观规律的原则，而不是按自己主观臆想去行动。也就是说，人在各种非分贪婪的欲望支配下何去何从，是决定生死，也决定祸福的关键。

敦煌曾是人类命运交会之地，是三条文明线相聚之所：印度文明、希腊中亚细亚文明、中华文明。古老文明之光聚焦至此，必定产生大宗教。乐尊游方僧看到三桅山的佛光，并非虚幻，是一种生命感应。

敦煌的月夜是那样静谧。白天，阳光那么浓烈、强悍，使人难以承受它的灼热，大地蕴含的水分全被榨干了。深夜从戈壁滩吹来的风，带有寒意。天地一片浑蒙幽暗，是创世纪初的沉寂。无边无际的苍穹，一无所有的空旷。

边月高远，平沙辽阔，浩瀚洪荒中的一片绿洲，承担了历史的天赋重任。

白天的敦煌属于历史。

夜晚的敦煌属于神话。

三

月光如水，倾泻大地。远处的沙山隐约，近处的烟树朦胧，月光下的树、花、草，层次分明，高冈、凹洼、沟壑，明暗相间。像一幅木刻画一样清晰。这些天，我以河西走廊为轴线，走过被金钱裹挟的城市，走过被时代遗弃的乡村，走过荒漠、戈壁、山野、河流、废墟，在烈日下，月色里，我一页页阅读，一章一章翻检，这古老的书卷丰厚深邃，意蕴无穷。大漠孤烟、黄河落日、石窟塔影、荒刹古寺、绿茵草原，是那沙场秋点兵，“落日照大旗，马鸣风萧萧”边塞诗吸引我吗？是那“撩乱边愁听不尽，高高秋月照长城”“叠鼓遥翻瀚海波，鸣笳乱动天山月”的豪情燃烧着我吗？是关山月甘州曲，“长风几万里，吹度玉门关”神秘旅行鼓舞着吗？

白天，我走遍敦煌的大街小巷，阅读了莫高窟对游人所有开放的洞窟，游览了阳关、玉门关、养天马的渥洼池，魔鬼的杰作魔鬼城，以及天下绝境月牙泉。我是在苦苦地寻找心灵的家园和精神的高地。

那千百年以来跋涉这条古路的旅人，他们的足迹被风沙抹去，他们的故事已被岁月剥蚀得瘦骨嶙峋，只留下几句怨怼、忧愤的诗句燃烧在汉唐的诗册上。东汉时期，丝绸之路得到进一步繁荣，波斯人、希腊人、罗马人早就知道东方有个丝绸之国，称中国为“赛里斯”，于是出现：“驰命走驿，不绝于时月；商胡番客，日款于塞下。”中原文化和西域文化、希腊文化相互渗透、融合。我依稀感到荒漠、戈壁滩上的骆驼刺下、芨芨草丛中还残留着他们疲倦的叹息；绿洲的树荫里、小河边还储藏着他们惊喜的感慨，激动的情绪，飞扬的灵感；我看见李白的利剑，曝着青色撩人的寒光，将放荡不羁的楼兰拦腰斩断，又挥动如椽巨笔，借黄沙一片，写下震古烁今的诗篇；我看见岑参一身戎装，驰马边塞，“晻霭寒氛万里凝，阑干阴崖千丈冰”那种壮怀激烈、悲壮气概，只有大唐诗人才有如此豪气。

月色的长城垛堞，烽燧都已破败、倾圮，有的化作几抔封土堆，孤立于空旷、清寂的荒漠戈壁滩上。寂寞、孤独，只有早来晚去的漠风来问候它们，抚慰它们。

敦煌天生就是佛家圣地。敦煌市里的白马塔向人们昭示着一代大师鸠摩罗什的故事。鸠摩罗什被西凉吕光大军“劫持”到敦煌时，他那匹白马已耗尽生命的最后力气，倒毙在这块土地上。大师给爱马在党河岸边举行了隆重的葬礼。这白马立下赫赫功勋。它背负的不是一介赳赳武夫，是一位高僧大师，是一种文化，是改变世人精神的力量。

鸠摩罗什在敦煌休整的日子，三桅山凿窟的斧钺斫劈声声传来，这是暗示古老的中原大地祈盼佛教的甘霖？是晨钟暮鼓的演释？唤醒梦中人的排练？他感到弘扬佛法的责任更沉重了。

鸠摩罗什在凉州生活十七年，在长安十二年，他把最大的精力献给了佛教经典翻译，他译文精美准确（后来玄奘的译文和鸠摩罗什只相异几个字），他的名句“非色异空，非空异色，色即是空，空即是色”流布甚广，成了人生警句。鸠摩罗什在长安圆寂。临终前他告诉人们，他的肉体可能焚烧成灰，“唯舌不灰”。果然，他的遗体化为灰烬，舌头依然鲜活如生。

在敦煌壁画中出现深目高鼻、披发左衽、头戴尖顶帽的胡人，与汉人的形象迥异。有些胡人则牵着骆驼、骑着大象从远方而来。有些胡人成为西方的使者，成为汉人心目中的仙界人物——天外来客。

这些胡人的形象已经超越世俗，走进汉人信仰深处，化为永恒的历史细节，成为佛教传入中国的重要文化现象。

《山海经·大荒西经》说：“西有王母之山，壑山、海山。有沃之国，沃民是处一沃之野，凤鸟之卵是食，甘露是饮……鸾鸟自歌。凤鸟自舞。”这是我们先人对胡人遥远的想象？还是最初一缕佛光照亮他们灵魂深处？

随着鸠摩罗什的到来，丝路上又来了一批青年女子，她们不是走，是飞，裙裾飘飘，衣襟带风。她们一个个面容娇美、肌肤白皙、眉眼秀丽、热情大方，嬉笑着、歌舞着，像仙姑、像天使，边飞边舞，最后都栖落在洞窟画壁上。她们的衣着是那样鲜艳，她们的身段是那样轻盈，给这寂寞的洞窟带来青春的欢乐，生命的浪漫和激情。也许有了她们山野才有了春的蓬勃、秋的芳艳，夏天嘛，才有了骚动和喧哗。

她们是飞天。

莫高窟有飞天四千五百余身，有龛必有佛，有窟必有壁画，有壁画必有飞天。飞天出现在佛教艺术中，绝非偶然。人类追求思想的自由，精神的解放，便渴望人像鸟儿一样，在天空飞来飞去。那是摆脱世俗的桎梏，摆脱尘世的缧绁。“思维潜力的无穷和生命生理的有限，精神追求的无极和物化社会的种种制约”，这深刻的矛盾怎么化解呢？于是就出现了宗教，出现了飞天。飞天超越了宗教和世俗，经过漫长的抽象、升华的过程，超越苦难，超越生死，将自身与大自然合一，达到“天人合一”的境界。这和道教、老庄宣扬的“逍遥游”有何区别呢？庄子的生命观归根结底就是要超越生死，使自我的身体来去自由，完全达到顺其自然的境界，也就是“天地与我并生，万物与我为一”的境界。佛教中的“涅槃”和老庄所言“不形之形，形之不形”的生死观、人生观、自然观，又何其相似乃尔！这是超越的生命精神，是吸取了天地间迥劲力量的生命精神。

敦煌飞天不仅是一种文化的艺术形象，而是多种文化的复合体，它是印度佛教天人和中国道教羽人、西域飞天和中原嫦娥奔月的长期交流融合为一的产物。

敦煌飞天在唐代已达到至美的境界，成为一位面目俏丽、绢衣丝带、飘飘如云的天仙美女。

飞天是佛教中乾闼婆与紧那罗的复合体，乾闼婆是歌神，紧那罗是乐神，她们在天龙八部中分工明确，乐神献花供室，歌神奏乐歌舞，到了敦煌又合二为一，化为飞天。

有一幅画，一飞天“反弹琵琶”，堪称琵琶舞难度最大、姿势最优美的绝技。那飞天身披璎珞，头束高髻，衣裾华丽，将琵琶置于脑后，反臂而弹，蹈足而舞，她们扬眉动目，神态自若，动人心魄，真可谓古代绘画的神来之笔。

敦煌洞窟的雕塑，多为泥塑，又称彩塑，题材多为佛像，菩萨、弟子、天王、金刚、力士、羽人、飞天、地神、天女、禅僧、高僧，还有禽兽。从北朝至隋至唐，唐代是雕塑和彩绘的鼎盛时期，也是成熟时期。艺术家淋漓尽致地发挥他们的想象天才，冲破佛家清规戒律，以现实生活为题材，以现实人物为模特，并加以概括、提炼、抽象、夸张，塑造富有生活气息的宗教人物形象，千姿百态，栩栩如生，呼之欲应，具有强烈的艺术感染力和审美价值。

月升中天，月光发白，雪一样的白，银一样的白，银白的遥远，银白的切近，银白的沙丘，银白的山峦，空旷的银白，没有生命的银白。白就是无。

敦煌的阳光热烈而臃肿，

敦煌的月光孤独而清瘦。

四

夜空的辽阔和清朗，才有了平平仄仄的情感的跌宕，在这静夜里，我的思绪驰骋飞翔，用梦幻的形式，把俗世积累的欢乐、向往、憧憬，一齐抛向星光璀璨的夜空。我想起欧洲的教堂，没有上帝的塑像，没有焚香跪拜的祈祷，但他们期望上帝之光，每座教堂都会泄出一缕阳光，无论圣索菲亚大教堂，雅典卫城光影交织的万神庙，西班牙的巴塞罗那教堂，天顶上和窗户都渗出一缕光线，虚无缥缈，如梦如幻。那便是希望，那是上帝所在，人的力量和才智是有限的，人的生命是有限的，那穹顶不绝如缕的光线弥漫下来，人顿时变得崇高伟大起来，这是上帝赐予了信念和力量。

上帝是虚构的偶像。佛不是，佛是人，不是神。它的创始人是释迦牟尼。他看到人世间到处充满苦难，便传授摆脱痛苦的方法，他告诉人们：人生有缘分，善恶有报应，生死有轮回。他教导众人要从茫茫苦海中解脱生老病死，到达永恒的快乐，必须做到“八正道”。人是自己哭着来到世界上的，离开人世时是别人哭着送行的。人的一生充满了悲剧性，但人生又是美丽的，人生只有超越苦难，才有价值。

一位诗人说得好：人类是宇宙的行者，一不留神路过人间/大地上到处摆满时间的栅栏/每一次抬腿都是通向未知的轮回。

人生无须悲观，即使潘多拉把盒子里的所有魔鬼都放出来，最下面一层还有希望，希望就是光。

白天我在洞窟里观察阅读洞顶壁画，那苍茫浩瀚的宇宙到底蕴藏着什么？人与宇宙是什么关系？上帝之光和佛宗的“法门”，能拯救人类的灾难吗？无论西方人或东方人大都相信人有灵魂，人死后，灵魂脱离肉体，自由自在地在天空飞翔，像飞天一样吗？肉体消失了，还有非物质的灵魂存在吗？佛教的六道轮回真的会出现吗？生与死是属于哲学范畴，六道轮回则属于宗教。那么灵魂呢？我认为，它既不属于哲学也不属于宗教，属于神学。西方文化认为神是存在的，东方则认为神存在于大自然。万物有灵。

上帝存在于众人心中，但人不能成上帝。佛存在于众人心中，人可成佛。这是基督教和佛教的区别之一。

漫漫长夜，只有星月给人带来光明，多少童话和传说在月光下发生？多少人在月光下释去身体的疲倦，取得精神的抚慰？多少人在月光培育了美丽的爱情？又有多少人仰望星空，产生了智慧和探索的勇气？

我仰望星空，思考宗教和哲学：宗教是想象的产物，哲学是思维的结晶；宗教趋于玄虚，接近诗性，哲学则富有理性，靠近真理；而科学解答不了问题，它不是求救哲学，而是乞求宗教。我想起牛顿。他发现了万有定律，但他对宇宙空间的探索却感到困惑：宇宙从哪里来，要到哪里去？宇宙会膨胀吗？会萎缩吗？宇宙的边际在哪里？时间有起点吗？终点又在哪里？爱因斯坦是天才的物理学家，他的“相对论”，据说全世界只有十二个人读得懂，他本人是其中之一。他却弄不懂宇宙和人生：“我们是谁？我们从哪里来？我们要到哪里去？”面对这一系列的天问，他踌躇，他沉默，他迷惘，无言回答，最后只得求救于上帝。上帝说有光就有光。上帝只用七天时间便造出人及万物，天地间便有了一部卷帙浩繁的人类起源史，文明发展史，当然也包括宗教史。

宗教史和哲学史都是思想史，佛教作为宗教看似抽象玄远，其实它从未脱离尘世喧嚣的社会和人生，哲学来自社会人生，又直接服务社会和人生。

《大唐西域记》中记述高僧辩论的对话："雅知提婆博究玄奥。欲挫其锋，乃循名问曰：汝为何名？提婆曰：名天。外道曰：天是谁？提婆曰：我。外道曰：我是谁？提婆曰：狗。外道曰：狗是谁？提婆曰：汝。外道曰：汝是谁？提婆曰：天。外道曰：天是谁？提婆曰：我。"

哲学探索宇宙；佛说：宇宙就是我，我便是宇宙。

敦煌的白昼是荒芜沉寂的苍天，

敦煌的夜晚是星光璀璨的宇宙。

2016年10月8日—12日

穿过荒原之夜

太阳畏罪自杀之后，天空和荒原洒满斑斑块块、淋淋漓漓的血，暮霭匆匆赶来，胡乱地收拾着，随即，夜晚便汹涌澎湃地扑来，带着一种巨大的神秘和恐怖。天与山，山与荒原在融合，人与物在融合。头顶上的乌云也趁机作乱，迅速地膨胀，狂妄地扩张。在云与云的罅隙中，不，在乌云尚未吞噬的蓝色荒岛上，星星停泊在上面，孤独地战栗着。远天闪烁着一道苍白的光，这光也怀揣着沉重的忧患和无可奈何的惶恐。闪电，像躲在乌云背后的魔鬼，不时恶狠狠地伸出一把长剑，舞动几下，又仓皇匿去。

路，延伸在夜暗中，呈现一道微茫的痕，如同荒原一根裸露的肠子，一条醒着的神经，汽车辗过去，荒原发出咯吱咯吱的怪叫，是刺疼它的灵魂了吗？车灯冷静而沉着地切割着夜幕。谁知，汽车闪过，那黑血淋漓的伤口立即愈合了。黑色的神秘。黑色的恐惧。黑色的诱惑。黑色的浪漫。那夜色很纯，很真实，伸手即可撕下一块。

这荒原的夜呀！

山，蹲踞在遥远的晚天，像卧驼，像蛰龙，像睡狮，山顶上的树、草、灌木丛都成了几抹黑色的写意。河流在夜暗中闪着冷冷的光，呜呜咽咽，是祈祷还是诅咒？谁也听不懂，但声音粗犷、浑厚，一种远古创世纪时代的苍凉和悲壮。风躲在山凹里睡着了，天空、大地、山脉、草和树，都处在涅槃之中，等待着一次新生。但从它荒旷的躯体上，依然弥漫着一种磅礴的生命力，一种雄性的悲怆之气。

汽车缓缓行驶。

大夜如盖。白天看到的奥博辽远的大荒原恢弘的地平线也模糊了，我们钻进一个巨大的迷宫，钻进一个深沉的黑夜里，又像撞在一个无比坚硬而又硕大无朋，还带点滑腻腻的物体上。时间凝固了。我们处在荒凉夜色狂热而冰冷的拥抱之中，处在古洪荒时代神祇生活的世界。我想女娲和盘古眼睛中的世界也定然如此。盘古却能挥动神斧，横砍竖劈，让清明之气上升为天，让混浊之物坠落化为地，我们却无可奈何。

一只夜枭被惊醒，从车窗前飞掠而去，嘎嘎的鸣叫声，刺得人头皮发麻。远处飘忽着蓝色的火星，是磷火，还是荒原狼的眼睛？

白天听人讲，这里是王昌龄的古战场，是成吉思汗纵横驰骋的舞台，曾上演过一出出雄雄烈烈凄凄惨惨的悲剧和壮举。冥蒙中，我眼前总幻化出一轴轴战云密布、鼓角齐鸣的巨大的战争浩幅——战马萧萧的悲鸣。戍楼刁斗凄婉的边声。烽火狼烟的苍凉。落日大旗的悲壮。月夜羌笛与篥的互动。浊酒万里的乡愁。醉卧沙场的凄凉和绝望。……可是纵目四野，怎不见孤城守更的灯火？不闻报警的刁斗，胡笳悲怆的旋律，《关山月》幽怨的音韵呢？……孤独的狼已经老去，忧郁的马头琴已经老去，老猎人的故事也长满苍苔。宁静无息。天地融入虚无，万物都无法在时空的意义上分解。只有荒原通过无数的启示和暗示，把人与自然沟通，把历史与现实沟通，把灵与肉熔铸在一起。

我曾经漫步故乡八月田野的月夜，芬芳温馨的夜气使我如痴如醉，衣襟上也沾满了禾香、果香；我曾经穿过树影婆娑的山林之夜，淋淋漓漓的月光给我带来凉沁沁的抚慰；我也曾领略过海边的夜晚，无边黛色的海水带着犬牙交错的节奏，拍打着感伤的人生和寂寞的命运。而眼前是荒原，身后是荒原，车左是荒原，车右是荒原。四面八方都抖擞着野性和荒蛮，弥漫着雄性远古气息。古老的荒原，古老的荒原意识，这就是一切。

不知怎的，我想起英国画家老克洛姆来，他就喜欢荒凉，他认为荒凉比繁华、比文明更真实，更接近自然。他总是以极大的热情，以轻快奔放的笔触，淋漓尽致地画出诺维奇的荒凉景观……

汽车抛锚了。

我跳下车，独自向近处一座小山包顶上走去，在闪电的辉耀下，举目环顾，尽是荒凉覆盖着荒凉。蓬乱的野草和纠结盘桓的藤萝，像魔鬼奓着的头发，一汪泡子似的野水，犹如这荒原之神浑浊的眼睛。一尊巨石矗立着，光秃秃的，无论从哪个角度看，都难以寻觅四季轮回的印痕。这是女娲补天遗留下的魔石，还是人类始祖亚当驾薨时天崩地裂溅落在此的怪物？

风醒了，从山坳里窜出来，时而像狂怒的雄狮尖啸，时而像受伤的野狼呻吟。被夜风捉弄的灌木丛犹如披头散发的巫师手持刀剑，狂舞疯蹈，口里念念有词；乌云受惊，烈马炸群似的四处乱窜，天空裸露出斑斑驳驳的黛蓝，黑绿黑绿的星星恰似怪兽的眼睛向荒原扫描，起伏的山岗犹如花斑黑蟒在蠕动。一棵孤独的树，盲目自尊地耸立在黑暗中，野草或奴颜婢膝，或麻木愁苦，或凶残狡诈地蛰伏着，时而发出虚伪的喧闹——这是一种大境界，浩浩荡荡地显示着一种磅礴之气、苍茫之气。浅浅的水吟，低低的草啸，神秘的咒语，虔诚的祷告，混成一片宇宙的全息。荒古的悲凉，史前的苍茫，使我感到惶恐，仿佛魔鬼们在黑暗中给生命举行热热闹闹的葬礼。

我没有资格责备荒原，也无权批评这荒凉，因为我懦弱而肤浅，我却有觊觎这荒原的好奇心。我弯下腰，摸起一块石子，小心翼翼地向黑暗掷去——想测试一下夜的浓度和深度，但黑夜并未被砸破，荒原之神却有了回声——草丛中倏然蹿出一只小兽，是狐狸还是野兔？一跳一跳，遁入更浓的夜暗中。我心里一惊，许多荒诞的传奇和古怪的传说便纷沓而来……

剪径的强盗。火拼的马贩子。莽汉大碗豪饮的狂嚎。披头散发女人的淫笑。弱者被杀的惨叫。逃犯。情妇。恶棍。英雄和丑类。恩人和仇人。生与死。爱与恨。残虐的厮杀。凶悍的亲吻。美丽的暴力。野性的温柔。令人发指的愉悦。白骨累累。血污斑斑。孤鬼幽魂。悲悲切切，凄凄惨惨，从四面八方漫溢过来、铺排开来，展示着人类从童年到暮年的天真、善良、狡诈和凶残……

荒原旷世的悲哀深深刺疼了我密如蛛网的大脑神经，我的眼睛变得迷离和迷茫，我的身子也轻轻地浮了起来，仿佛穿越时空，走进生命的远古时代：那凸起的峰峦、凹下的沟壑、耸立的怪石、毛发纷披的树木和混乱不成章法的灌木丛都幻化了——是古代埃及法老的巨墓，还是荒原大神的陵寝？是宇宙巨大的祭坛，还是白垩纪生命起源的纪念塔？是张牙舞爪的腊玛古猿，还是引颈长嚎的恐龙？是大地之母隆起的丰乳，还是天神之父勃起的雄性生殖器？是创世纪竖下的标志，还是洪荒太古留下的固定资产？我茫然不懂，但我依稀看见：辉煌和屈辱从荒原上轻轻走过，野蛮和邪恶从荒原上蹀蹀躞躞走过，大喜和大悲从荒原上踉踉跄跄走过，献身于繁衍的雌性和献身于创造的雄性从荒原上步履沉重地走过……

荒原用它的躯体孕育了生命的悲壮和豪迈，用它的巨手托起了沉重的历史和人类赖以生存的宇宙空间。

荒原是一个自由自在的神。

荒原是古典宗教和现代哲学的注释。

……

汽车修好后，我们继续行驶。

我们在荒原上奔驰，夜色却前堵后截地追赶我们。

不知何时，远处天际出现一片亮光，是灯光，月光，还是晨曦？只见荒原夜色踟蹰不前了，继而缓缓后退，撤退时仍不失那种恢弘豪迈的气度。

戈壁有我

大草原的尾声便是戈壁滩。

戈壁滩是死亡的草原。

七月流火，我们的汽车在热风炙浪的夹击下，气喘吁吁地挣扎爬行。

大戈壁汹涌澎湃地席卷而来，车速很慢。我的目光在前后左右的车窗外，以三百六十度的大视角纵横驰骋——这是纯种的戈壁，没有一点杂质，没有山阿，没有河流，没有背景。旷达的蓝天，缥缈的白云，一目荒旷的沉寂，一目宏阔的悲壮。粗莽零乱的线条，恣肆奔放的笔触，浮躁忧郁的色彩，构成浩瀚、壮美、沉郁、苍凉和富有野性的大写意，一种摄人心魄的大写意。成片成片灰褐色的砾石，面孔严肃，严肃得令人惊惶，令人悚然。这是大戈壁面靥上的痣瘤，还是层层叠叠的老年斑？

沉重的时间压满了大戈壁。戈壁滩太苍老了，苍老得难以寻觅一缕青丝，难以撷到一缕年轻的记忆，仿佛历史就蹲在这里不再走了。昨天，今天，还有明天都凝固在一起。

但是，我们并未停下。车子从戈壁滩僵硬的面靥上碾过，而它无动于衷，一阵风轻巧地擦去轮痕，前面依旧是起起伏伏、莽莽苍苍的戈壁沙丘，疯长着亘古洪荒，铺满百代旷世的岑寂。

据说，我们的车行路线是古丝绸之路。在人类历史上，影响最深、持续时间最长的四大文化体系——中国文化体系、印度文化体系、伊斯兰文化体系、希腊罗马西欧文化体系的交会点，就是这条古丝绸之路。它是历史的通道和罗盘，它导引过心灵史、文明史以至于生物史。至今，敦煌宝窟的画壁上还生活着两千年前用骆驼贩运丝绸、茶叶和陶瓷的商人。想当年，这路上骆驼成列，驼铃叮咚，车马喧阗，驿站如珠，该是一片多么繁华的景象啊！而今丝绸之路荒芜了、湮灭了，罗盘生锈了。

汽车在奔驰。

又是一片僵硬的雷同化的灰褐色砾石，大大咧咧，蛮蛮横横。星星点点的芨芨草和三两墩红柳，像垂危的老人，它的青春和生命被风沙和干燥榨干了，它的灵魂也扬弃得无影无踪。炽白的蜃气把地球表面固有的绿涤荡得一干二净。

大戈壁藐视生命，嘲弄生命。我不知道它吞噬了多少如花的青春和如雨的血泪，这漫漫古道咽饮了多少驼铃的悲怆和戍边将士的悲绪，这浩浩风沙摇落了几多闺妇的春梦和相思树上苦涩的青果，这重重叠叠的沙砾下面又埋葬着几多累累白骨。而今，这里是死神盘踞着。鸟雀罕至，人迹罕至，天空是阳光恣意的泛滥，眼前是风沙的狂歌，亘古的蛮荒肆无忌惮地袒露着它的高傲和雄悍——这一切都像野兽派画家的杰作，不，这是宇宙之神的雕虫小技，完全按照它意念的任意涂抹。我想，宇宙之神在创造这戈壁巨幅时，肯定是情绪惶惑、思想苦闷，而又体力强壮、精力过剩。

这惊心动魄的苍凉和浩瀚，可以驰骋想象，既无高山的阻挡，又无噪音的干扰。我放飞思绪的小鸟，穿越时间的屏帐——我看见飞将军李广、汉家大将军霍去病的萧萧战马、猎猎大纛，迎风嗒嗒而去；我看见汉武帝的使臣张骞、大唐一代佛宗玄奘的驼队，昂首行进在戈壁荒漠。风沙浩浩，星路遥遥，驼蹄踏碎星夜的寒霜，驼铃摇落戈壁的黄昏。一曲折杨柳的哀吟，三两声阳关三叠的古韵，使这寂寞的氛围更添一抹凄凉、几缕悲怆……生命的漩涡，人类的梦幻，而今都化为一种历史的难堪，和风沙卷逝而去又卷来的喟叹。

你看，那一丛丛骆驼刺，被阻拦的沙尘形成一个个小丘，像坟墓似的，莫不是那里真的埋葬着戍边将士的遗骨？“醉卧沙场君莫笑，古来征战几人回？”“坟丘”排列成一个个方阵，没有纸幡，没有花圈，没有墓碑，只有萧条和凄凉相伴，只有漠漠的阳光的抚慰，只有浩浩长风的哀吟。风过草梢呦呦作响，那是一代代古魂在悲泣吗？

汽车穿行在“沙坟”中，索索柴、骆驼刺向我讲述着一幅幅战争的惨景——甲戈森森，旌旄横横，战马萧萧，厮杀声、嚎叫声、呐喊声、呻吟声，血染沙碛，尸暴荒野……这里原是一个古战场，战争的悲剧曾轰轰烈烈地演出一幕又一幕。目睹这漫漫戈壁，谁说这里是不毛之地？戈壁滩曾长出二十四史一页页辉煌，曾长出唐诗宋词的悲壮，曾长出《阳关三叠》的凄怆，也长出过“劝君更进一杯酒，西出阳关无故人”的黯然神伤……

前面出现一座古城的废址。我们停下车来，走进废城。只见一堵堵被蚀的沙墙，默默地矗立在阳光下，似乎向苍天昭示着什么，祈祷着什么，也许是回忆昔日的风采，哀叹今日的冷落。我不是考古学家，但从残垣断壁上，也能读出几个世纪前，这里曾是歌舞声喧，车流人浪，爱的疯狂，情的轻佻，茶的香馨，酒的浓醇……眼前却是一片死寂。轻轻拂去浮沙，那墙垣下部还有烟熏火燎的痕迹，也许是戈壁驼队曾在这里躲避过风暴，孤独的戈壁之旅曾在这里做过几缕温馨的寒梦。那驼队遗落的驼铃呢？那胡琴丢失的音符呢？举目四望，依然是雄风浩浩、飞沙漫漫，依然是裸体的黑褐色的砾石，几棵红柳和骆驼刺点缀着古道一千七百年的荒凉。还有一堵被风蚀的沙柱，像纪念碑似的矗立着庄严和孤独，向历史宣告，这里是一处神秘、恐怖、狞厉而又以慈悲为怀的密宗天地。

一切都被风沙埋没了，被时间的巨浪吞噬了。

人类是难以征服宇宙的。人类只是在宇宙的缝隙中默讨着生活的偶然幸存。在宇宙面前，人类是孤独的。几千年来，人类在这里播种的文明和文化、繁荣和繁华、恩爱和愁恨、美丽和丑恶、善良和罪孽……都化为了乌有。只留下这类似月球地貌的灰褐色宣言，只留下太阳孤独的鸣唱，只留下漠风唱给死亡的挽歌！

一位哲学家说过：人类的悲哀与宇宙的存在是两个极端，人类的意识大于他的存在，宇宙的存在大于它的意识。

宇宙之神啊，你对生命永远保持着那种高傲的淡泊、冷酷的仪表和狂妄的自尊。在宇宙眼里，人类不过是黏附在地球表层的微生物，宇宙的尺度从来不须衡量人类的行程和人生的历程，即使对秦时皓月汉时关、对五千年华夏历史的辉煌也不屑一顾。但是，在这狂风的起跑线上，在这起伏跌宕的瀚海潮头，在这无边无际的空旷和寂寞中，宇宙之神也是孤独的，是那种无法宣泄的悲哀和难以倾诉的孤独。

我在戈壁滩上漫步。太阳已西斜，热浪开始退潮。

身前是戈壁，身后是戈壁，左边是戈壁，右边也是戈壁。我浑身长满戈壁意识。我不是随着戈壁走，而是戈壁随着我走。

荒凉，荒凉！荒凉得残酷、残忍！然而在这荒凉之中，我却看到一切都是平等的，废墟比之灯火辉煌的大厦，瓦砾比之繁华的商业区，穷鬼乞丐比之亿元豪富，庶民百姓比之达官贵人，体现出更多的平等精神和民主意识。这是一切都处于湮灭中的平等，是一种无可奈何的平等，是宇宙之神随意创造的一种平等。

蛮野的豪风，粗犷的阳光，宇宙的宏阔，史前的苍茫，构成大戈壁的庄严和肃穆，构成一种不屈不挠地创造无数激越与奋争的瞬间的永恒。

四维空间只剩下一维。不，还有我！有我在，大戈壁便增加了二维。我正处在洪荒炽情的拥抱中，我正处在亘古沉寂的热恋之中，我和宇宙之神肩并肩地站在遥远的地平线上，四周弥漫着“古从军”乐曲的那种迂回悲壮。此时此刻，只有我和宇宙之神在谈心、聊天。宇宙之神伏在我的肩头，悄声说：“大戈壁最美的风景是晚霞，不信，你等着瞧。”

宇宙之神并未说假话。当大戈壁的黄昏降临之时，的确是一帧美丽悲怆的大风景。且看，远处那一道道起伏跌宕的沙梁，那是夕阳点燃的一条条火龙。火龙在晚风中飞跃腾动，发出一种萧萧的鸣叫，给大戈壁增添无限生机和壮观。而遍地的砾石，红光灼灼，热烈动人，像是谁遗弃的无数元宝。至于那阔大的天空，则开满绚丽的血红的野罂粟花——那种美丽的带有毒性的花！那是献给大戈壁热情的吻吗？大戈壁也似乎年轻了，到处是深深浅浅、迷迷茫茫的金碧辉煌，而那骆驼刺和红柳也开出星星点点的红花，结满星星点点的红果，更添一抹斑驳富丽的景观，给人以庄严、神秘的感觉。

夕阳沉去了。我站在暮色中，只觉得自己也化为一朵花，向大戈壁倾吐着爱恋之曲；化为一棵草、一棵树，向宇宙颂扬着生命之歌！

凭吊交河故城

一

走进吐鲁番盆地，不能不看看交河故城。每一座废弃的城郭都是一页干枯的历史，浓缩着生命的悲怆和壮烈。考古学家小心翼翼地修复的是它的残骸，诗人和艺术家是来激活它的感情、色彩和声音，用笔管做火筒，轻轻地吹燃已经熄灭的生命之火，唤醒其情感的亢奋……

我非诗人亦非艺术家，我历经“八千里路云和月”来到大西北，只是来凭吊已死去七百多年的交河故城，献出一缕心香，祭祀古城的亡魂！

出吐鲁番十公里，便看到一座庞大的城垣。是砂和土枯黄的叠加。黄土凝结成墙。墙上凝聚结着岁月和历史，还凝结着风和雨笨拙的痕迹。但这些残破的土墙却有着极其丰富的语言，虽然它缄默不语，却向你诉说着难以言状的悲怆、凄凉。

走进故城废墟，扫描着黄土倾颓的雕塑，历经二千三百多年岁月的侵蚀，却依然倔强地矗立着，就像勇士被砍掉头颅而身躯尚未扑倒的瞬间造型。这种坚韧和阳刚本身就令人肃穆，“天地英雄气，千秋尚凛然！”昏昏沉沉二十三个世纪，喊喊杀杀二千三百年，谁知交河故城演绎了几多悲壮惨烈的故事，谁知这片黄土饮尽了多少忠烈和无辜者的热血！一部中华多民族的历史，就是征服与被征服的历史，汉唐的雄风由南向北卷去，李白有诗云“南风一扫胡尘净，西入长安到日边”。交河故城的辉煌和苦难、光荣和悲壮也就从那个时代写就。车师人、突厥人、羌人、匈奴人、汉人……围绕着这古丝绸之路一个重要驿站，铺开了一帧帧战争的浩幅。

汉唐大风鼓荡在这广阔的空间。

一切都远去了。

沉默压碎了千年历史。

眼前是纵横交错，排列有序的土墙的方阵。土墙组合成街衢，组合成院落，组合成寺庙、府衙，组合一座城市的轮廓。但这座城，却没有心、肝、肺、胃、肾，五脏六腑都被时光掏空了，当然看不到它的鲜红的唇、传神的眼、翕合的嘴、飞动的眉，但从这枯干的断肢残臂间还似乎听到生命的气息，一种从远古传来的气息。

阳光酷烈，天风浩浩。我斗折蛇行穿梭在古城街巷，脚步轻轻，唯恐弄出声响，撞破古城的梦，惊飞一片历史。但我隐隐感到有一种声音在胸中吟啸，那是古人的游魂么？好像他们坐在高高的城堞上在审视风云变幻的历史，过滤传奇和故事，苦难和光荣。

据说，考古学家在城墙下发掘出许多骷髅，头骨、胸骨、胫骨、腿骨、腕骨，杂乱枕藉，重重陈叠，纵横交错，淋漓尽致地昭示着战争的残酷，死者的悲壮。那一颗颗颅骨，明亮的眼睛和鲜活的嘴巴都化为黑幽幽的洞，洞里塞满泥土和砂石，生命的光彩、青春的热烈、酣战的豪情、凛然不屈的人格，都化为无声无息的泥土。我曾想，世间若有起死回生的魔术，使他们复活，眼前顿时会腾地站起一排英武剽悍的勇士，一排热血沸腾的汉子。

——然而，他们毕竟是历史的道具，被一双无形的手轻轻一弹，便悄然无息了。生命远去了，无生命的残垣断壁依然留在人间，我们和它们生活在一起。

二

阳光灿烂。这是汉唐的阳光，炽热不减当年。风，也是汉唐的风，依然罡烈，在断墙间回旋萦绕，心事重重的样子，在寻找什么？

站在残存的城堞上放眼四顾，会发现，这里的地理形势的确险要，城池坐落在陡峭的橄榄状的土冈上，两侧是两道巨大的河谷，形成一个“女”字形。女，是女人，是母亲，这片高冈繁衍哺育出一个古城堡是自然的事了。当然，她繁衍过辉煌，也繁衍过苦难。河水来自天山，是博格达雪峰吗？两侧的河谷流水淙淙，绿荫蔽岸，清幽宜人，和这山冈上的荒城废墟形成强烈的反差。

把视线放牧得再远一点，可以看到远处的火焰山和盐山，这里是控制两山的天然豁口，自天山阿拉沟白杨沟石窑子沟等处要隘奔驰而来的铁骑，穿越这一豁口，就可直达吐鲁番盆地这一片绿洲。而盆地中心的高昌故城，北入吉木萨尔地区的北庭，或西北深入古代的游牧民族活动的乌鲁木齐于都斯草原、伊犁河谷，经此豁口，也是最便捷的要道。

因此，两千多年来，这里始终扮演了一个军事要塞的角色。

这是天意。

我并非是从荒凉和废墟中挖掘诗意和美感的诗人。我只不过想剥开落满城垣土墙的重重叠叠的时间，读读历史，读读战争，读读风土人情，读读攘攘市声，读读鸡鸣狗吠、牛哞马嘶，读读孩童的稚语、老人的叹息、少女的笑声……一座繁华喧嚣的古城怎么会变得这般枯槁、僵硬？皇天后土，白云苍狗，逶迤绵延的历史，何时在这里出现断章？

这座掩映在碧水绿树中的山城，它的街巷院落、佛堂寺庙、府衙官邸，任我们出出进进。被厉风撕扯下一道道深深的蚀痕的危墙，危墙下的积沙，星星点点散佚的陶片，覆埋的古井……这一切都曾演绎过一幅幅色彩绚丽的生活画面，也奏响一曲曲生命的乐章。

随便走进一方院落，就可发现古代车师人的聪明才华：一抔黄土，便可造出二层、三层的居室，一座穹形的窑洞成了冬暖夏凉的地下居室，既可阻挡西伯利亚扑来的寒流，又能遮拦亚细亚烈日的辐射。院内有井，清凉甘甜的雪山融水，煮一壶香茗，老者吹羌笛，狂来说剑；少年弹起胡琴，唱一曲赶巴扎小调，的确有一种诗意的美。夜色扑来，羊脂灯下，老祖母手捻毛线，编织阿凡提的故事，逗得孩子咯咯笑个不停……

穿过城中大街，往深处走去，迎面有一片开阔的台地，这里有一处气势恢弘、异于一般住宅的建筑，且不说主体建筑有八千平方米的广场，墙基宽厚坚实，想必那建筑也高大宏伟。据说，这是车师王府，后为官衙。到了唐代，成了首任的安西都护府。现在这里一片死寂。时间是平等的，显贵与贫贱、豪华和简陋、崇高与卑鄙，它一视同仁，统统连骨头带肉吞噬掉，然后屙出一种叫做“废墟”的排泄物。不过从残留的遗痕，依然让人想象，当年这里曾经翠华摇摇，宝车玉辇，隆隆而过，士卒荷戟，列队而立，森严肃穆。然而政潮起伏，福祸无常，在这里既接受过降表，也悬过白幡。

而南北大道的北端，有规模居全城之冠的一区佛教寺院。鳞次栉比的僧房、塔柱，宏大宽敞的庭院，高大宏阔的佛殿，大寺后面有排列如方阵的百余座舍利塔。还有方形的大坛，供着佛陀、菩萨。岁月的利剑，厉风的吹蚀，它们当年的威仪和魅力早已荡然无存，暴露在外的是草束骨架、黄土身躯，一片衰败和凄凉。这寺院始建于回鹘高昌王朝时期，它伴随着高昌王朝走完了它最后的岁月。在元代宗教叛乱的烽火中，它和交河故城一块经历了炼狱般的苦难，最终走向寂灭。还有那氤氲缠绵云蒸霞蔚郁郁葱葱的佛教文化也荡然而逝……

我徘徊在古城的街巷和庭院，用手触摸着亢燥的砂石土墙，像翻阅一页页发黄的历史。我想象得出七百多年前，或许更遥远的年代，这里是怎样一座威风凛凛、繁华昌荣的城市——城头上高扬着旌旗，路口城角有荷戟的武士，河谷里有嘶鸣的战马，经院寺庙飞檐翘角上飘荡着五彩经幡，缭绕的香烟，伴着如磬的佛鼓，羌笛胡琴从院落窑室里悠悠传来。而城外，戈壁滩头、荒漠深处，隐隐传来叮咚叮咚的驼铃，商贾、征旅、僧人，络绎不绝，向着古城走来……日暮黄昏，落晖脉脉，蓦然间，一阵急如星雨的马蹄，叩击得砂石火星四溅，传来紧急的羽檄，于是烽火一处处点燃起来，映照着古西域苍凉的夜空……

七百年的沉寂。

七百年的遗忘。

七百年的荒凉。

荒凉里透出一种凄凉。凄凉里氤氲着一种悲壮。啊，是什么声音传来？嘤嘤嗡嗡，是古城堡的叹息，还是古人幽魂的呻吟？

三

我踯躅于历史和现实的坐标上。远望是繁华的吐鲁番市区，俯视是死亡的古城。历史是一位魔术师，它的一举一动，都使人眼花缭乱，留给你一个巨大的谜。我依附在大墙上，这枯黄的土墙、枯黄的街巷，是一片千古的沉默。我知道，沉默是一种痛苦，是一曲无声的苦歌、恨歌和爱歌。是什么将文明化为废墟，将辉煌化为腐朽，将苦难铸成岁月？

早在两千多年前，汉武帝时代西域就归附大汉朝，但到了西汉末年，西域三十六国，又分裂为五十五国，王莽篡位时，相继断绝与汉朝的关系，不再受制于匈奴，汉明帝雄心勃勃，他把内院收拾得山清水秀、海晏河清，轻轻地舒了一口气，接着把目光转向西北，凝视那片风沙弥漫、混淆躁动的土地。雄韬大略在心中谋定：是该着手梳理这半壁江山了。为了摧毁和瓦解匈奴对西域的统治，疏通丝绸之路，便命大将军班超，率中原健儿，车辚辚，马萧萧，一路西去，征尘滚滚，旌旗如云。历史的每一页都不是用墨抒写的，而是刀剑蘸着热血写就的。班超的大军，风尘仆仆直插焉耆盆地，在那里屯兵戍边，积储粮秣，而交河故城一下子成了汉匈交战的前线。

战幕一拉开，就是一场持久战，前后争战五十多年，这里烽火不断，狼烟不绝。城北城南寥廓的荒原，战云密布，血雨腥风，天崩地坼的呐喊，甲戈碰撞的铿锵，战马追风掣电地奔驰，生命与生命直接撞击，交战双方将士各自展示本民族勇武强悍的精神，用血和肉塑造本民族的形象。这荒荒大原出现了何等壮烈的景观！

有一匈奴贵族开陵侯，他的匈奴名字没有留下来，这是历史的疏忽。开陵侯是汉王朝给他的封爵。在他归向汉王朝前，曾是匈奴的介和王，此人很有眼光，他感到汉王朝统一西域有利于人民的安居乐业，即率部投归汉王朝，担任了进军吐鲁番盆地的统帅。那时交河车师王和匈奴沆瀣一气，防守严密，未得取胜。时过九年，经过充分准备，开陵侯再次出征，当时已归汉的楼兰王、尉犁王也举国动员，出兵助战。汉朝的将领马通则率部从东线配合进攻。这是交河古城经历的一场最大的战役。浩大的舞台，千里的战线，为军事家提供了施展才能智慧和张扬生命力度的广阔天地。盆地也成为一幕石破天惊、威武雄壮战争诗剧的排练场。

战争的结局：匈奴败北，交河城头第一次升起西汉王朝的旌旗。

阳光如注，在土墙上肆意涂抹。古城一片死寂，空无一人。那些守城的将卒呢？那些攻城的勇士呢？都化为飞扬的尘埃、枯僵的土墙了吗？它再没有力量召回过去的一切了吗？甚至刀光剑影、血雨腥风、恨和爱全都消匿得无影无踪了吗？

四

诗与剑是历史这面铜鉴的阳文和阴文。唐代是个诗化的时代。以剑为笔，化剑为笔，编织了大唐帝国的繁荣和辉煌，铸就世界史上一座巍峨雄峰。

公元640年唐王朝平定高昌，统一西域，交河一度为唐朝在西域的最高军事机构——安西都护府驻地，成为联络西域，沟通安西、北庭都护府间的往来的枢纽。而现存的古城遗址，实际上是唐代的建筑，一切都按照古都长安的模式修建，当然有点东施效颦了。

我继续在古城街巷穿行。一切都是黄土的终结。断墙残垣的态势虽然蕴含着悲怆的意蕴，也展示着高傲的气质。它无语地向天地间宣告：历史的辉煌，风沙拂不去，雨雪抹不去，连狂妄肆虐的大西北的太阳也不得不施注目礼。

一阵微风吹来，抚平我初来时激动的情绪，我的目光变得沉静了，不再是迷惘和缭乱。我感到身边每一堵墙、每一洞室、每条街巷，都存在着一个强大神秘的精灵。

时间已化为遥远的东西，我越沉静，想象力越强盛，一切都变得清晰而透明。

我依稀看到那位仗剑去国、投笔从戎的诗人岑参在一个落晖斑斑的黄昏，骑着一匹瘦马，满面风尘、满面倦色走进古城，下榻一个小小驿馆。当时，唐代文人求官，投笔从戎是一条捷径，特别随军西征，那是唐王朝的一大政策，我想和现在的干部挂职下乡镀金，更确切一点就像援藏干部一样，回来会加官晋爵的。岑参也未免俗，他前后在西域服役六年，天山南北、大漠戈壁都有留下他的足迹。六年的西域生活，使他跻身于边塞诗人的行列，和高适、王昌龄并驾齐驱，历史上称为“边塞三诗人”，值得！

就在那个黄昏，诗人洗去一脸的风尘，便点燃羊脂灯，从行囊里取出文房四宝，面对洞室外苍茫夜色，按捺不住诗潮升沉，挥笔写道：

暮投交河城，火山赤崔巍。
九月尚流汗，炎风吹沙埃。
何事阴阳工，不遣雨雪来。

究竟哪座院落是岑参下榻的驿馆，已无从考究，而他留下的一笔马料支用账册，却在几年前被发掘出来，这一沉睡了一千二百年的账册，真实地记录了当年诗人活动的情况。岑参走遍吐鲁番盆地，对这里一草一木、一砂一石、一山一水、一村一城都极其熟悉，他写火焰山："赤焰烧虏云，炎氛蒸塞空。不知阴阳炭，何独烧此中？我来严冬时，山下多炎风。人马尽汗流，孰知造化工。"第二天早晨，太阳刚刚跃上火焰山，顿时天地间一片热浪翻腾，虽是九月，在故国中原已是草木凋零、寒意萧萧了，这里依然炽如盛夏。诗人站在交河城堞上，遥望天山、火焰山，茫茫戈壁，煌煌大漠，还有烽燧点点，更是感慨万千："……寒驿远如点。边烽互相望。赤亭多飘风……夜静天萧条，鬼哭夹道傍。地上多髑髅，皆是古战场。"

荒野旷漠，烟墩烽燧，白骨点点，厉风长啸，一幅古战场肃杀氛围，使诗人顿时陷进一种历史、民族、岁月、战争与和平的幽思里。

还有一位诗人名叫李颀，他是王维、王昌龄、高适的好朋友，也曾来过交河故城，但史书上却未记下具体行踪，诗却流传了千百年："白日登山望烽火，黄昏饮马傍交河。行人刁斗风沙暗，公主琵琶幽怨多。野云万里无城郭，雨雪纷纷连大漠……"

唐代，这里曾是繁荣昌盛的商贸中心。大小街巷布满商行、谷行、帛练行、果子行、布行、铛釜行、菜籽行，以及经营鞋靴、皮毛、布衫、饲草、薪炭、驼马、牛羊、鞍辔、药物等摊点，还有铁匠、木匠、银匠等行当也相当发达。酒肆驿馆，商号骈列、茶房鳞比，吆喝声、叫读声，如涛如浪，伴随着寺院的晨钟暮鼓，佛烟氤氲，人来人往，熙熙攘攘，大有古齐国“举袂如云，挥汗如雨”之繁华。至于日暮黄昏，更是戈壁大漠的一座灯塔，一片温馨的息壤。酒旗在晚风中招展，手抓肉的香味随飘逸的炊烟袅袅而来，撩拨着贩夫走卒、军旅僧人、使节商贾的辘辘饥肠，也给他们带来如归的惬意……

历史就是这样密集地堆叠在古城墙垣上：剑戈与玉帛，骷髅与鲜花，美酒与碧血，英雄会聚与诗意葱茏，搅和在一起，给后人留下一种暗喻，一种昭示。

我走下城垣，漫步在交河岸边。当年一河碧波，现已成一线细流。流水悠悠，悠悠着岁月的悠远，悠悠着时空的苍凉。两千多年它没有被风沙吞噬，依然汩汩不息，这不能说不是交河有一种多么坚韧的内在活力和执著的生命信念。

凭着一线流水、两岸绿树，足可以贮日月，藏星汉。观世事沧桑、风云变幻，览岁月长河诡波谲涛，看废墟一堆，触摸历史隐隐伤痕，怎能不感慨万千？

这河是天山博格达峰融化而来的雪水，清冽、沉碧。我想，雪和水都是永恒的，它们形态互换，往复循环，在天地间演释出万千故事，也哺育天地万物。它从远山流来，从历史深处流来，它融解了无数将士的热血，也浸泡了他们的尸骨，当然也消融了沉沙断戟，但它没有把历史洗得苍白，却过滤了芜杂。你看那雪峰依然白雪叠叠、寒光凛凛，耸立云天。也许那千年的积雪里，曾有它的同伴落满将士的弓刀，暗凋了如画的旌旗，也飘洒在岑参的诗行里……

我无意间弄响了一掬流水，惊起一群水鸟，拍翅而起，掠岸而飞，也惊醒了古城一个幽沉的梦。

五

出交河故城，沿傍城的沟谷南行五公里，即抵达盐城山脚下。盐山高不过百米，呈东西走向，宛如交河故城一道天然屏障。这里有古烽燧遗址。烽台虽遭风沙剥蚀，仍残高四五米，突兀在冈峦上、蓝天下，尽职尽责地守望着历史。

也许一千三百年前某一个黄昏，岑参也和今天的我一样，感时伤怀，凭吊历史，登上古燧，极目远瞩：落日沉沉，天地一线，戈壁苍苍，大漠茫茫，烽燧点点（而今已化为历史的删节号），感慨道："寒驿远如点，边烽互相望。"大漠孤烟直，交河落日圆。它给这片土地带来骚动和恐怖，也送来平安和温暖。

西风夕照，落霞缤纷。我站在土坯堆砌的古烽燧上，仰视云天深旷，俯瞰漠野苍茫。遗燧点点，白骨斑斑，已构成历史的残章。"大雪满弓刀"已成为历史的注释，画角连营、鼙鼓动地已成为古战场的画外音，骆驼队的故事已经枯萎，再也难分蘖出新的情节，戍边的将卒的角镝已沉没荒沙；箫和胡笳已经喑哑，再也难奏出凄婉的塞下曲；成吉思汗射落的残月又冉冉升起；班超、马通的战马踏碎的天山积雪，又被新雪喂肥了原驰蜡象；一切都被岁月遮断了，断了班超的扶剑长啸，断了岑参的纵马天山，断了塞上的烽火狼烟，也断了马革裹尸的悲壮。风沙抹去一切，沙地上只留一行脚印依稀可辨——那是玄奘大师艰难跋涉的履痕，文化苦旅绽放的花朵，永远伫立在这风沙线上。当然，还有岑参的诗依然鲜亮亮地活着，摇曳在一千多年后的黄昏和夜晚。

历史，是一种精神。历史是人类生活沉淀和净化的过程。

俱往矣，作为物质形态存在的只有废墟的残垣断壁，夕阳下，野风中，向人们传导着历史的密码，倾诉着毁灭的痛苦，惊心动魄的往事。

这是一首富有悲剧韵味的哲理诗，昭示着人类、生命、战争与和平。

感悟天山

一

我对山有一种特殊的感情，不仅仅是它的海拔高度，不仅仅是它的雄伟和像脑回纹一样的深沟巨壑，我觉得山是地球上的一尊伟大的神，伟大的圣哲。它拔地而起，巍峨于平庸，耸立于俗尘，傲然于苍穹，那是地球的一种精神。至于山上有无奇卉佳木、珍禽异兽、流泉飞瀑，都无关紧要，重要的是突兀峻拔，超凡脱俗，便值得我仰慕、折服。何况这气宇磅礴、蜿蜒蟠势的天山呢？

“明月出天山，苍茫云海间”。只有李白的雄韵，才配得上这雄伟的天山。遗憾的是，李白赞叹的是祁连山。祁连，匈奴语，天的意思。李白虽然出生于中亚细亚的碎叶城，但他五岁时，便随父亲迁居巴蜀锦州的彰明县。以后他仗剑去国，遨游天下名川大山，但足履并未触及天山，至于纵贯河西走廊的祁连山，在他的笔下也只是浪漫主义的想象。

自古以来，骚客文人都喜欢咏山、写山、画山、诵山、唱山，把这些诗、词、歌、赋、曲、画铺展开来，几乎能把天下的大山都包裹起来了。尤其是像天山这气势磅礴的“天赐之山”，本身就是一部横亘天地间的史卷，是宇宙之神撰写的一部大书，波澜壮阔，高潮迭起，情节层出，你想读懂、探得其精神之深邃，难矣哉！诗圣杜甫登上海拔不足两千米的泰山之顶，便发出“一览众山小”的浩叹。杜甫的视野只囿于泰山裙裾边的丘陵，以此做参照物，那自然是“众山小”了，倘若他老人家光顾一下天山，岂不瞠目结舌，为自己在泰山的“感叹”而脸红吗？而我的老乡孟子说：“孔子登东山而小鲁，登泰山而小天下。”我们这位老祖宗视野小得实在可怜，老人家活了一辈子只囿于中原弹丸之地。倘若和我一样，一翅子飞到天山，还会说出贻笑大方的“论语”吗？

苏东坡是“稀世之才”，宋神宗称赞李白有苏轼之才，却没有苏轼之学。这位雄踞文学史的一位大文豪，面对小小匡庐，左看右看横看侧看不是岭就是峰，只是远近高低各不相同，于是产生了困惑，发出无可奈何的喟叹：“不识庐山真面目，只缘身在此山中。”其实，不在此山中，更难以了解庐山真面目，你说是不，东坡夫子？至于那些画家，诸如范宽者流，是满纸云雾，墨彩蓊然，只不过画出“雄浑峻厚”山之外在气势；那位山水画家兼画论家郭熙，对山可谓“饱游饫看”，也只得出结论：“一山而兼数十百山之意态”，“一山兼数十百山之形状”，进而欣然赞曰：“春山淡怡而如笑，夏山苍翠而欲滴，秋山明净而如妆，冬山惨淡而如睡。”那不过是对山的情感的宣泄，并未道出山的精神，山的灵魂，山的思想。

山，是地球上的不解之谜。

其实，我逗留在乌鲁木齐的日子里就隐约看到了天山雄峰博格达。那是早晨，一个初秋的最明朗清澈的早晨。我拉开窗帘，凭窗遥望，只见一座雄伟奇丽的巨峰倚天而立；沐朝晖，迎晨风，头戴银冠，身着白甲战袍，威风凛凛，像一尊古代伟大的战神！仰视长天流云、俯视人寰春秋，孤独而高傲，旷达而雄浑，那是宇宙之神顶天立地的一尊伟大雕塑。我惊得眼睛发呆，连感叹都发不出。一时间我忽然钦慕那些登山家来，我想，世界上最伟大的职业莫过如此，他们可以凭着超人的意志和强健的体魄，登上地球的制高点，对话天神，共语苍天，站在山巅上一任神驰八极、思接千载，与浩浩宇宙眉目传情，悠悠天、地、人，那该多么潇洒而惬意啊！

我第二次去新疆时，还专门去了天池。虽是四月，天池仍然是一片冰冻，据说湖水到五月下旬方能解冻。湖的四周是松树，苍绿中裹着一片冰清玉洁，犹如真主的一面宝镜，上帝一颗晶莹的泪珠。天山已在我大脑里留下一页巍峨的记忆。

二

现代化的交通工具比起古典的马蹄少了许多韵味，也失去了浪漫的诗意。没有办法，我只能乘丰田吉普去感悟天山。

315国道用长长的诱惑引导着我们的车向远方驶去。一出乌鲁木齐城区，眼前的风景立即变得粗犷而蛮野，没有树，没有草，满目是荒旷的戈壁滩。四野八荒都铺满大大小小雷同化的砾石、沙石。偶尔有几棵索索柴、骆驼刺，力不从心地点缀着戈壁滩的荒凉和寂寞。车轮飞转，不知是我们向大戈壁扑去，还是大戈壁张开翅翼向我们扑来，无边无际的浩幅一下子把我们卷了进去。

远处的蓝天下出现一道灰褐色的风景线，曲曲折折，跌跌宕宕。那线条缥缈、虚幻，像一缕梦痕，仿佛一阵风就会飘然而去。可是随着车轮疯狂般地旋转，随着戈壁滩大幅大幅敛起，那线条变得越发粗重、雄阔，仿佛天地间竖起的一道屏障。

不知奔驰了多长时间，眼前的线条突然变成一道巨大的立体的山脉，同车的塔里木石油天然气开发公司的朋友说：前面是天山，我们就要穿越天山了！

啊，天山，天赐之山！这道崛起于帕米尔高原、长达两千四百公里的巨大山脉，气宇磅礴，并吞八荒。雄浑苍莽的大山就在眼前了！那种大气、浩气、粗犷之气远远扑来，令人头晕目眩。

我对天山心仪已久，一是我灵魂深处的“大山情结”所致，更多的是受汉唐边塞诗人的诗句所感染："五月天山雪，无花只有寒""轮台东门送君去，去时雪满天山路""莫遣只轮归海窟，仍留一箭定天山"等等。诗人笔下悲怆壮烈的画面，给我留下"天地英雄气，千秋尚凛然"的氛围。"大雪满弓刀"的警句从这里写起，边塞诗的主题从这里得到升华。如果失去天山这阔大的背景，古代战争的舞台怕小了许多。

我让车子放慢速度，取出望远镜，摇开车窗，尽情地扫瞄天山整体风貌：那山石呈土黄色，灰褐色，赭红色，庄严肃穆，而又不乏狂躁和喧嚣；山峰重重叠叠，涌涌荡荡，如洪涛巨浪，一阵紧似一阵，一阵高过一阵，迫天而来，遏云而去。仔细看，乱石缤纷，群峰争雄，或锋芒毕露、咄咄逼人，或气势雄健、昂首云外；走近看，峰峰相扯，山山相交，如同一群巨兽，盘桓撕咬，争斗得你我不分，各不相让。那是力量的角逐、生命的较量，展示出挣扎的艰辛、竞争的惨烈。我似乎还能听到愤怒的呐喊、鏖战的狂啸……天风浪浪，云山苍苍，这是一种大境界。

然而这山是沉默的。永恒的沉默。那是一种冷峻而热烈的沉默，是一种昂首天宇气吞万里而又麻木愀然的沉默，是一种钢铁般铮铮的沉默。

走进大山的腹部，我才感到这沉默包含着极其丰富的内涵。我感悟得出：那山岩暴动时的呐喊，那海潮海啸涌动时的吼叫，那从大地崛起撞击天庭时的怒号，那炽热的岩浆奔突涌动而发出的天崩地坼的狂欢……都凝固在和它秉性反差极大的沉默中。

这山充溢着西部的血性、北国的阳刚。

太阳，亚细亚酷热的阳光蒸烤着裸体的岩石，那焦渴的灰褐色的岩石木然地忍受着阳光的暴晒，飘出一缕缕蜃气。层层断崖，道道沟壑，条条裂隙，那是雷霆的造像，还是风雨的刀痕？那褶皱纵横的山峰，扭曲变形的躯体，是大自然炼狱留下的痛苦的标志。险峰巉岩，猖狂恣睢，怪齿嶙峋，奇危挺拔，盘纡岺郁，交错纠纷，没有伤感，没有唏嘘。但也透出一种情绪，惊恐和痛楚，愤怒与战栗。强烈的兴奋、郁闷的环境、抑郁的色调所形成的紧张、恐怖的氛围，更展示出它的世界——充满着一种苦难意识。

没有苦难意识是不行的，苦难造就世界，造就生命，也造就人类：为了追求智慧和光明甘愿忍辱负重的痛苦，为了追求人生答案而苦苦思索的痛苦，在理性和欲望的对抗矛盾中挣扎跋涉的痛苦。但丁的《神曲》是在痛苦中分娩的，贝多芬的音乐是在痛苦中诞生的，至于张骞出使西域、玄奘西天取经、岑参倚马天山而写出大量辉映千古的诗篇，都是苦难的产物。苦难对于个人是不幸的，但对人类、对历史都是创造之母，是人性美的集中显现。

看到这苦难中的山，我忽然想起一位印度哲人面对耶稣的感觉："我对他（耶稣）有很深的同情。我愿意跟他一起受苦，我愿意在他身边帮他背一会儿十字架。……他那么悲伤，那么沉重——他背负着整个人类的痛苦。他不能笑。如果你跟他一起待得太久了，你就会变得悲伤，你会失去欢笑。有一种忧郁笼罩着他。"

天山，就是耶稣，就是一部苦难的史诗。

阳光依然煌煌地照耀着莽莽苍山，厉厉长风以纵横捭阖的气势扫荡着大山。那山依然沉默不语，高高挺立着，风和太阳把它雕刻得粗糙、粗粝、粗犷，甚至有点丑陋。荒凉是彻骨的荒凉，惊心动魄的荒凉，是一种不堪入目、难以忍受的荒凉。如果那位喜欢荒凉的法国19世纪画家德拉克洛瓦看到这种情景，也许高兴得手舞足蹈，但我心中却油然升起一种揪心的悲哀：虽已时值九月，山上没有松涛的澎湃，没有枫叶如丹的艳丽，没有飞泉流瀑的喧嚣，没有飞鸟的鸣韵，连走兽也无影无踪。只有苍茫的弧线无声无息地飘荡在云际间，炽热的太阳烤干了弧线，大山蒸腾着热辣辣的蜃气。一切都赤裸裸的，赤裸裸的躯体，赤裸裸的山岩，赤裸裸的石粒，支撑着一个抗争者的倔强，支撑着一种赤裸裸的信念！这裸体的山，无边无际岩石的暴动，似乎听到撞击天庭的怒吼，如搏噬苍穹的金狮。这是野性的山，充满男子汉血性的山。这里有雷霆的造像，这里有风刀霜剑的雕痕，千年如斯，万年如斯，万万年如斯，我想这是天山的悲剧，也是天山的骄傲！

我想与天山对话，我问它不感到寂寞和孤独吗？天山不语。但我却看到它肌腱突兀、筋脉绷紧，精瘦而强健的躯体焕发出一种内在的激情和潜蕴的精力，那苍老而皲裂斑驳的面容上依然闪烁着信仰的青春之光和永不屈服的坚贞。这构成它灵与肉和永远挺立的脊梁——这是大西北永恒的主题，万物生息的本源。它饱饮着太阳的热血，举起一个又一个黎明，又收藏一个又一个黄昏；它吐出一轮又一轮明月，又吞噬一个又一个残阳。这种撑天柱地的气概，这种哲学家的批判精神，就像上帝那样，高踞在人类一切情欲、痛苦和欢乐的深渊之上。

天山，人类精神之山！

天山，当我走进它的腹部，目光凝视着一座座山峰，不，严格地说，是一道道拔地而起的石壁。那是由一层层页岩组成的，页岩呈灰色，形成一个个怪异的图案，像宫殿，像宝塔，像水纹浪迹。我感受到这山太古老了。越古老就越永恒，它在地球上有亿万年了吧，宇宙间什么变化它没经历过呢？也许那页岩就是一部记录着风雨雷电、霜雪雾露、日月星辰的史书。当人类的始祖类人猿尚未直立行走时，这卷书就摊开在这里了。这里面藏有多少思想、多少哲理，悟不透、摸不清，但它记录着沧海桑田的嬗变，记录着春夏秋冬的更替，这是一部大自然的传记。

三

汽车在天山千沟万壑中小心翼翼地行驶，崎岖盘桓，时而山峰陡然倾覆而来，时而又荡然而去，车轮每转动一圈就仿佛轧响一串惊叹号。

司机告诉我前面不远处就是干沟了。我不明白，司机为何提醒我，且口气很庄重。这个粗俗的名字有什么丰富的文化内涵吗？有什么文物古迹吗？

一个老人骑着毛驴走来，是维吾尔族人。他戴着一顶破旧的小花帽，脸膛被亚细亚的阳光晒得黑里透紫，高鼻深目，清癯而突兀的颧骨。没有“细雨骑驴入剑门”的诗意，那驴蹄敲击山路橐橐声响，却有中世纪亚细亚的古韵遗风。老人穿一件袷袢，脚蹬长筒胶靴，驴背上驮着一只羊皮袋子，腰里还系着一个水葫芦，像阿凡提故事中的人物。老人悠悠地唱着歌儿，用的是维吾尔语，我听不懂，但那旋律很动人，我想可能是一首古老的情歌，既凄凉又忧伤……

我们的车子在一个名叫“干沟”的地方停下来。这哪里是山岩啊，全是青灰色的石砬子，阳光和风雨把山石揉搓碎了，全是一片堆积的岩石的细胞。酷热的阳光炽烤着，石砬子怕是被煮烂了，站在上面，隔着牛皮鞋底就觉得发烫。但我并未感到这是萎谢坍塌的山，它仍有一种力度感。石砬子一轮轮地形成无数个山包，涌涌荡荡，有着一种节奏和旋律起伏回旋的美，在我心中唤起一曲展开的、活转的震荡的情绪。

我捡起一颗石粒，就像考古学家采撷一颗历史的细胞，放在显微镜下观察，一种凄然悲怆之感油然而生。天山是雄性、野性不减的山，即使粉身碎骨，每一粒细胞也坚硬如铁。我抚摸着石砬子，就像抚摸大山的灵魂。天山的灵魂是经过风鞭雨剑抽打得伤痕累累飘落不定的灵魂！

朋友告诉我，一百多年前这里是一个古战场。左宗棠部下曾在这里戡平阿古柏叛军。阿古柏从大坂城节节败退，退到这荒山里，左宗棠的大军穷追不舍，在干沟里进行了一场血腥屠杀。阿古柏最后众叛亲离，跪在地上，面对上天哭泣道：“真主啊，你惩罚我吧，我不该走进这个东方大国的土地上，我恨死了俄国人、英国人，被他们骗了！”最后服毒自杀。左宗棠为巩固摇摇欲坠的大清帝国立下赫赫战功。历史已经远去了，风化的石砬子上没有留下任何遗迹。

史载：1875年，左宗棠坐镇肃州，得悉朝廷对于新疆平叛有争议。李鸿章极力反对征讨之事，认为劳民伤财，得不偿失。他十分气愤，从书房走至院中，望着苍莽的大西北，心潮沸腾，热血奔涌，新疆乃大清帝国的疆土，一代代将士曾血洒边陲，而今怎容贼人宰割？星月垂空，夜色苍茫，他仰天叹曰："我是不是老了？我已是六十多岁的人了，还能驰骋疆场吗？"他脑海里顿时响起一个声音："左宗棠，你还记得你的座右铭吗？"他猛转身，回到书房，仰头望去，一副对联："身无半亩地，心忧天下；读书破万卷，神交古人。"一腔热血顿如岩浆奔突，他立即着拟奏章，表示愿西征新疆平灭贼寇收复国土。1876年，左宗棠亲率大军，经过河西走廊，向新疆进发。为了表示抗敌决心，置生死于度外，他随军带着一口棺材。将士见主帅如此坚决，更是士气陡增，于是历史在天山脚下的大坂城、在干沟上演了一幕威武雄壮的诗剧。这无疑也给这沉默千古的天山增添了一抹诱人的魅力。

左宗棠正是历史之炉冶炼出来的民族精英，他平定边陲动乱、捍卫祖国统一的功勋，永远彪炳史册。杨昌浚曾写道："大将西征尚未还，湖湘弟湖子满天山。遍插杨柳三千里，引得春风度玉关。"展示了一代大将的胸襟气度和爱国志士的凛凛节操！

我站在石砬子上，望着满目伤痍灼灼、焦渴干裂的山石，望着雄莽苍凉的天山，心里升起一种复杂的感情，既有悲哀，又有敬重。永恒的沉默，旷古的寂寞，它是那样的剽悍、刚毅、冷峻，那是一尊天神，雄踞西天苍穹，展示着雄性的倔强，任风鞭雨剑的横劈竖砍；这里春无兰，秋无菊，夏无竹，冬无松，没有诗意的浪漫，却有着伟大的孤独；这里没有梦幻般的憧憬，却有着焦渴般的期待……

我走向更高的山岩上，左顾右盼，仰视、俯瞰，身前是山，身后是山，身左是山，身右是山。我被山包围着，我被山高高擎起。我只觉得天离我近了，人离我远了。我成了大山之子。长风裹身，烈日压顶，有点晕眩。我静静神，遥望远方，莽莽苍苍浩浩荡荡的天山，名副其实。它来自天际，它的头伸向白云，它的尾又伸进遥远的地平线。全是石的堆砌，石的庞大的集合物。我迎着天风，真想大喊一声："天山，你好！"我想天山会热情地回应："你好——你好——。"

达坂城的夜晚

五月的一天，我结束在塔里木长达二十天的采访生活，乘车返回乌鲁木齐，陪同我的是塔里木石油天然气开发公司工会主席。我们的车子沿着312国道沙沙地奔驶着。道路漫长，通直，史诗般穿越南疆大地。车窗外是赫赫昊昊的荒野、喧嚣的阳光、无边无际灰黄的戈壁滩，没有树木，没有村庄，不见人影，飞鸟和野兽都不见踪迹，一片苍茫的沉寂，一片枯涩的空旷。

我的眼睛疲惫了，困倦了，昏昏欲睡，不知行驶了多长时间，王主席摇醒我："喂，前面是达坂城！"我睁开眼，只见窗外出现一片浓浓的树林，在这荒凉得有些残忍的戈壁滩出现一片绿色，着实让人振奋，而名扬天下的达坂城又是那么撩人。这是王洛宾的达坂城，是马车夫的达坂城，这是达坂城姑娘的达坂城。

五月的南疆，已如盛夏，连空气都是热辣辣的。走进戈壁滩这巴掌大的绿洲，顿感到一股清凉气息扑来，又高又密的胡杨林、粗壮苍老的"左公柳"，嫩黄的叶子在风中翩翩起舞，又像呢喃细语。那左公柳用栅栏围着，虽树躯老态龙钟，但叶子依然生机勃勃，一条小溪从树林里探头探脑，怯怯流淌出来。这里的胡杨以经典的西域风情摇曳着，路旁的杂花也带着古西域情调的微笑，热烈、放朗。小城很静，狗蜷卧在树荫下打瞌睡，听到陌生人的脚步，睁开眼，只冷漠地打量一眼，懒得吠叫几声。这小城本来是一个驿站，它们见多识广，不管谁来，也不会大惊小怪。

我们安排了住宿，洗刷完毕，便在小城闲逛起来。横竖三两条街道，不长，树多为胡杨。

达坂城历史上称“白水涧道”，位于天山博格达峰南部，东临吐鲁番市，北接吉木萨尔县。这是通往南疆的要塞，是丝绸之路的必经之地。

达坂城历史上归属高昌县管辖。1865年发生一场震惊历史的战争，左宗棠大军进军新疆，驱逐凶狠残暴、野心勃勃、侵略成性的阿古柏匪帮。阿古柏是在英帝国主义的支持下建立的割据政权，妄图割裂大清王朝的版图。他们大肆攻城略地，先后占领南疆和北疆的部分地区，天山南北一片腥风血雨。1870年又攻陷了吐鲁番，并在吐鲁番、达坂城、托克逊部署重兵，与清军对抗。

那时左宗棠大军驻扎在酒泉，新疆传来谍报：“禀报大帅，前传闻，中亚回教王国浩罕陆军司令穆罕默德·阿古柏率兵进入南疆，并自立为汗，建立了哲德沙尔（七城之意）汗国。沙俄和英国都极力支持他。事关我大清版图，十分紧急，请大帅定夺。”左宗棠听罢，啪的一声，将笔掷入笔筒，大怒：“可恶！这个强盗，黄鼠狼咬死病鸡尚知拖走了吃，这个恶棍连黄鼠狼都不如，在我国土地上，称起什么汗来，是可忍孰不可忍！”左宗棠剑眉紧蹙，嗖地抽出锃亮的腰刀，哈哈大笑道：“阿古柏，阿古柏，你想在新疆称汗，要先问我左某这把刀答应不答应！”

左宗棠奏请朝廷，发兵新疆，并抬棺随军。

在击溃阿古柏残军中，有一个英俊的青年，他是阿古柏裹挟充当士卒的维吾尔族青年，驻守达坂城时爱上一位达坂城的姑娘——阿拉木罕。小伙子长得英俊潇洒，姑娘美丽动人，长长的睫毛下，两只大眼睛，像蒹葭苍苍的两汪秋水，白皙的鸭蛋脸上一笑绽开两个酒窝，苗条婀娜的身姿像临风摇曳的细柳。阿古柏匪帮被击败后，这个维吾尔族小伙子不得不跟随匪帮逃亡，从此，便出现相爱的人儿生死离别的悲剧。小伙子离开达坂城时，痛苦地唱道：“我看啊看，却再也看不见她，达坂城也渐渐远去，我真是个不幸的人啊……”歌声凄绝哀伤。这就是《达坂城的姑娘》的原创版。本来是一首凄美的恋歌，怎么演变成一首热烈、欢乐、幽默、诙谐的情歌了呢？

是后人的改编，是西部歌王王洛宾的功绩，没有王洛宾，这支恋歌也许湮灭于时间飞沙中，达坂城依然是默默无闻的绿洲。经过音乐家的再创作，它成为一首蜚声中外的经典情歌。

艺术的力量是神奇的。

艺术的翅膀是不受地域和国界局囿的。

时间来到1938年，青年音乐家王洛宾来到兰州，准备去新疆，恰巧遇到苏联援助中国抗战物资的车队路经兰州，王洛宾带着他的抗战剧社慰问远道而来的司机们，组织了一场联欢晚会。

晚会即将结束时，一位青年司机跳上舞台，唱了一首风味殊异名叫《达坂城》的民歌，旋律优美、诙谐、欢快。王洛宾听罢情绪振奋，小伙子是用维吾尔语歌唱的，歌词一句也听不懂，但他被这欢乐优美的旋律震惊，夜不能寐。第二天一早，他找来那位唱歌的青年司机，另一位司机稍懂汉语，求他当翻译，他让青年司机反复歌唱，匆匆地记录旋律，遗憾的是那位翻译笨笨咧咧，只译出几个词组：达坂城、姑娘的长辫子、要娶她当老婆，这歌词本身带有俏皮味，是一首轻松、幽默、自由、奔放的情歌，是一首穷苦的马车夫美丽的向往和憧憬之歌。在寂寞、空旷的大西北，孤独的马车夫只能用自编的情歌抚慰苦难的灵魂，丰富寂寞的精神空间。

王洛宾连夜改编为《马车夫的幻想》，在晚上演出时，一下子轰动了会场。演唱者又歌又舞，用两束假胡子插进鼻孔，没有维吾尔族小帽，他们用纸做个小纸帽，戴在头上，以假乱真。这歌曲有着强烈的西域风味和浓郁的生活气息，一遍遍重复的旋律，感染了观众，令人兴奋、欢乐。场下爆发出热烈的掌声、欢呼声、口哨声，连那位青年司机也感到震惊，伸出大拇指：“亚克西，亚克西！太神奇了，你把我们维吾尔族民歌改编得太好了！”

那时，王洛宾才二十五岁，他根本没有去过达坂城，但达坂城却随着王洛宾的歌声风靡传开。达坂城的姑娘也成了男子们心中的偶像。

达坂城的石路硬又平啊／西瓜呀大又甜呀／达坂城的姑娘辫子长啊／两个眼睛真漂亮／你要是嫁人不要嫁给别人／一定要嫁给我／带上你的嫁妆／领着你的妹妹／赶着马车来……

世上哪有这么便宜的事？达坂城聪慧漂亮的姑娘，赶着马车，装满嫁妆，还有百万钱财，还要捎上自己的妹妹，嫁给你一个穷流浪汉一样的马车夫？想得太美了，这真是马车夫的“梦幻曲”。

后来王洛宾到了新疆，去了达坂城，方知道，二百多年前，清政府施行移民定居后，经民族的融合，繁衍的后代，男子健壮、魁伟，女孩漂亮，迷人的大辫子拖到地上。他们在天山脚下这片绿洲男耕女织，劳作生息。歌声也从这片绿洲中飞出。

越是荒凉阒寂的地方，越易产生美丽的歌曲。天广地阔，人的想象力极易飞翔，为了排遣寂寞，心灵最易喷发灵感的光芒，欢快或忧愁的歌声会随口而出。是民歌、情歌，滋养着他们饥饿的情感和枯窘的精神世界。

小城街道两旁店铺联袂，酒肆胪列，咖啡馆、歌舞厅、瓜果店，应有尽有。街上奔驶着轿车，也有毛驴大板车，人来人往，却看不到长辫子大眼睛美丽的姑娘。她们在哪里？司机师傅笑道：可能出外打工去了。

黄昏已降临。西部落日也辉煌，天边弥漫着气势磅礴的晚霞，惊心动魄的绚丽、璀璨，使人想起一个流行词：铿锵玫瑰。如火如荼的霞光涂在平顶黄泥小屋上、新建的楼房上，倾泄在城外的戈壁滩上，还有浓密的胡杨林里，迸溅出火星、火花，一片浓艳的美。五月的晚风温柔得像羊毛卷，拂拭着肌肤，一种亲切感、幸福感灌注心头。

我们在一个饭馆里吃了一顿地道的西域风味大盘鸡和馕。

西部的黄昏是漫长的，已经十点钟了太阳才落山。暮色中的小城可爱极了，树枝、树叶、屋檐都落了一层薄薄的夕晖，仿佛风一吹，就消逝殆尽。夜色初降的小城热闹极了。不太宽敞的街道，人来人往，茶铺、商场、饭店、酒吧、歌厅、咖啡馆、大排档、服装、烟酒、糖茶、大盘鸡、手抓饭，更有西域的烤羊串，那肉块、香料，味道极佳，拿钎子的师傅很会掌握火候，羊肉烤得哧哧流油，香味弥漫开来，香了一条街。犹如远处瀑布倾泻的声响，人声嘈杂，广场和小街蠕动着人影，笑声、喊声，牛吼、羊咩，大板车、汽车的轰鸣声，还有戴着小花帽的维吾尔族小伙，驾着崭新的摩托车游鱼般地穿过人群，钻进小巷。这些混沌和散漫构成西域古城斑驳陆离的画卷。路灯亮了，王洛宾的半个月亮升起来了。你见过西域的月光吗？你见过达坂城的月亮吗？那月光纯净雅致、高贵、华美，银锃锃的亮，光鲜鲜的明，有金属般质感，又有流水般的动感，你伸手就能抓一大把月光。无边无际的苍穹在月色里膨胀起来，绿洲、戈壁、草场都沐浴在月光下，显得安静，似乎发出均匀的呼吸声。风带着几丝凉意，但充满安适的乐趣。黑森森的胡杨林似乎也安静下来。

小城广场上传来歌声和舞曲的节奏，我们急忙地走去。只见一群女人，大多是三四十岁，也有少女，但没有长长的辫子，她们都有点现代主义，虽然少了青春女子的活力四射，但多了成熟的健美，依然热情奔放。她们高高的鼻梁、高高的胸脯、细长的胳膊、细长的腿，服饰鲜丽，有的还穿着黑缎子坎肩，坎肩上缀着银饰。她们腰肢虽不苗条，但风韵犹存。录音机里播放的是男中音，随着舞曲的节奏，她们整个身体舞动起来，旋转起来，飘飞起来。她们舞姿优美，一双细细的白皙的手指翻转、扭曲，时而如剑指蓝天，时而又弯钩如月。她们的腰肢会说话，她们的眼睛会说话，她们的手指也会说话，连她们扭动的脖颈也会说话。衣裙飘飘，随着肢体飞旋，舞姿健美，舒展大方，真如白居易描写胡旋舞的诗句：“左旋右旋不知疲，千匝万周无已时”，诙谐的唱词，欢快的曲子，优美的旋律。她们唱得荡气回肠，舞得诗意酣畅。这是广场舞，给人带来新鲜的朴野之风和真善美的艺术魅力。《达坂城的姑娘》是西域文化富有野性的自由之花、生命之花。

曲子反复演奏，歌词也重复着，不给人重复感，而是舒畅感、欢快感，这些风韵蕴藉舞者的激情，像汩汩的山泉涌溅着。然而谁能相信，它的周围是风沙肆虐的戈壁滩荒漠，不远处便是寸草不生的火焰山呢？我总觉得这小城是个“悬浮物”，或是宇宙的一个精美的空间站。如果你乘飞机在高空俯视这莽莽苍苍的枯黄中有那么一点绿，简直不可思议，这是造物主的疏忽，还是着意给大地一抹抚慰？

达坂城的夜晚是迷人的，月光被胡杨树叶子割成碎片，似乎发出吱吱啦啦的声响，洒落在地上，风一吹就摇曳着、跳跃着，边疆的夜晚也摇摇晃晃起来……

2015年5月7日

我在草原上追赶落日

汽车在奔驰。驰过苍苍的绿，驰过莽莽的绿，驰过起伏跌宕凸凸凹凹的绿，驰过缠缠绵绵浓浓稠稠的绿。车轮在绿浪翠涛上轻轻辗过，留下两抹浅浅的痕，风一吹，那痕便无影无踪地消失在绿浪的辽远和苍茫中了。车前苍苍，车后茫茫，茫茫苍苍莽莽。我们在绿中挣扎，翻腾。偶尔出现一棵树，耸起一尊绿的雕塑，想打破平庸吗？想创造传奇吗？但是，在这偌大无以匹敌的背景上，那树显得极渺小，很寂寞，像一缕孤魂、一声轻轻的叹息，给荒荒大原只留下一缕如烟的苍凉。

汽车依然奔驰。

草浪汹涌着、澎湃着、呐喊着、喧嚣着，扑扑啦啦。连绵不断地向车窗扑来，溅我一身草绿、草香，一股浓浓的蒙古味。我有点惊惶，又难以躲闪。眼前的风景一卷卷铺过来，铺开来。铺成一曲敕勒歌，铺成一首古乐府的意境，铺成汉唐边塞诗人一行行壮美凄怆的诗句。

车轮追逐日轮。日轮在远处山梁上喘息。车轮撵过去，眼看追上，日轮又俏皮地跳到更远的一道山梁上。我们的汽车累得气喘吁吁，又吼吼乱叫，仍不甘心，又追赶上去。我们犹如夸父，但也重复夸父的悲剧。夸父与日逐走，虽九死而不悔，那是追逐光明和希望，追逐生命的原体。太阳，这古老而年轻的恒星，给茫茫宇宙，给小小寰球创造了多少繁复的故事、多彩的生命和浪漫的情节？它的精神和魂魄创造了生命的历史，人类的历史！

我们毕竟比夸父聪明，干脆停下来，徒步走向一个小山包，用目光追逐落日。

山包、山洼、山坡都是草场，丰茂的青草，蛮蛮野野荒荒，葳葳蕤蕤葱葱。空气很醇，草香浓得呛人。我深深地吸上一口，整个草原都吸进肚里了。像牛一样，草原在我肚里反刍。

塞外草原初降的黄昏，很浪漫，很诗意，也很古典。西天边随意地拖着几缕橘黄、瑰红、绛紫，其他地方依然很蓝，蓝得纯真，蓝得寂寞，也很苦。那色彩尚未浸淫草原，草原依然苍绿。草梢上细风的脚步蹀躞，草丛间虫蝶扑翅浅浅，天地间万籁无声，偶有牧笛和牧歌轻轻滑落草丛，又被无边无际的静湮没。一切都袒露着，袒露着生命，袒露着情感，袒露着自然的爽真，也袒露着草原永恒的主题——荒凉和空漠。

在天和地分界的地方，有几点墨渍，那墨渍会动，越来越近，是一群鸟雀，在这茫茫荒原上，它们群飞群栖，那是百灵——草原上的吉卜赛。

一切凄凉得像凉州词。

一切悲壮得像屈子赋。

一切浪漫得像爱情诗。

夕阳沉重如山。金色的光芒砸在我身上，我的肩膀上印满了落日的齿痕。

随着巨大日轮缓缓滚动，天空的色彩也益发浓郁，红、黄、紫，成团、成块、成卷、成片，这些色彩的集团军，忽然不宣而战，刹那间，鼓角齐鸣，旌旗翻滚，万马奔腾，雄雄烈烈。红色集团军，犹如一代天骄的铁骑，汹涌地、所向披靡地向黄色营地扑来，冲杀、呐喊、嘶叫，纠缠在一起；而紫色军团也不甘寂寞，跃马扬戈，从云隙间杀出来，犹如异军突起，和红、黄色扭结在一起；顿时，刀枪剑戟，铿锵声、撞击声、哀叹声……响成一片。它们杀得难分难解。它们拼命地扩张自己，强烈地表现自己，争夺每一寸领空，半个天空都洒遍了它们斑斑点点、淋淋漓漓的血，还有凋零的败鳞残甲——使人想起遥远的古代，草原上各个部落厮杀混战的场面。这是历史在天空的返照吗？然而，你只要静心观察，仔细分辨，那红可分为粉红、枣红、桃红、苹果红；那黄可分为橙黄、橘黄、柠檬黄；那紫又可分为茄紫、茜紫、绛紫、葡萄紫。这些色彩的乌合之众都浸润着野性的荒蛮和雄性的剽悍，莫不是，大草原把它的秉性情感以及遗传基因也赋予了天上的光和色吗？

在这浩瀚旷博的草原上空，色彩依然演奏着方兴未艾的狂飙曲。随着日轮的转动，那红色集团越来越庞大，越战越猛，犹如火山爆发，江河倒悬，天空变成一片火的海洋，红浪翻滚，殷红万里，使人想起不可一世横扫千军如卷席的一代天骄和他的铁骑雄师，而那黄和紫被吞噬，被淹没，被驱赶到更远的天边，瑟瑟缩缩地躲在白云下，或张皇失措，或苟延残喘……

天空变成一个冷战场。

色彩在天空鏖战的同时，大草原却一反白昼的粗犷、荒凉和落寞，变得极其温柔而恬静。那光与色极富有层次感、质感。液态的光流，浓浓稠稠，轻轻淡淡地涂抹地草原上。草梢、叶、野花都失去原色，像饱饮了玫瑰酒，醉醺醺在涨溢着一种情愫，展示出一页蓬勃的富丽、辉煌。这里，那里，从渊薮中、海子边、山坳和牧人的帐包里升起薄雾和牛粪烟，淡淡的，若梦若幻，若艺术家的虚构、诗人的想象，又似情人飘逸、颤抖的眼波。让人真想躺在这绿被金褥的眠床上，打滚翻腾，或像诗人一样嗷嗷一阵，宣泄胸中成吨的情感。然而当你冷静之后，发觉置身于这巨大的时空里，会感到自身的渺小，像一粒昆虫、一瓣野花，甚至会激起离恨万缕、乡愁无限！

当太阳接近遥远的地平线时，天地间悬起一帘肃穆。凝重。沉重。庄重。草原失去醉酒后的浪漫，红颜渐褪，脸色变得灰暗，我目睹着太阳蹒跚的脚步，像一个饱经沧桑、大智大勇、大慈大悲的老人，一步步走向圆寂，走向灵魂的栖息地。我心里突然涨起一股酸楚、一股悲怆。太阳辉辉煌煌、坦坦荡荡地走完了它的一生，它无憾于宇宙、苍穹，无憾于大地万物。它的智慧和精神、它的生命和情感都留给了世界。

太阳，终于无声无息无怨无恨地沉落了！寥寥长空，荒荒油云，莽莽大原，这博大的舞台也徐徐拉上帷幕，宇宙降下灵旗，远山在默哀，天空也须臾变得惊人的铁青、骇人的诡蓝、吓人的青黛，还有令人沮丧的死灰。那旷古未有的静汹涌澎湃铺开来。这辽阔的静、庄严的静，一切都静如太初，静如幻景，静如一个巨大的谜。只有残霞在剥落，像给落日送去的冥钱。

我坐在草地上看这悲壮的风景，远处的草浪一起一伏，犹如一曲无声的旋律。草原失去了绿色，但草原的律动依然雄沉磅礴，当霞光的鳞片凋落殆尽时，天空变冷，变得陌生，于是草原的夜晚来了。

草原，一页绿天

——巴音布鲁克笔记

沉默的草原

福楼拜看到草原心里便涌出一种快感，希望自己变成一头奶牛，好去吃草。我走进天山南麓这片美丽的巴音布鲁克草原，真想变成一匹马，一匹孤独的马，我觉得这草原应该属于我……其实，我应该骑着马，一匹白马，像童话中的白马王子走进情人的怀抱。

巴音布鲁克草原位于和静县西北部，在天山中部，伊犁河谷地东南。广袤无垠的巴音布鲁克草原是古代游牧民族的乐园，是牛羊马驼的天堂。秦汉以来，乌孙、月氏、匈奴、哌哒、铁勒、突厥、回鹘人游牧于此。清乾隆年间，卫拉特蒙古准噶尔部首领在此建鄂托克，乾隆三十八年（1773）东返故土的土尔扈特渥巴锡辖南路四旗迁至游牧。巴音布鲁克，蒙语意为富饶的泉水，亦是水草丰美的地方。

天蓝、地绿，构成大草原单纯而壮美的风光。我们的车子就在这阔大的风景里奔驰。车窗外是阳光的伊甸园，阳光在歌、在舞、在吼、在叫，却是无声的。只有我们的车轮轧过草浪，发出缠绵的情语般的呢喃声。

草原是宁静的。这是气势磅礴的静、大度豁然的静。这静里蕴含着一种精神，一种囊括万千意蕴、襟怀风雨雷电而又沉默不语坚实的静。这静酝酿出一种哲学和宗教的氛围，只有哲人和虔诚的信徒才能进入它的境界。

不知是命运的注定，还是上帝在冥冥中的安排，我生命的坐标总是指向荒凉和空旷。我觉得只有大西北的旷野、戈壁、大漠和蒙古高原的大境界、大空间，才能容得下我一颗骚动的灵魂，铺得开我成吨成吨的情感。我喜欢草原，草原的寥廓，草原的舒朗，草原的纯净，草原的漫漶。那飞翔的云，那潇洒的风，那奔驰的马，那如云卷般的羊群，那山岭跳跃的线条，那河流动荡的旋律，都展示着一种生机勃勃而又坦然自信的心态！再浮躁的人、再浅薄的人走进草原，也会变得雄沉和宁静。

在一片草场上，我们停下车来，坐在绿茵上，望着连绵而来的绿浪，波涌着，飞溅着，向天边荡去。那是一种墨绿，油汪汪的，把天的一角也浸透了，蓝天也变得绿蒙蒙的，化为草原的一个组成部分。草原，一页绿天！

我想起13世纪，当成吉思汗征战花剌子模国胜利归来，马的屁股上系着国王的头颅，战刀上凝固着敌军的血污，当他率领部众踏进这片美丽的大草原，大汗惊喜地勒住马缰，打起眼罩，鹰隼般的目光扫描着绿草无边、雪山玉冠、静水如碧的土地，兴奋地叫道：“巴音布鲁克！巴音布鲁克！有水草的地方就是我们蒙古人的家园！”于是，爱你没商量；于是就留下一支军旅；于是大汗的马蹄就在水草丰美的土地上盖下一枚枚鲜艳的图章，偌大的巴音布鲁克便划入大蒙古帝国的版图。哈萨克、维吾尔语言的土地上，便播下蒙古语的种子。

我在草上徘徊，眺望无边无际的草原，风拨动着浪琴，发出窸窸窣窣的声响。那是草原的语言，是大地的语言。而那牛群、马群、驼群，还有狼群、虎群、兔群，还有昆虫和飞鸟、河流和山阿，都展示了它们与巴音布鲁克草原的血缘关系，是那样和谐、自然。蹄鼓、兽鸣，鸟语、水韵，这一切都是从草原上生长出来的，和民族语言一样极其丰富，且具有动人的情韵。

啊，巴音布鲁克！

你是敕勒歌的旋律。

你是艾略特智慧的灵感。

你古典脉脉，现代眈眈。

你是现实主义和浪漫主义交媾分娩的情诗。

岁月悠悠，八百年了。谁曾想到，一代天骄成吉思汗的后裔的秉性发生了变异：化剽悍为温厚，化狂妄为谦卑，化激动为恬静，化狂躁为安谧。在天山脚下、绿草丛中，搭上帐篷，牧羊放马，丰美的水草、散淡的风景，陶冶了他们的性情，也净化了他们的心灵。

乾隆三十六年这里出现近代史“最光荣的事件”。早在一百四十年前，成吉思汗帝国的另一个部落曾移居在伏尔加河流域，他们忍受不了沙皇的残酷虐待，思念故邦热土，想东归祖国。但是沙皇政府派兵横截竖拦。十七万人口的土尔扈特蒙古部族在他们的首领、十九岁的英雄渥巴锡的率领下，男女老幼赶着牛羊，浩浩荡荡迎风冒雪开始了漫长的大迁徙，他们一边和堵截的沙皇军队作战，一边艰辛跋涉。渥巴锡骑着白龙驹，手持戟枪，高喊着：“我们子孙永远不当奴隶，让我们回到太阳升起的地方去！”穿过冰雪覆盖的伏尔加河，翻越巍巍的阿尔泰山，回到了巴音布鲁克草原。清政府得悉后表示极大欢迎，立即指派察哈尔蒙古部族积极参与迎接土尔扈特部众活动，并赐赠孳生牛一万头、孳生羊一万只、皮袄两千件。于是广袤的巴音布鲁克草原，又出现新搭的帐篷、新点燃的牛粪烟……

土尔扈特蒙古部族的东归，反映了中华民族固有的凝聚力和强烈的向心力，反映了统一的多民族国家各民族互相依存、共同发展的血肉关系，连西方学者也誉为当时“最光荣的事件”。

前面出现一座帐篷，看到我们的到来，走出一个老人，他是典型的蒙古族人，高颧骨，塌鼻梁，前额突兀。他盯着我们，他脸上皱纹纵横，是一部风风雨雨、浩浩荡荡的历史，是整个巴音布鲁克草原的缩影。和老人攀谈起来，原来他爷爷的爷爷就是那次大迁徙中的一员，老人说，那次东归，有许多亲人死在沙皇军队的枪弹下。谈起往事，老人忧郁的眼睛饱含着一种深情。

我们听着老人的讲述，望着这苍茫碧绿的草原，伤感和豪气同时在心中升起。然而，这一切都融进了草原的历史和草原牧人滚沸的血液中。我想起了古希腊的史诗《伊利亚特》，想起了蒙古族的史诗《江格尔》，想起成吉思汗的传说，想起许多美丽的神话故事，让人强烈地感到，为了爱的妒恨和仇杀，是非常悠远的，它属于神灵，更属于人类。

弥漫在草原上的大气是平和的、安谧的，没有声音，静默里甚至能听见草原思想的流动声，草原意识流动的潺湲声。在这种氛围中，顿时会有一种精神褶皱被熨平的惬意感，人，也会变成一股青烟、一缕蜃气，一种温馨的氤氲、一种忧郁的哲思，在这茫茫草原上横溢流淌……

草原是沉默的。这沉默是歌，一支美丽忧伤的歌。

早晨的鹰

巴音布鲁克草原的早晨有着一种梦幻般的美。当太阳从东边的山包上升起时，整个草原便被霞光浸淫，洋溢着初潮的红润，变得妩媚、婉约、明丽、丰盈。青草、野花幸福地战栗着，惊悸着，仿佛初恋的少女期待情人的到来。随着太阳的升起，磅礴的朝霞汹涌澎湃，轰轰烈烈地涌来，天空和大地都燃烧起来，四面八方红光闪烁，火星飞溅。然而早晨的风并不浮躁，也不激动，平静地掠过草滩、河流，搅起草的涟漪、水的波纹、花的笑窝，然后便悄没声地躲进在那片蓝色的山坳中。我站在山包上，阅读巴音布鲁克草原壮丽的早晨。就在这时，我看见一只鹰，从霞光中飞来，从太阳的金轮中飞出来，像神话中的太阳鸟，像涅槃的凤凰。巨大的翅翼闪烁着毛茸茸的红晕，它悠悠地扇动着，飞得很低很低，一圈一圈地盘桓着，双爪踏云，两翅生风，俯仰自如，无拘无束，像一曲如歌的慢板，一支优雅的圆舞曲。我看见它那双苍老的眼睛蕴含着一种忧郁、一种眷恋、一种淡淡哀伤，像是寻找什么。蓦然，它好像受到什么昭示，飞速加快了，翅膀拍打着早晨，霞光和天空被割裂了，顿时划开一道缝隙；风被撕扯得发出哧哧拉拉痛苦的声音。那鹰昂首云霄，越飞越高，化为一点墨渍，融进无边无际的红霞中。我觉得这鹰是太阳的儿子，是苍天的骄子，它从哪儿飞来？又飞向哪里？它还会飞回来吗？

我不禁想起西藏神话中关于鹰的故事。藏族对鹰无限崇拜，鹰的形象在藏族宗教文化中无处不在，随处可见，山口路旁玛尼堆，村头屋顶悬挂的五色经幡，寺庙经院的雕梁画栋和曼陀罗壁画中以及他们制作的“唐卡”上，到处看到鹰的雄姿。在他们心灵的圣坛上，鹰自古以来就是一种神灵，它笼罩着一种神圣的光环。在西藏原始宗教——本教中，就有鹰的创世记神话：传说在天地鸿蒙之初，只是一片空冥，后来生灵逐渐形成，光芒和光线在生灵中出现，光芒为父，光线为母，于是昏暗和黑暗也出现了，之后便出现了白色的冰霜。冰霜中又出现了一颗略呈白色的露珠。有了冰霜和露珠也就有了池塘，这片池塘便形成一层薄膜，并滚成一枚卵，从卵里孵化出两只鹰，一只白鹰，一只黑鹰。白鹰和黑鹰交合又产了三只卵，卵破裂了，便出现神山和神灵，出现人和生灵……在这里，鹰可以说被视为本教原始信仰中神、人、鬼“三界”的创世之神。在藏族人民的心目中，鹰还是战神的标志，是力量、勇气、生命的象征，本教中的鹰还以“神圣大鹏”之名，和其他许多神灵被密宗大师收为“护法神”。至于天葬，将死者尸体切碎，和上糌粑，让鹰吃掉，那更是对鹰的无限崇拜，视其为神鸟，人的灵魂被鹰带入天堂……

我第一次见到鹰，还是在帕米尔高原。夏天的阳光照耀在世界屋脊上，远处的雪峰冰川在阳光下熠熠闪烁。天空有大团大团的白云，野性的云狂妄得不可一世地独霸天空的广阔。突然，我发现一只鹰，它有点苍老，但仍不减雄健气度，站在突兀的峭岩上，昂着头，凝着神，敛着翅，风一阵阵扑来，羽毛被撩起，犀利的目光闪电般地极富有穿射力，凝视远方，俨然一尊雕塑，孤独、傲岸、雄奇、高古。它身后的雪峰冰川，凛然射出一束束白光，和阳光迅速交融，分泌出一种狞厉恐怖的透明体。这神秘的背景，更映衬出鹰的峥嵘、肃穆，桀骜卓然的风采。

它庄严得像宗教，像神，一尊战神和力神。

鹰，沉默着，是那种铜雕铁铸般铮铮铿铿的沉默。

突然，那只鹰张开巨大的双翼，开始起飞了，一声啸叫，穿过云层。天空是海洋，风是水，鹰翅是桨叶，我听见双桨击水的砰然声，风的浪花四处飞溅，打湿了云彩，也打湿了它的羽毛。它依然自由地俯冲、腾翻，时而扶摇直上，时而低空盘桓。天空不再荒芜，白云不再寂寞。阳光也变得生动。它双爪向前伸着，翎羽抖擞，我清楚地看到它的骨骼、筋肉，雄劲苍健，展示着力与美，张扬着生命的强悍和动感。它的翅膀遮住一片阳光，地面上投下一团阴影。它开始降低了高度，越飞越低了，我听见翅膀撞击风的声音，悲壮得犹如铁骑敲击雪野的声响。我看见它那眼睛了，犀利、灼亮，像两颗燃烧的星。

这是一幅壮美的油画。

我曾见过帕米尔高原塔吉克人的鹰笛，那是用鹰翅膀上最大的空心骨做成的，钻上三个小孔，便吹奏出美妙动人的乐曲。塔吉克语称之为“那依”。鹰笛是塔吉克人的骄傲，是塔吉克族的乐舞的灵魂。牧人骑着马，口衔鹰笛，吹奏一曲民歌，排遣寂寞和孤独。在白云缥缈的蓝天下，在碧草如茵的大地上，他们吹着鹰笛，抒发喜怒哀乐的情感，寄托他们对自由和美好生活的热烈向往。鹰是帕米尔高原的神鸟，是自由勇敢的象征。过去，塔吉克人过着狩猎生活，家家都养着鹰，白天随主人狩猎，晚上给主人放哨，一只好猎鹰往往是传家宝，能活一百多岁，被称为鹰王。

……

巴音布鲁克草原的早晨变得宽广无边，晨光如水如浪漫溢草滩、冈峦，整个草原变得生机勃勃。帐篷里升起蓝色的牛粪烟，牧马的少年和牧羊的少女，赶着牛群、羊群、马群，游弋在绿草茫茫之中。

我渴望再看见那只鹰，但天空是纯净的蓝，是那一碰就碎的瓷瓶般的蓝。这广阔的舞台，失去了鹰，就会变得寂寞、平淡、平庸。

我听牧人说，那只鹰是老鹰，它要死了，它要进入天堂了。鹰死亡时不是在夜晚，不是在黄昏，总是在早晨，在太阳升起之时，它告别人间时，总要在它曾经飞翔、栖息的空间和土地上盘桓，那是一种痛苦的眷恋，一种生死别离的悲伤，一种庄严的告别仪式。现在世界上再不会出现它的雄姿了，它是太阳的儿子，已经回到太阳母亲的怀抱。

我听罢，油然产生一种揪心的痛苦。我怅然地凝视着苍穹，追寻远去的鹰魂。

地面上有一团游动的阴影，不是鹰的投影，是云。

中午的天鹅湖

我总有感觉，我的读者在警告我：切莫把这篇散文写成风景散文，那将是失败，这类散文比比皆是，碰头碰脸，躲闪不及，你再来凑热闹，岂不是东施效颦、令人讨厌了吗？何况风景，是任何天才的作家都难以描绘得真实和传神。风景是什么？是天地万物灵魂的展示，是大自然精神的外在表现，是宇宙之神的杰作，任何文人的风景佳篇或画家的临摹，都是赝品，用时髦的话说，假冒伪劣。譬如湖吧，诗人绞尽脑汁，不就是打了几个比喻吗？什么大地的眼睛啊，上帝遗落人间的宝石、珍珠呀等等。其实，湖就是湖，那静幽的一汪蔚蓝，犹如处女的期待，那风过的细波微浪是她的微笑，那喃喃的涛声浪语，是她向大地倾吐的情话……你看，我又犯了文人的老毛病了。

打住吧，我眼前就是一片湖水。她躲在草丛后面，躲在芦苇丛后面，躲在柽柳林后面。她害羞地仰面朝天躺在那里，像个睡美人眯着眼睛想心事。她在想什么？也许是一个千年的梦。

我不想惊醒她。可是我们车子的马达声破坏了这里的宁静，她一下子睁开眼睛，眼珠在阴影中是黑色的，在阳光下却泛着一抹蓝，她整个躯体白皙得像琉璃，像瓷瓶，闪着毛茸茸的光晕。湖滩上的水草是她的睫毛，风吹草浪，整个湖水变得生动、妩媚，一种富有魅力的动感。

中午的太阳给她带来温暖，风带来温熏，我想，她心里准装满欢乐，精神平静，肉体满足，不断地咀嚼梦中的甜蜜、爱的幸福。

这时有几只水鸟拍岸而起，掠水而去，也惊断了我的遐想。

这天鹅湖，实在不像湖，不像博斯腾湖波涛拍天，浩浩荡荡，横无际涯；更不像江南的湖隽秀典雅，烟波氤氲，波光浩渺，芳菲夹岸，堤柳成行，更无水榭楼台、仙山琼阁、画舫穿梭，当然也没有历代文人骚客题咏的诗词歌赋。也就是说，她没有承载任何文化负荷，是一片野性的湖，一片荒芜的水，一片赤裸裸的自然，一片天姿丽质的纯净。一位哲人说："大自然不是精神，但它有精神。"然而这天鹅湖的精神也是单纯的，那就是高洁。我想，如果，这片水流落到江南或华北，还会这么纯净吗？她会由一个处女变成沦落风尘的妓女。明媚的眼睛会蒙上阴翳，变得昏蒙，她们的血液变得浑浊，感谢上苍，为天地间还珍藏着一片净丽。

这里没有可凭吊的历史，连民间故事和神话传说也淳朴得不值得大书特书。

传说很久以前巴音布鲁克草原上有一位蒙古族英雄少年，为追捕一条毒蟒，少年在水中与毒蟒厮杀了九九八十一夜，仍不分胜负，后来，毒蟒化为一个美女，对英雄说：“你敢在这里休息三天三夜吗？你能休息三天三夜，咱们再比个输赢！”英雄信然，睡了三天三夜，湖水结成坚冰，英雄冻死在湖中……

故事毫无新奇之感，说明了人类征服自然的幻想。

天鹅湖，没有湖的模式，实际上是几条平行的河流，或者把一条河裁成几截，排在那里，间隔着沙渚和草滩。在这阔大的背景里，显得寂寞、寥落，激不起诗情画意。虽时值盛夏，牧人并不多，偶有几点帐篷、三五群牛羊，漫漫漶漶，散散淡淡，出现在湖畔草地上，不像古敕勒歌描绘得那种壮阔气派：“天苍苍，野茫茫，风吹草低见牛羊。”

湖中沙渚上果然有天鹅，不多，有二三十只，时飞时栖，时而长颈朝天，鸣叫几声，时而拍翅而起，在水面上盘桓几圈。这里是鸟的天堂，天鹅的伊甸园。白天鹅形体特别大，体长可达一点八米，体重十五公斤以上。鸟类学家说，这种天鹅，在地球上已为数不多，濒临灭绝的危机。看到它，我不禁感到一阵悲哀，默默祈祷，愿胡大保佑，让它的子孙繁衍，家族兴旺。

当地牧人告诉我，当年成吉思汗西征归来路经这片湖水，曾经在湖畔搭起帐篷休整，是这片湖水洗净了他们的征尘，补充了水源，丰腴了他们的精神。那时候，这湖畔水草丰美，高过腰身，草丛里有狼、有熊、有虎，水面也深阔，天光瀚瀚，水光渺渺，蒹葭苍苍，是巴音布鲁克草原最精美的一页插图。

听罢牧人的叙述，我沉默了，我还有什么话可说呢？我凝视着湖水，就像阅读了一本厚达几百页的书：她的目光蕴含着悲哀，有鲜明的主题，有动人的情节，有催人泪下的故事……可是，现在一切都变得平庸、呆板、苍凉。是大自然的风沙戕害了她的躯体，还是人类文明强暴了她们的梦？我环顾巴音布鲁克草原，内涵丰富的草原，用富有哲理的牧草、阵风、马群、羊群告诉我，是人类替它们创造了历史，同时，也是人类在扼杀着它们的青春和生命。

夕阳中的树

智慧的所罗门曾下令树木间应有距离。这距离太大了，几百公里，不见树影。巴音布鲁克草原是起起伏伏、跌跌宕宕、平平仄仄的碧绿，但驰目八极，却看不到一棵树。那绿涌来荡去，色彩单调而缺少立体感。偶有野花，散散点点，被阔大苍茫的绿吞噬了。

整个草原荒凉得不可思议，不可理解。荒凉得深沉、坚实，似乎透着一种难以推翻的哲学原理，荒凉得有点疯狂、高傲、任性！

我毕竟来自草原外部五彩缤纷的世界，现在我们成了草原上的流浪汉。但是草原老了，满面皱褶，裸露出成片成片砂石的老年斑，成吉思汗时代青春的光彩、生命力的辉煌，已属于遥远的故事了。我怀疑草原的生殖力衰竭了，像个乳房干瘪的老妇人，已无能力孕育新生代了。

寂寞，沉重的寂寞！

我们的车子在草原上驰骋，嗡嗡的马达声使沉闷的空气战栗起来，但转瞬间又恢复了死一样的沉寂。

夕阳在远处的地平线上跳荡，苍穹如盖，晚霞如血，淋淋漓漓，洒满天空，浸淫草原。这油画般色彩浓烈的黄昏，只有巴音布鲁克草原这壮阔的背景，才演绎得如此绚烂、如此生动，洋洋洒洒的赤橙黄紫，纵贯天地，横阔万里。

突然，我的眼前一亮，啊，前面草滩上出现一棵树，一棵化石般古老的胡杨树，那躯体粗有合抱，树冠庞大无比，孤零零地站在那里，流露出峥嵘与高古，也流露出悲怆、肃穆、寂寞和忧伤。它像一座久经风剥雨蚀而不失伟岸的神庙。

我不知道这棵树怎么会出现在这里，为什么只有孤零零的一棵，是上帝的旨意，还是造化的创作？

从当地牧人的传说中，我知道：一代天骄成吉思汗西征胜利归来，曾在这里驻跸歇息，无意间将马鞭插在这丰美的草地上，谁知第二天马鞭的木柄便冒出绿芽，第三天便长出绿叶，第四天便成长为挺拔英俊的一棵年轻的树……人们称这棵树为神树，也叫成吉思汗树。

还有传说，蒙古骑兵西征归来，在这草原撑帐过夜，发现一棵被烈日和干旱折磨得奄奄一息的小树，这个以“杀戮为耕作”的民族忽然萌发了对生命的爱心，他们打开盛水的羊皮袋子，将饮水浇在树苗上，于是这棵幼树便活了下来。

对于前者那荒诞不经的传说，我是不相信的，那是人们对英雄爱慕的心灵幻化，是对偶像崇拜虚拟的张扬。而后者却有点道理。但是在这空旷的草原上出现一尊孤独的立体的雕塑，却是一个谜。

据有关资料说：这棵树至少生长七百多年了。边地多悲风，树木何修修？这七个世纪它经历了大自然怎样炼狱般的苦难？寥寥长风，煌煌烈日，厉厉酷霜，怎样年复一年地残酷折磨它？七百多圈生命的年轮里录进了多少惊心动魄的故事和传奇？蒙元帝国的铁蹄从它身边嗒嗒而过，那气吞万里如虎的磅礴和恢弘，那气吞八荒囊括四海的雄风，那撕肝裂胆的呐喊和狂啸，那刀光剑影血肉迸溅的壮烈和残忍，它是深藏在记忆中的。看到它，就像看到历史的一个章节。当然，它的枝头上也停泊过蒙元帝国安谧的清晨，也栖息过凄清的冷月，月光下、草地上，也曾燃烧过篝火，篝火也曾照亮一章章爱情故事，变得生动而鲜艳……

我抖抖一身夕阳的绯红，走近树。只见那树皮斑驳，皴裂苍老，枝丫有断裂的新痕，裸露出白花花的骨碴，但枝叶依然繁密，圆圆的叶子，犹如万千飞鸟振翮欲翔，向天地间展示着生命的顽强和坚韧。而树根更有一种震撼人心的力量：肌腱粗犷，蜿蜒遒劲，盘节交错，构成庞大的体系，和大地的血脉融在一起了。正因为它如铁锚般紧紧地抓住巴音布鲁克草原，才展现出一种狂勃傲世的雄姿、狂放不羁的浪漫、横空出世的飘逸精神。

树身的下部有一个黑洞，风吹进树洞，发出木琴般的嗡嗡之鸣，其声凄清寥落，其音悲咽苍凉。我想这是天籁，如同一架古老的风琴，千百年来，在这天旷地阔的草原上演奏着风雨雷电的狂飙曲、生命的英雄进行曲、历史的奏鸣曲。

这树是巴音布鲁克草原之魂。草原有了它，就变得庄严、神圣。它生命岁月的无数主题演绎着一个民族苦难的历程。我想，当年救活这棵小树的士卒，是否代表了这个四处征战、八方漂泊的游牧民族有了“根”的意识，启悟了他们的家园观念？我想，那流浪在伏尔加河畔的土尔扈特蒙古人，当他们思念故乡时，一定思念过这棵树，是这个树的灵魂召唤他们的归来，这是蒙古人的寻根意识。

夕阳中，这棵孤独的胡杨树变得更加伟岸和肃穆，巨大的树影铺了一地绿诗、绿歌，满树的绿叶闪烁着绿蒙蒙、红茸茸的光晕，是一种生命之光。它虹吸天地淋漓之元气，根植四极八荒之旷野，长成巴音布鲁克草原一部伟大的经典。

我默默地望着夕阳中的胡杨树，只觉得它有着浓缩时空的幽玄，使我蓦然想起高更那幅名画《我们从哪里来？我们是谁？我们到哪里去?》中的“宇宙树”。

黄昏中的马

草原最宁静的时候是黄昏，夕阳在天边战战兢兢地抖擞着，仿佛一不小心就摔个粉碎。它没有摔碎，但被锯齿形的山峰划破了脸，鲜血淋淋漓漓地滴落下来，渐渐湿了草滩、河湾，连山包都被弄得斑斑驳驳地红。这时天边出现一道宽阔而耀眼的绛紫色的光带，迤逦蜿蜒，散发着浓郁的血腥气，使草原增添了一种恐怖的氛围。

随着夕阳的下沉，天地间呈现出太初的框架，天圆如张盖，地方如棋局，混沌的暮霭弥漫开来，野花、青草的面影变得模糊了，草原进入一种天地合一的和谐和静谧中。

我沿着一条无名的河流慢慢地走着，呼吸着野草青苍气和晚霞的血腥气，只觉得黄昏的草原四面八方都弥漫着一种淡淡的惆怅、淡淡的悲怆，还有一种无可言状的哀伤。

我看见河对岸有匹马伫立山包上，面对落日，头颅微微垂下，脚下的牧草黑乎乎地淹没了马腿，而马鬃、马背、马尾都有鎏金般的霞光。它沉思的目光眺望着远方，远方落日在挣扎，晚霞在狂舞，流动的风扬起马尾，更具有一种动感、一种雕塑感。

落晖冥冥，暮色苍苍，大原荒荒，天地间伫立着一匹孤独的马，像一首哲理诗、一篇宗教的经典，抒写在这天荒地老的阔大背景上。

我知道，这马叫汗血马，汗水透血的马，马毛蒸汗，马血腾烟，肌腱勃怒，奔驰如电，这是汉天子梦寐以求的汗血马，是波斯王视为国宝的汗血马，是唐太宗视为神骏天骄的汗血马。它嗒嗒的马蹄富有金属般的声韵，从青铜时代、从编钟前驰来，从刀耕火种、栽满剑戟的血土上驰来，从烽火狼烟、冰河入梦、大雪满弓刀中驰来，走进两千年后的草原。强健、刚毅、剽悍、潇洒，历千年风雪，毛不褪色，志不衰减，是天池之龙种、古西域之神灵。而今，我看见这汗血马独立黄昏，这马的静默和天与地交流的神圣里，一半是殷红，一半是沉郁；一半是沉思，一半是憧憬。

我分明看清那马的目光流露出忧伤、悲戚，像这黄昏的草原，也像草原的黄昏，一种悲剧的氤氲，扑面盈怀，直透肺腑，这形象、这意蕴，使我蓦然感到我和马有着共同的壮烈和忧伤。

托尔斯泰说："马是有感情、会思想的动物。"那么这匹孤独的马在思考什么呢？像孤独的散步者卢梭？像追忆流水年华的普鲁斯特？

我多想走近它，和它进行一番情感的交流。那马不理睬我，无声地凝视着落日。我想，它可是汉天子"神骥"的后裔？可是唐太宗“六骏”的后代？可是成吉思汗铁骑的第N代嫡孙？它们的祖先曾创造“马踏飞燕”的传奇，曾写下“脚踩匈奴”的神话；踢翻了一个又一个王朝的御座，撞开一道又一道历史的铁幕：“落日照大旗，马鸣风萧萧”的悲壮，“铁马冰河入梦来”的豪放，“朝登剑阁云随马，夜渡巴江雨洗兵”的潇洒，“角声一动胡天晓”的壮烈，都展示了先辈们生命的强悍和力度，写下边塞诗中最壮丽的一行；即使“野战格斗死，败马号鸣向天悲”，那种杀气干云、血肉横飞的场面，那种萧萧悲鸣，也使天地震惊，壮怀千古！

进入20世纪的黄昏，汗血马的子孙背负的梦想下垂了，它的颓势像落日一样，只能追逐着祖先的英魂，低吟长叹。肩上的使命脱落了，虽然眼前这片舞台还广袤得很，壮阔得很，后现代社会文明的带着血丝的眼睛尚未注目这片荒旷和荒凉。当然它的脚步，还未惊动这里的肃穆和神圣，但是没有烽火羽檄，没有伐鼓鸣金，没有画角连营，空荡荡的舞台只是一个静场。当然，汗血马的后代也失去了展示力与美、张扬生命力的磅礴和恢弘的背景。尽管它可以倚风长啸、飞鬃扬蹄地放肆地展示它的傲慢与剽悍、它的刚毅和勇猛，然而毕竟是一种生不逢时、怀才不遇的悲哀，有着“马放南山”英雄无用武之地的痛苦，有着壮志难酬，“栏杆拍遍，无人会、登临意”英雄末路的忧愤。

战争让战马走开。这是悲哀还是辉煌呢？我想起一位哲人的话：当人类的智慧企图超越造物主的智慧时，他们的末日就来到了……

汗血马，这伊犁河谷、巴音布鲁克草原上的汗血马，两千多年来在这片乌孙国故土绵延不绝的汗血马，现在它的名字已变得陌生和黯淡了，当然它的传奇和故事也早已画上了句号。汗血马的祖先能想到它的子孙的衰败和悲哀吗？

我正在遐想，忽听见那马扬起头，对着落日，长啸一声，像一吐胸中郁垒，接着如鼓的马蹄嗒嗒地奔驰起来，敲打着大地和草原。草原战栗起来，晚霞被惊得四散飞去，宁静的黄昏被撕得支离破碎。那马向着落日奔去，很快与地平线融在一起，和落日融在一起。

落日沉沦了，黄昏走至尽头。

丹青的沧桑

一

行驶在古丝绸之路，不时会遇到一座座佛寺洞窟。长安的名寺古刹已引起游人精神上的亢奋，天水的麦积山洞窟群、举世闻名的敦煌莫高窟、敦煌东西千佛洞、深藏祁连山深处的榆林窟以及新疆大地的龟兹庞大的洞窟群、克孜尔千佛洞等数以百计大大小小的洞窟，已形成蔚为壮观的景象。洞窟中彩塑众佛，千壁丹青，斑斓多彩的壁画，千姿百态的卧佛、坐佛、立佛，着色艳丽、色彩明目，这是一曲宏伟的色彩与线条的乐章，气势磅礴地奏响在荒源大漠、莽莽大野、巍巍山崖。艺术的巨流涌动着、激溅着、澎湃着，使寂寞的古道有了情感的喧哗，孤独中有了精神的抚慰，古老的民族的智慧得到升华。

这些彩塑和壁画历经千年，色彩依然鲜艳，沉郁的蓝色、庄重的红色和高贵的金黄色，依然焕发着夺目的光彩，旖旎明丽，让人遐想万千。

这些作品艺术风格，都受到早期佛教圣地巴米扬和犍陀罗的影响，也受到古希腊艺术风格熏染。色彩的浓淡，线条的粗细，或写意、或素描、或泼彩，最纯粹的造型，海绿色或赤褐色的壁画、塑像，都横亘千古，历经沧桑，只要轻轻拂去浮尘，依然鲜艳如初、栩栩如生，展露出神与物游的想象，宣示佛祖心灵的风采，“既有印度佛宗的寻幽探密，又有中原大地的生命特质与深度”。

宗教是艺术的保护神。

艺术是宗教的宣讲者。

立佛像，供人参拜，绘壁画，宣传佛教教义。因为佛教经典庞杂，佛徒信众无法全部阅读，弄明白其意，用壁画的形式反映佛教内容，将佛法通俗化、简约化，使信徒更易理解。

走进荒山洞窟，面对层层叠叠的洞窟。无论完整的或是倾圮的，即使化为废墟，都会激起我对历史感的燃烧，一种探寻历史的欲望在涌动。

壁画题材十分丰富，释迦牟尼像寺寺必有，菩萨像也遍布洞窟，还有佛主涅槃、佛徒千幅，四象图、天龙八部、飞天、天宫乐伎、本生故事、因缘故事、佛教故事、经变图、动物画、山水画、装饰画、供养画等。佛教经典告诫信众：凡人必须经过布施、持戒、忍辱、精进、禅定、智慧等六种途径才能成佛。在莫高窟、榆林窟，龟兹千佛洞窟，我饱览了佛陀、菩萨、比丘、护法诸神生动形象的塑像，和丰富多彩色彩绚丽的壁画，气势磅礴，气象万千，是造型艺术和绘画艺术的协奏曲，是线条和色彩的“九部乐章”。墨蓝色的厚重，赤褐色的沉郁，棕色的古朴，金黄色的尊贵，色彩在这里给人以辽远、深阔的意境，那线条流畅、飘逸，像西域大地起伏跌宕的旋律，又如流云般的潇洒。色彩浓淡枯涩，是视觉艺术的表现形式，不仅是美的张扬，还蕴含着宗教文化的幽深，思维的深邃都达到那个时代的中国绘画艺术的高峰。唐代的菩萨艺术风格更趋于成熟，他在静默中倾听众人的诉求，同时他在沉默中答应，由男性过渡到女性。

有的菩萨头戴华丽的冠饰，身着薄纱和短裙，上半身裸露，丰腴的臂膀，丰满的前胸，白皙的皮肤，轻扭腰肢的身态，面带微笑，口含春色，实际上成了唐仕女的化身。至于她耳朵上的饰品，胸前的项链，都是印度、波斯的舶来品、既有西域的化妆术，又渗透中国绘画的元素，体现出东西方文化结合的创造魅力。这些雕塑是线条和色彩的组装，是色彩和线条的协奏曲，壮观、大气，又不乏细腻、婉丽，使人顿感到盛唐之风扑面而来——华美、丰腴、舒放，这是唐代艺术家的崇高理想和精神追求。

唐代的敦煌莫高窟壁画，又是唐代文化生活的集中体现。唐代的佛学艺术家，用艺术形象，描绘他们心中的极乐世界：重楼叠阁，乐池舞榭，华树莲花，祥鸟妙音。衬托着蓝天绿波，更展示着一代艺术家富有的精神世界。在这里有大大小小、造型各异的佛、菩萨、飞天、乐伎，他们和睦相处，欢聚一堂，正是人们追求安宁、祥和、愉快、美满心灵的向往。

至于涅槃像，即圆寂、灭度，原意是火的熄灭、风的吹散。涅槃是一种超越时空，超越经验，超越苦难，进入一种不可思议的“常乐我净”的境界，是永恒的幸福，是“静”和“净”的极致。我在张掖看到的大佛卧像，色彩艳丽，似睡非睡，像是涅槃状态。神态静穆，情态安详。

菩萨虽然已到达了涅槃的境界，却仍然留在人间，帮助众人超度到这个境界。菩萨沉默不语，在静默中倾听世界的声音。

古希腊对艺术与自然的关系的观念，被进一步发展为艺术与人的精神关系的认识。希腊化佛教传统独特风格，就是色彩的十分强烈。美国学者戈登·华尔纳看到敦煌彩绘和壁画，感慨道：“虔诚的人们把他们心目中的神以壮丽的景象描绘在那些墙壁上，这些神或缓缓地走在行进的行列中，或安静地坐在盛开的莲花上，或举手保佑人类，或冥想、或深深地陷入无思想的涅槃中。”这是个文物盗窃犯，他竟然当着王圆箓的面，“把一尊单腿跪地、传神的手紧握胸前，显出崇拜神态的塑像”，从基座上撬下来，用丝巾拂掉灰尘后，塑像身上露出鲜艳的蓝色、深红色和金色，脸颊的颜色则鲜艳夺目，他装箱打包，准备带到美国。

看到这满壁丹青、满室彩塑，不仅饱赏艺术的美、整体美、对称美、对比美、平衡美、重复美、动律美，而且开拓了视野，洞深了思想，从死亡中体会到生，从宿命中体会到偶然，从烦恼中体会到清静，从孤独中体会到群聚，从摇曳中体会到稳定，从浮躁中体会到淡定。那艺术的精灵、艺术的美，抚慰了远在天涯断肠人的孤凄情怀。

千年的雕凿，千年的绘画，持续千年的文化工程，千工百慧，一代一代前赴后继、呕心沥血、兀兀不休地劳作在瀚海荒山深处，奏响一曲宏大的艺术乐章。

人啊，一旦精神有了皈依，什么惊天动地的大事干不成啊？僧侣们的冥思苦想，画匠们的沸腾的激情和丰富的想象力，工匠们汗雨纷飞的劳作，都凝聚在那色彩和线条上了，处处闪耀着他们的智慧的光芒。东西文化的河流在这里交汇，溅起睿智的浪花，激起情感的漩涡，腾起艺术卓越的浪峰，荒茫的大野便绽放出智慧花卉，古老的民族精神不再枯涩。鲜亮的壁画和彩绘，减缩了旷野的疏阔，击破了暗森森的孤寂。

飞天超越了佛教和世俗，经过漫长的抽象和升华，不再是一种文化的艺术形象，而是多种文化的复合体。

唐代飞天已达到一种至美境界。

在榆林石窟，在敦煌莫高窟，我看到那一幅幅壁画，画幅不大，但线条清晰流畅，带着大唐时代的飘逸、洒脱和发自艺术家心灵深处的大气，笔迹圆润，轻重疏密，和谐华严。飞天乐伎轻飞曼舞的形象、春波般曼妙的衣褶、流云般轻盈的身姿，载歌载舞，婀娜清丽，沉静舒雅，她们是人是神？那是一个诗意葱茏、线条饱满、色彩调匀得铿锵灿烂的时代，又是拓边扩疆、意志昂扬的大时代。

飞天画像，那是线条和色彩的圆舞曲。飘动流畅的线条，轻盈清华若在云中飞翔的身姿，走近，依稀听到衣服与空气摩擦产生的窸窣声，虽风致嫣然，并无轻薄浮艳之气。微微的收腹，舒展的腰肢，在柔和轻软的曲线结构中呈现出的头部、胸、腿的动态，是纤柔的若飞若舞，若滑移，或游弋，节奏优美，曲线有致，极富有动感。

“从来天意高难问”。我没有膜拜佛陀的激情，望着那轻轻翔动的飞天，心中却涌动着一种诗情。这幽暗的洞窟，因为有了你才这样明媚；暗夜沉沉，是你灿烂的笑容、明亮的目光，驱走千年的幽暗；你撒下的花瓣，已化为胡杨、苜蓿、马兰、山丹。西北高原的天空，一片五彩祥云。这佛窟弥漫浓浓的诗意。

飞天，在佛教中被称为“香音神”，传说，她们生活在“西天极乐世界”，天宫楼阁，是天宫的乐伎、舞伎，是音乐和美的精灵。她们手持乐器，或手撒花瓣，就是向人间播撒幸福、祥和的爱。

她们是天使。天花纷纷落了一地，让我们一一捡拾起来，编织友谊的花环、经济文化交流的纽带。

敦煌四百九十二窟，窟窟有飞天，多达四千五百身。我感觉印度的飞天和中国的嫦娥似乎有着血缘关系，都有超脱尘世的理念，她们精神的潜力和理想的追求，受到现实的制约，于是寄托于宗教，寄托于神话虚幻的世界。飞天不仅仅是身体远离人间的龌龊，进入美轮美奂的境界，更是精神和灵魂的升华。

我在敦煌莫高窟看到一幅“天宫乐伎图”，一群飞天，手持不同乐器：五弦、阮咸、箜篌、横笛、筚篥、排箫、拍板——实际上是艺术家把现实的歌舞声吹欢腾的场面搬到另一个世界，丰富的想象、精妙的构思、娴熟的技法、诗意的线条，把美定格在壁画上。飞天们舞动的璎珞彩带、双手合十的动作、扭动的腰肢、传神的眉眼，都有强烈的动感、浓郁的生命气息、动静有致的韵律，实际是艺术家们把西域歌舞的现实场面搬到天宫，在优美和飘逸中展现佛界中的宁静、温馨、平和、温良、文雅。这是人类精神追求至善至美的境界。

在莫高窟、榆林窟、龟兹窟，那菩萨像、佛陀像，更多人情味，那是唐代泥塑和画像，更接近现代人。千佛千姿，或微笑、或肆、或开朗、或淡定。菩萨大都呈现出或喜悦、或微笑、或平和的心态，慈眉善目，流溢着娴雅柔和之气，流畅的线条、飘动的衣褶，似乎能看到鲜活的血肉，那菩萨大多是眉目低垂、眼睛朝下，一副体贴下情、关注众生的慈祥神态。

在一个洞窟里，四壁全是佛陀画像，密密麻麻，整齐划一，像小学生列队而排。洞窟很静，只有我一人在浏览、阅读。我贴近壁画，似乎听见画上两个小沙弥在交头接耳说悄悄话，大一点的圆脸，小一点的长脸，都是一脸的平和、虔诚：

甲：看你老是打哈欠，夜里是没睡好觉？

乙：我做了个梦，梦见俺娘死了，醒来再也睡不着了。

甲：不是死。是涅槃。她老人家被西天佛祖接去了。那里是极乐世界。

乙：极乐世界没有悲伤吗？

甲：没有悲苦，只有安乐幸福，你想那里遍地鲜花，仙果累累，山清水秀，满树生辉，一片吉祥、光明，怕这时你母亲正陪送文殊菩萨游历须弥山呢？

乙：我死后能见到俺娘吗？

甲：能，以后不要说死呀亡的，涅槃。我们涅槃后都能到西天见到亲人，见到佛祖，你上课时没听师父讲过吗？好好修行吧！

乙：是。

我离开壁画，那两个小沙弥顿时哑言无语，那大一点的小沙弥还努努鼻子，逗得我真想笑。

新疆壁画不同敦煌莫高窟的还有一大特色，那就是多菱形风格，不用斜线，而是起伏跌宕须弥山形曲线，显示灵性、活跃，那色彩的变化、明暗的结合，更引起人们心中一种深度变化的印象。这许多犍陀罗的圆和菱形方格构成西域艺术鲜明特色。线条的奔放，圆和菱形的庄重、肃穆、坚实、集中，极其和谐地绘就了佛祖的圣迹，佛陀、比丘、菩萨、飞天和各种护法神诸人物，佛本故事。奇异的花木，怪诞的飞禽走兽，梦幻般的深远意境，神奇迷蒙的色彩，那线条、那色彩有一种装饰性，更有一种神秘性，给人一种“懔懔若对神明”的感觉。

我沿着丝绸之路一路西去，武威、张掖、酒泉、嘉峪关、敦煌、库车、喀什，其间又经过高昌故城、交河故城、吐鲁番、哈密，听听这些名字，本身就是历史，就是故事，还有流沙河、火焰山、高老庄、晒经台、牛魔王洞、女儿国，这些都是《西游记》故事发生地。大西北天广地阔，人烟稀少，正是盛产神话传说和宗教文化的地域。宏大的叙事和浓郁的宗教色彩，必须有广袤的土地来哺育。物质越是贫乏，精神越是蓊郁；生活越枯涩、宗教越兴旺。苦涩的激情，浪漫的想象，文明对洪荒的对峙，精神对空旷的对峙，使得这一路寺庙林立、洞窟重重，佛像千尊、丹青千壁，从荒漠深处到大山皱褶，从繁华的小城到被时代抛弃的乡村，他们凿窟造庙、写经画壁，不是一时的兴趣，而是一种精神追求，生活在死亡边缘的人们，更需要宗教保护神，他们的宗教情感更强烈。

“丝绸之路”这个名字是德国学者地理学家巴龙·冯·李希霍芬起的，他是瑞典探险家斯文·赫定的导师。这个美丽的名字，能激起许多人的热情和辽远的想象。丝绸之路也是文化之路，是宗教艺术之路。随着物质的交流，印度犍陀罗艺术、希腊古风时期的雕塑和绘画艺术也源源传播开来。“水长山远路多花”（宗泽诗），那千窟彩塑、千壁丹青，不是开在这丝绸之路上的斑斓的艺术之花吗？不老的艺术，不衰的丹青！

2016年10月21日——25日

西域之恋

真正读懂一个地方，需要时间距离，也需要空间距离，就像欣赏一幅油画，有了一定的审美距离，你才能深刻领略美的内涵，否则看到的只是一些线条的芜杂、色块的斑驳，当我写下“西域之恋”这个题目时，脑海里翻腾的全是“苍茫”“浩瀚”“剽悍”“刚烈”这些雄性感十分强烈的大词、伟词。更让人震撼的是空间的豪阔，使人产生新的美学——荒野美学。它的宏阔美、野性美、神性美、诗性美，使你感到西域山川的风流蕴藉、大气磅礴。

一

走遍南疆，我感触最深的是西域的河流。这片土地上奔腾着大名鼎鼎的塔里木河，流淌着车尔臣河、叶尔羌河、疏勒河、克里雅河、喀拉喀什河、孔雀河、开都河……除了塔里木河是中国内陆第二大河流，流程两千多公里，其余的河流流程都不长，流域面积也小，它们都发源于天山、昆仑山、帕米尔高原的冰川雪峰。每年四五月份，山上的冰雪开始融化了，雪水流淌下来，河流便有了生命的激情，滔滔涌涌奔腾起来。这些河流流经戈壁、沙滩、绿洲、荒原，有河流便有生命，有生命便有历史，这片土地便上演出干戈如林、刀剑铿锵的剧目，演出过悲欢离合、感人肺腑的传奇。

这些河流都有悲苦的命运，生命短暂，旅程蹇涩，但它们性格倔强、气度慷慨，都以“我以我血荐轩辕”的献身精神，殉难于这片高原热土。

有一天，我坐在开都河岸，身边的流水清澈、舒缓，平静的流水，无怨无艾地向远方流去。我问流水：你们没有向往大海的心愿吗？你们没有追逐远方的理想吗？大海的浩瀚和苍茫没有诱惑力吗？你们为何不团结起来像长江、黄河一样奔腾向前，直扑沧海？融进大海，就是融进永恒。无论雪山之父、冰川之母赋予你们多么强壮的体魄，但你们一出生就面对高温、亢燥的大漠荒原，很快耗尽气血，最后魂断戈壁荒漠。

河水汩汩流淌，不经意间溅起一簇簇浪花。河水用平静的语言回答了我：我们的家乡就是这片高原，这里干旱、亢燥，风沙猎猎，正需要河水的滋润，湿润爱的抚慰。这里的花、果、树、草，连昆虫、飞鸟都留恋我们，需要我们，用我们的血液滋养万物的生命，这就是我们的价值。我们生命的尽头不是死亡，我们的灵魂已附在万物的肉体上，代代不已，谁说我们的命运悲苦呢？当我们的生命融进天下万物，已超越了自我，超越了生死，实现了永恒的幸福、自由。河流的答话，我无言以对。我忽然想起了一位青年诗人的诗句：

小河的命啊，独有一颗悲悯的心，
有了它们，世界才饱满而多汁。
天荒地老的河流，一生太短促，
配不上爱的绵长，情的邈远……

我感到这里一切都具有佛性。在塔克拉玛干大漠的边缘，我拜谒许多寺庙、佛窟，这里曾经是佛风荡漾的圣土，那时，西印度佛风正盛，吹过帕米尔高原，使这片土地彩幡飘扬，晨钟暮鼓响彻山野。在龟兹，在拜城，在和田，在鄯善、且末，到处散落着释文化的碎片。

“超越自我，超越生死，转化成佛”，似乎这些河流也成了佛门信徒。许多河流，如塔里木河、孔雀河都葬身罗布泊。罗布泊原名蒲昌海，水面寥廓，水光瀚瀚，像海一样，后萎缩成湖，上个世纪七十年代干涸，湖底全是盐碛、沙碛。这里游荡的只有河魂湖魄。风沙终年悲啸哀鸣。

二

在这片土地上走过古代的塞人、车师人、乌孙人、匈奴人、突厥人、回鹘人、契丹人、粟特人和一些部落的骑手商旅，昆仑山的雪，天山的风，大漠的沙尘暴，曾经给这些生命带来多少灾难和痛苦，他们因饥寒而死亡，因干渴而死亡，因迷路而死亡，因沙尘暴、龙卷风而死亡，因山洪暴发而死亡……生命和热血祭奠在这里的神祇。这里雪海无边，狂风刺骨；这里冰封千丈，万里寒氛；这里莽莽黄沙，热浪蒸腾；这里火山火云，热海如蒸；这里兽无踪，鸟无影，漫山遍野似乎都插着警示牌：生命的禁区。

天山、昆仑山，那黑铁似的岩石、枯荒的山谷，没有流泉，没有飞瀑，没有春的绚丽，没有秋的绚烂，即使盛夏白昼热气腾腾，夜晚却寒气森森。荒寂沉默变成永恒，只有风肆无忌惮。

我在天山脚下奔驰，乘沙漠车穿越塔克拉玛干大漠，我站在沙丘上，面对沙山沙丘，塞满胸壑的是无边的荒凉、冷漠和悲怆。竟然没有一只飞鸟、一棵绿草，这千古苍凉不仅仅属于我，还属于千年的历史。一条古丝绸之路像脐带似的联系着东方古大陆。商贾们忍饥耐寒，迎风冒沙跋涉在戈壁荒漠，他们心中滋生着欲望，燃烧着生命的激情。于是——三吴的茶叶，巴蜀的丝绸，岭南的瓷器，江南的烟雨，湿漉漉的歌声，湿漉漉的水墨画，还有柳腰蛾眉的吴侬软语，带到荒古的西域。南国的风韵，东方的情调，给米兰、楼兰、精绝、于阗等古王国带来几多陌生的惊喜，给亢燥的土地几多湿润的抚慰。

我站在沙丘上，心里问自己：为何来到这荒蛮之地？这里是酷热又酷寒的绝境，有何值得眷顾？我一次次穿越河西走廊，一次次走到西域这片陌生神奇的土地，是潜意识行为，还是神祇的昭示？连我自己也说不清。我却感到这西域有一种魔力，有一种精神的诗性。一个强悍的生命，需要广阔的行动空间，仅靠理性思维，解决不了直觉思维的饥渴。我在这里真正体验了岑参的生活，他写风、写沙、写石、写雪，在冰与火淬炼中熔铸诗思，在群山和大漠的铁砧上锤炼自己的诗句，所以笔下诗风刚烈、新奇、险异。“天山有雪常不开，千峰万岭雪崔嵬”，“轮台九月风夜吼，一川碎石大如斗”，当然也极力渲染战争的艰辛悲惨。

盛唐诗人都有一种积极入世、锐意进取的雄豪之气，那是一个充满激情和创造精神的时代。且不说高适、岑参、李益，许多诗人如骆宾王、陈子昂、王维、孟浩然、李白等，他们的自信心来自生命的本真，他们昂扬的激情、豪迈的气概，甚至投笔从戎，并非理性力量的征服，完全由生命的自然力量而奔腾澎湃。他们坚信“舍我其谁”，生来就是驰骋天下的豪杰。

在《大唐西域记》中，玄奘写道：这里“气候寒烈，人性暴躁”，“性刚猛，多武略”，“性刚猛，尚气勇”，胡人血统里流淌着豪勇、剽悍、纵横不羁的基因，面对酷热高寒的自然环境，他们强壮的体魄，有一种汉人不及的血性和忍耐性。

汉唐的骁勇善将，有不少是胡人血统，且不说哥舒翰、安禄山、李陵（十岁做了游牧民族酋长），连大唐帝国的皇帝李氏家族，也混杂着胡人基因。西戎，听听这个名字吧，就让人想象出烈马奔驰、刀光剑影的雄悍和惨烈。李白与唐皇室有无血缘关系，待考究，但此人“挺雄豪之逸气，韫诗文之奇才”，肩披长剑，手执诗书，仗游天下，这种稀世豪气，就带有游牧人的古韵。白居易的祖先是龟兹人，元稹的祖先是鲜卑人，刘禹锡的祖先是匈奴人，他们的诗风都有胡人的豪气和生命的激情。

胡人爱饮酒，豪饮、畅饮、痛饮，大杯饮酒，大盘抓肉，他们不像汉人酒色缠身，狎妓奢靡，“残寒正欺病酒，掩沉香绣户”（吴文英），“沽酒楼前，红杏香中歌舞”（俞国宝），或以酒浇愁的颓废、萎靡，胡人是烈酒融进血液，点燃一腔豪情。他们用长剑和马蹄耕耘这片不毛之地；他们弯弓射猎，长途奔突，用热血和烈酒浇灌荒漠戈壁。弓矢和马蹄是力量的迸发，是速度的极致。

这里没有“花病等闲瘦弱”，更无“春愁没处遮拦”，这是中原的病灶，是中原的软肋。莽莽群山、漠漠大野是苍狼的大地，是鹰雕的长空，是烈马扬鬃，张扬时间和速度以及力量和豪气的广阔空间。

我曾经在戈壁滩上迎接晚霞，在荒原上追逐地平线，我曾经攀上天山之巅，嗷嗷宣泄胸中骚动的情感，我曾经站在火焰山下，头顶烈日如烤，脚踩黄沙，漠漠云天，火山火云，这是空旷的大境界，是放牧思想的寥廓空间。这里的大地是诗，是汉大赋。一方水土养一方人。这片粗粝、粗糙的土地，孕育了胡人的苦难意识，天山、昆仑山，群山蜿蜒，峰浪如海，哺育了胡人纵横天下的狂放和豪勇。

汉唐能拓疆扩土，能征服西域，恰恰汉唐将士有一种胡人的血性。而宋明呢？宋王朝始终处于胡尘的威胁下，至南宋，不仅丧失了黄河以北大部国土，连长江以北也沦陷了，龟缩在西子湖畔，歌儿舞儿过残年。辛弃疾只能固守镇江，在长江南岸，把栏杆拍遍；陆游的“铁马冰河”也不过是诗人的梦呓。成吉思汗和他的子孙们狂飙般地崛起，横扫中亚，剑峰直指帕米尔高原，手执“上帝之鞭”，奔驰的马蹄踏遍半个欧亚，成就一代天可汗无与伦比的皇皇霸业。明王朝三百年来修长城万里，建雄关千重，东到山海关，西至嘉峪关，那么嘉峪关以西呢？那才是真正的西域呢！

三

我曾经乘德国进口沙漠车，穿越塔克拉玛干大漠，那是怎样的惊心动魄的景观？沙山、沙丘、沙岗、沙沟、沙壑，起伏跌宕，滔滔涌涌，横无际涯！古人称瀚海，那是沙的汪洋大海，死亡之海。我惊叹西方探险家斯坦因，冒着生命的危险，来到这片绝境之地，中国的探险家呢？中国的科学家呢？楼兰的汉简、敦煌卷子被盗，这大量的文物遗失不在于窃贼，而是国人的愚昧、国人的衰弱，且不说连自己的家园都看管不好，连一份家庭财产的清单都没有，国宝级的文物成箱成捆地被盗贼偷窃，怨谁呢？

我曾经沿着塔里木盆地的边缘访问了“古西域三十六国”几个“国家”的旧迹：鄯善、龟兹、且末、于阗、车师……那古西域的繁华，烈马的嘶鸣，狼烟的升腾，羯鼓的激奋，佛寺的肃穆，缓行的驼队，悠悠的驼铃……还有那绵延的垛堞、烽火台，现今已被滔滔岁月汰洗得斑驳苍凉，只留下断章残篇英雄美人的故事，三两声如泣如诉的羌笛。最让人惊诧的还有胡杨林，那莽莽的胡杨林，屹立沙海间，简直是神话，惊心动魄。干涸的沙海，如蒸如煮的酷夏，冰封雪压的寒冬，这些胡杨树经过大自然炼狱般苦难，依然迸发出鲜活的生命。春天那看似干枯的枝干上吐出一片黄绿的叶片。有的中间已是空空的，只剩下半边树皮，仍然萌发出一片灰蒙蒙的绿，绿得苦涩、绿得艰难、绿得苍凉、绿得悲壮，让人一看就产生一种揪心的痛苦，它们是挣扎着呼唤生命啊！

我看到那一棵枯树，露出白花花的骨殖，胫断肱飞，光秃秃的树躯，像被砍掉头颅，屹立在沙滩上，悲壮、惨烈，落日夕照里，一片肃穆苍凉，使我想起雅典娜神庙，帕特农神庙，虽为废墟，依旧凛然不可冒犯。这是一种由血性和神性支撑着的傲岸的形象。

一场场沙尘暴并未摧毁它们，击碎它们，它们倔强地生长着，一片片叶子充满生命的激情，在这里它们有足够的时间完成自己，到秋天你看吧，那金黄、那刚烈、那悲壮，张扬出一派生命的尊严。那如梦如幻如泣如歌地亭亭拂拂的摇曳，你会肃然生出敬畏之情。如李白观之会乘着月色，着一身素衣，面对飘飞的点点金黄、斑斑落红，挥剑起舞，划出一道道凌厉的弧线，唱出一曲“刑天舞干戚”的诗章。

在塔克拉玛干大漠的边缘，时常看到一小片一小片绿洲，几棵树木或一片灌木丛构成绿洲的气质和形象。走进这没有人烟的“绿洲”，会发现，树丛下除生命力极强的骆驼刺、芨芨草，还有野韭菜、野葱、野蒜、野苜蓿、宽叶牛蒡、野麻，更喜人的还有野葡萄、野樱桃……我在天山的峡谷中看到过一片野苹果，野苹果果实不大，坚硬，又苦又涩又酸，当地人用野苹果做果酱。还有野杏、野桃，“边地之人多野性”（玄奘语），那么边地之树也多野性吗？这些植物都冠有“野”字，最恰切地反映出它们的属性和气质。这是原生态的“荒野”，给我们的审美体验，增添了一种刺激感。由此，我想唯有西域还保留着原生态荒野。现在谁来歌咏荒野呢？中国诗人画家多追求梅、兰、竹、菊、小桥流水、园林假山，哪个还有剽悍的视野、放纵的情怀、宏大的意象？

在大漠边缘为何出现绿洲呢？是雪山之冰雪融化，雪水沿着山坡流淌下来，渗入沙漠，便滋生出绿色的生命，花草树木、昆虫禽兽，这是生命的摇篮，是宇宙之神对万物的恩施。溪流与溪流相汇，形成河流，初时，气势汹涌，豪气纵横，但经不起沙漠、戈壁几番折腾，变得气力衰竭。有了河流，便有了绿洲，维吾尔族称“博斯坦”，意为能住宿、能饮水的地方。新疆的地理大于历史。西域三十六国，实际上是三十六个绿洲集团，在茫茫无际的瀚海中，绿洲与沙漠的对峙、生命与死亡的对峙、历史与地理的对峙，形成纷繁多彩的人文风貌。

当沙尘暴铺天盖地席卷黑暗中的一切时，那种恐惧和惊慌是外人难以体会的。但西域人坚强地活下来，且活得乐观、豪气，歌舞伴随他们的人生，太阳和大地的气味弥漫他们的精神空间。在和田，我看到农人养蚕在树上。蚕茧成熟时，满桑树上是密密麻麻的雪白的茧壳。传说，于阗国王青睐中原的丝绸，便以和亲的方式求娶汉家公主，那时，中原王朝养蚕技术不对外传播，丝绸只作为商品进行交易，蚕种是严格控制外流的，公主机智地将蚕种藏在帽子里，带出关塞，这样西域才开始种桑养蚕，抽丝织绸。我在鄯善县的乡村看到，维吾尔族人洗了衣服，直接晾晒在沙滩上，花花绿绿，给空旷的沙漠带来色彩和诗意。丝路上的重要驿站——楼兰古城，就在鄯善境内，这片土地曾留下车师、汉、鲜卑、柔然、粟特、回鹘等古老民族奋斗和生活的留影。佛教的晨钟暮鼓曾惊醒他们，伊斯兰的半规新月也曾照亮他们的灵魂……这里没有冷漠，没有禁忌，倒有一种野性味、土腥味。那野性，是豪放粗犷的气质；那土腥味，是朴实、忠厚的情感。这山野、荒漠赋予了他们生命的底气，赋予了他们惊天动地的力量！

四

文章写到这里本该刹住了，但我想起在维吾尔族人家做客的情景，那是最难忘的场面。是塔里木石油天然气指挥部的负责同志带我去看望他们的维吾尔族职工，这是库车县某个小镇，一个普通的维吾尔族家庭，有马棚、有狗窝、有羊栏，院子宽绰而丰满，但主人家没有客厅，进屋便是主人的卧室，一个土炕占据半间屋子，炕上有矮几，客人要上炕饮茶、吃饭。他们日常饮食为牛奶、羊肉、馕、抓饭、油馓子与油塔子、烤肉、烤包子，饮茶多为红茶，放糖。蔬菜很少。来了贵客，会杀一只羔羊，切成大块，白水煮，刀割而食，他们待客热情，会把最肥美的羊尾割下一块塞给你。我忘不了那香喷喷的抓饭，是羊油蒸饭，羊肉丁、胡萝卜丁、大米、葡萄干、洋葱和清油，红黄白，色香味、一应俱全，看着油亮生辉，闻着香气四溢，吃起来味道可口。这种抓饭，冬天则吃得会头上冒汗，夏天则热汗淋漓，饭后饮上一杯红茶，那种舒帖、润畅，真不可言状。

离开这片土地整整二十年了，我怀念巍巍天山、昆仑山，莽莽苍苍、横空出世的磅礴气概，展示了造物主超然大度的雄风和气宇非凡的构想。走进天山，仿佛我的灵魂也变得庄严、伟岸。我不会忘记那石油人艰苦创业的拼命精神，也不会忘记西域人的那种豪爽、热情、纯朴而勇敢的气质和风度。月色下，我和他们围着篝火唱歌跳舞，听维吾尔族小伙子弹奏十二卡姆，那种热烈亢奋的场面，真令人欢欣鼓舞！

我思念那坦荡无限、苍莽雄浑的戈壁旷野。遍地砾石，遍地白花花的阳光，还有漫天飞扬的烟尘。这里没有历史，只有时间，这时间不承载任何负荷，走进戈壁滩，好像走进洪荒初始之中，走进天荒地老的尽头。这里空间之大，简直超出了想象；这里寂然无声，只有天籁之音。

在西域苍茫的大地上行走，像有一个神祇，老是拽着我走向历史的记忆。湮灭的城堡，边墙的遗痕，塞障的废墟……岁月已风化为面目全非，依稀闪烁着刀光剑影。

当然，我更怀念塔克拉玛干大沙漠，重重沙山，滔滔沙浪、广袤、荒凉、雄沉、寂寞、神秘。平静时，那圆圆的沙丘、细细的蚀纹，脉络清晰，秀拙相蕴，圆出一分温柔，圆出几分灵性和张力，留下想象的余地，像一幅幅精美的作品，我也经历了沙尘暴骤起，大漠一片狂躁的情景。在这生命涅槃和新生中，我感到西域人命运的悲壮、苦难、艰辛和生命的瑰丽……

西域，古老而神奇的大地，谁说你贫瘠、荒芜？你博大的胸怀里不仅有着丰富的物质宝藏，还有绿意葱茏的精神！胡羯之地，精悍之血。走进这片大地，你会精神振奋，阳气充盈，心胸博大，视野开阔，情思飞扬，灵感星驰，连腰杆也顿感坚挺！

西域是血液与血液的融汇，不是语言的杂糅，是精神之火的共燃！

2016年11月25日草

龟兹歌舞之源

一

我不知道为何在这片焦燥的、枯涩的地方会喷涌出这么丰沛的感情，滋生出这样绚丽的精神之花？是那种跌宕的群山、奔腾的流水、狂躁的风涛，激发了音乐家的灵感、智慧的火花？莫不是越是物质匮乏、生存环境艰危的地方，越需要精神的支撑，艺术的抚慰？

西域是歌舞的故乡，龟兹是歌舞的摇篮。

我初到大西北之前，已从王洛宾的歌曲里品赏了古西域的风情。那曾唱遍全国的《达坂城的姑娘》《半个月亮爬上来》《在那遥远的地方》《掀起你的盖头来》《草原之夜》……那迷人的歌声、动人的旋律，曾像春雨般滋润着大西北干渴的土地，给寒意萧萧的冰川雪峰、伤痍灼灼的戈壁旷漠、钢铁般冷峻的群山万壑，带来一种情人般的温馨，当然也给内地人带来一种野性的诱惑，一种风味醇厚的艺术魅力。我想，在人类遗忘的角落，总有着艺术精灵的活跃。

我曾阅读过古西域民间艺术的史料。“敕勒川，阴山下，天似穹庐，笼盖四野。天苍苍，野茫茫，风吹草低见牛羊。”这首脍炙人口的敕勒歌原是维吾尔族民歌。相传，东魏武定四年

(546)，高欢率十万大军围攻西魏据守的玉壁重镇，想拔掉西魏设在汾水下游的这颗钉子。镇守玉壁的是西魏晋州刺史韦孝宽，率军拼命抵抗，东魏苦攻五十多天，玉壁岿然不动，东魏死亡七万多人，只好退兵。撤退途中，军中又讹传高欢被韦孝宽一箭射中，一时军中人心惶惶。高欢悲愤交加，为稳定军心，便出来与军士见面。为了激励将士们的士气，便叫敕勒族人斛律金给大家唱《敕勒歌》。斛律金在西凉乐队的伴奏下，便放声高歌，高欢也引吭和之。那苍劲悲壮、慷慨激昂的歌声，那苍茫雄浑的旋律，使三军为之动容，军心为之振奋。凭借这支歌曲激发士气，高欢重整兵马，经过十余年浴血厮杀，终于消灭了敌手，创立了基业。谁能想象，这首发自草原大地丹田的民歌有着如此神奇的力量！

这首民歌的神奇魅力，在于它通俗凝练而又内涵丰厚，音律雄浑，气韵悲壮，怎能不激起将士的雄风豪气，使得他们在广阔的舞台上叱咤风云！这首歌更动人处还在于它的景、情、意融会得相当精美。那水草丰茂、牛羊如云的广袤大草原，那苍莽的天穹，如画如诗如梦如幻的白云下，便是游牧人的故乡，当微风掠过，绿漪翻腾，牛羊在草浪里时隐时现，莽莽草原，悠悠天地，一幅多么壮美的草原风情画，又怎能不激起将士们的壮烈情怀？北齐大军高唱着这悲壮雄浑的旋律，策马纵驰，杀声遍野，旌旗蔽日，悲歌壮士威，蹄鼓动山河。一帧战争的画卷铺展在广袤的草原戈壁……

一方水土养一方人。一方水土也养育一种精神、一种歌。这首气势磅礴、雄劲苍凉的《敕勒歌》，只有这“天苍苍，野茫茫”的巨大空间，才使它得以翱翔飞扬。那是生命的写照。它恰恰唱出敕勒族宽广的胸怀、豪迈的性格、剽悍的风度、粗犷的气质！

直到我来到库车（古称龟兹）才知道敕勒原是我国瀚漠地区的一支古老民族，古称高车，后又演变为回纥，也即今日的维吾尔族。同时我在维吾尔族民间摭拾到许多许多有关斛律金的传说：

斛律金精通音律，擅长骑射，史书记载他一看尘土就知道敌军的数量，一嗅土地即知敌军的远近，他既懂敕勒语，又通鲜卑语，还熟悉汉语，在战场骁勇善战，屡建奇功，深受高欢喜爱。高欢后来做了皇帝，驾崩前还嘱咐，让儿子高洋重用斛律金。高洋继位后，便封斛律金为大司马，即大元帅。音乐家兼元帅，这在中国历史上是不多见的。

维吾尔族的先人是酷爱音乐的。古丝绸之路上，乐声盈耳，筚篥声声，胡琴悠悠。他们骑着骆驼，或骑着马，身背乐器，迎着浩浩风沙，一路弹琴，一路放歌，把动人的旋律撒播在戈壁荒漠。夜晚，明月当空，风平沙静，他们架起篝火，以戈壁为舞台、大山为屏障，席地而歌而舞，疲惫和困惑、苦涩和艰辛、寂寞和孤独，也随着飘逸的旋律飞逝而去，他们沉浸在艺术的浪漫里……历史上许许多多大音乐家就诞生在这片神奇的土地上。

二

我来到库车正是秋天。初秋的阳光更让人感到亲近，带着浓厚的感情色彩。这个坐落在天山南麓、塔克拉玛干大漠边缘的小城，沐浴着充沛的阳光，显得安详而坦然。秋色已染上了杨柳，但依然不失绿意。有一片叶子带着浓郁的诗意摇摇曳曳地飘着，像放飞的灵魂，潇洒而浪漫。溪水从胡杨林里潺潺流过，秋阳的光影在沙砾上跳跃，胡杨林围起的方格形的田野有丰稔的秋禾，有绿草漫卷的浪漪。然而这一切和远处枯黄灰褐的戈壁大漠形成鲜明的反差，甚至感到不真实，令人生疑，仿佛小城单薄得像一张纸，一阵风便飘然而去。但是两千多年的沙尘暴并未吞噬小城，它依然潇洒顽强地挺立在风沙线上。

这和当年弱不禁风的楼兰、米兰、尼雅古城相比，却有着如此坚毅的气质、坚强的秉性，在漫长的历史中，它欢欢乐乐，无忧无虑，成了名闻遐迩的音乐之城、歌舞之乡。它生活得达观、豪放、潇洒，不能说不是一个谜。

翻开小城的地方志，你会赫然看到一个巨大的身影从书页中走出来：他高鼻深目，相貌堂堂，身着胡服，肩背琵琶，胡髯飘逸，风流倜傥——他就是声震长安、名扬天下的龟兹大音乐家、琵琶高手苏祗婆。苏祗婆出生于一个音乐世家，自幼跟父亲学习琵琶，造诣颇深。公元568年，北周武帝宇文邕迎聘突厥公主阿史那皇后，苏祗婆率领数十人的龟兹乐团随从阿史那皇后来到中原。他们带来龟兹琵琶、竖箜篌、羯鼓等乐器，一路吹吹打打，歌舞演唱，这是支送新娘的乐队。后来这支乐团辗转各地，在中原大地传授技艺，很快，胡乐、胡舞、胡歌，带着古西域的雄风豪气也氤氲中原大地了。

到了隋文帝杨坚建都长安，统一天下，龟兹乐舞曾风靡长安，长安大街小巷有很多西域胡人开设的酒店，胡姬压酒，胡乐当筵，很有当代的卡拉OK舞厅酒吧的韵味。酒店中侍酒的女郎云髻高耸，罗裙飞旋。她们以婉转的歌喉、优美的舞姿招待客人。她们鲜艳的服饰，纤柔的腰肢，袅娜的舞姿，灵巧的手势，流盼的眼神，动若风卷莲花，静如胡杨亭亭，仪态万千，风情万斛。可谓七彩迷目，五音乱耳。随着琵琶的节奏、羯鼓的铿锵，时而把你带入塞外戈壁大漠高山空旷苍凉的意境，时而把你带进古战场血肉迸溅、天崩地坼的杀伐声中。她们是群山的歌手，是草原的歌手。越是荒凉的地方，生命越展示出强旺和热烈的气息。

一代琵琶大师苏祗婆出现在长安酒肆饭馆，带来更大的轰动效应。他琴声和谐，演奏技巧达到炉火纯青的境界。琵琶一曲，“澄然秋潭，皎然寒月，砉然山涛，幽然谷应”，顿时天地间充满一种绚丽而热烈的音律的流变。

史载，隋文帝杨坚登基后，曾责令音律学家郑译创制新音乐。郑译和他的同事们设计几种方案，文帝都不满意。一天，愁眉苦展的郑译徘徊街头，忽闻一曲动人的琴声从酒店传来，趋步走去，只见一位高鼻深目、相貌堂堂的西域乐师正在演奏琵琶，

“听其所奏，一韵之中间有七声”（《隋书·音乐志》）：大弦嘈嘈，小弦切切，时而如大雨滂沱，铁骑突出；时而又如银瓶乍破，江心秋月。他听得如痴如醉，如梦如幻，直到曲罢，方知演奏者就是大名鼎鼎的龟兹音乐家苏祗婆，当即拜师求教。以后在苏祗婆的指点帮助下，以龟兹乐的七调，勘正了雅乐中不够准确的七声，写成了《乐府声调》一书。新的乐制确定之后，隋文帝高兴地说：“此乐正合我的心意。”

无独有偶。还有一位被封王的琵琶高手叫曹妙达。他的祖父和父亲都是演奏琵琶的乐师。曹出身在这样的音乐世家，从小浸淫在浓郁的音乐氛围里，自然青出于蓝而胜于蓝，曹妙达的演技超然绝伦，深得北齐后主高纬的偏爱。据说，北齐文宣帝高洋就非常器重曹妙达，他常常亲自敲打羯鼓，为曹妙达伴奏，两人通宵达旦，沉醉于音乐的海洋里。那时，西域的龟兹乐、疏勒乐、高昌乐已流行于中原，且享有盛誉，云蒸霞蔚、巍巍荡荡的西域文化，一时“璀璨绚丽，光彩灼灼”。这里没有江南丝竹的缠绵悱恻，没有“杨柳岸晓风残月”的凄清冷涩，没有汉宫秋月的哀婉悲切，更没有古乐府的奇崛幽深，有的是豪放旷达的激情、行云流水的清韵和野性的穿透力，有着冰山雪峰和大漠旷野的宏伟壮阔，有着草原戈壁的雄沉、鹰鹫抖翅翱翔蓝天的苍健、狂风呼啸沙飞石走的雄劲。那旋转的肢体，那腾挪跳跃的舞步，那行云流水般的音律，那劲健而雄阔的音域，展示着力和美，张扬着生命的强悍和动感，给中原大地带来一股山野之风，一种鲜活的生命力。

曹妙达带着他的乐队出现在高纬的皇宫，曹妙达五指飞动，琴弦在他的手指下飞泻出动人的旋律，旋律回环曲折，生动各异：壮如马蹄击溅，金属碰撞，血雨潇潇，风沙漫漫；细如秋水波回，山抹微云，断塘横月，芙蓉帆影。一曲奏罢，满堂喝彩。高纬忍不住起身大叫：“弹得好，朕赐你白银千两，封你为王！”

高纬和他的伯父高洋在历史上名声不佳，都以昏狂、淫乱、残暴而著称，却一脉相承地酷爱西域歌舞。高洋昏狂起来，和嫔妃们袒形露体，涂脂抹粉，披发胡服，狂歌醉舞，通宵达旦。而高纬则有“无愁天子”之称。他在位期间，穷奢极欲，宠信奸佞，大兴土木，营建宫殿、佛寺，致使赋敛日重，徭役日繁，人力既殚，府库空虚，吏治败坏，民不聊生。他置若罔闻，不理政事。他自己还创作一首《无愁曲》，整天和大臣、侍者在深宫演唱歌舞。

由于高氏家族的偏爱，不但授以曹妙达高官厚禄，封王开府，和朝廷大臣并肩而坐，而且让擅长龟兹琵琶的曹妙达的妹妹曹昭仪做了后主高纬的妃子。到了隋代，文帝杨坚也非常重用曹妙达，任命他为宫廷乐队“太乐教习”。曹妙达也确实为中国音乐的发展培养了一批人才，隋代著名音乐家万宝常就是他的学生。但为位音乐家被封王的，恐怕在中国音乐史上仅他一人而已。

到了唐代，龟兹乐舞已盛行中原大地。岑参的边塞诗中描绘西域乐舞的诗篇很多：“君不闻胡笳声最悲，紫髯绿眼胡人吹”“琵琶长笛曲相和，羌儿胡雏齐唱歌”“凉州七里十万家，胡人半解弹琵琶”。他被西域乐舞陶醉了，且看他对胡旋舞描写得何等出神入化：

> 美人舞如莲花旋，世人有眼应未见。
> 高堂满地红氍毹，试舞一曲天下无。
> ……
> 回裾转袖若飞雪，左鋋右鋋生旋风。
> 琵琶横笛和未匝，花门山头黄云合。
> 忽作出塞入塞声，白草胡沙寒飒飒。
> 翻身入破如有神，前见后见回回新。

这首诗记述的是田使君美人跳“胡旋舞”的情景。

岑参四十岁时再度赴边，在新疆生活了三年，曾任安西即今库车节度判官，可见他对龟兹乐舞非常熟悉。有一年初冬，大雪纷飞，岑参在轮台（今乌鲁木齐一带）的军营里设宴为他的朋友武判官归京，在宴会上奏起胡乐，跳起胡舞。胡笳、琵琶、羌笛，雄浑激越，几位少数民族将领也脱去战袍，跳起胡旋舞，他们舞姿刚健，腾挪跳跃，豪气风发，势如蛟龙翻腾，使观者眼花缭乱，目不暇接。岑参颇有感触，回想和武判官相处的日子里，饮酒、唱歌、跳舞，而今一别，何时相见，命运沉浮，人生况味，不觉眷恋之情，油然而生写下千古绝唱《白雪歌送武判官归京》。“中军置酒饮归客，胡琴琵琶与羌笛”，“轮台东门送君去，去时雪满天山路。山回路转不见君，雪上空留马行处”。岑参虽为壮士，面对急管繁弦的场面，也会怦然心动，鼻酸眼湿，产生“总是关山旧别情”。

至盛唐时期，古丝绸之路上，骆驼铃声不断，商贾相望，这条交通要道空前繁忙。自然，地处丝绸之路南北两道要冲的龟兹，接受东西文化更加丰沛。音乐歌舞是人类情感的喷涌。开放性和多元性的文化正如酵母一样，催孕着音乐和歌舞的繁荣。据史料介绍：龟兹乐器、乐律都与西方的乐器有关，竖箜篌、琵琶、五弦、横笛、筚篥、都昙鼓、毛员鼓、羯鼓、铜钹等，大多传自波斯、印度和埃及。琵琶是诸乐器中的主要乐器，这一点与天竺乐有七种乐器完全相同，龟兹乐律也源于印度的北宗音乐。

大唐时代，中原音乐歌舞具有华贵、平和、敦厚的特色，而以龟兹乐舞为代表的西域歌舞如滔滔江流涌进中原，那种热情、高亢、欢快、富有野性的雄健和奔放给中原乐风带来巨大的影响，强烈的冲击。唐代的龟兹不仅以龟兹乐影响中原，而且被内地人视为外来文化的集散地。

白居易有关外来文化的诗句极多，如“法曲法曲合夷歌，夷声邪声乱华声”“立部伎，鼓笛喧；舞双剑、跳七丸；袅巨索，掉长竿”“胡旋女，出康居，徒劳东来万里余。中原自有胡旋女，斗妙争能尔来如”“假面胡人假狮子，刻木为头丝作尾……如从流沙来万里，紫髯深目两胡儿”等等，这些诗句惟妙惟肖地反映了唐代长安城内的胡风，反映了那个充满开放气度的历史潮流，同时也折射出西域歌舞盛大的景况。

古代龟兹乐舞善于把鼓乐和舞蹈融为一体，边唱边舞，舞姿灵巧轻盈，歌曲婉转悠扬，节奏明快，情绪热烈，即使现在你观赏民间表演的“库车赛乃姆”歌舞，当你看到姑娘们脖颈的左右扭动、眼神的闪动顾盼、臂腕的柔软动作、手指的响亮弹击、大幅度的扭腰出胯、小碎步的双脚平移，这些精美绝伦的舞蹈动作，不能不引起你对古代龟兹舞的联想，那热烈的场面、饱满的情绪、丰富的舞姿、华丽的服饰、多种乐器的合奏，展现了他们喧嚣的精神世界。

文化是社会的一面镜子，只有开放的胸襟、繁荣昌盛的物质社会，方可有丰美璀璨的文化鲜葩。

三

风月如川，湍湍而去，激起的漩涡和浪花浪漪迭迭，生了又灭，灭了又生。但有一朵鲜葩永远开放在风沙弥漫的西域大地，岁月的冰霜和历史的风雨，并没有使它凋零、枯萎，它依然清丽柔美，刚健俊倩，风采绚丽，丰姿绰约。它抚慰着人世的艰辛，熨平人们心灵的褶皱，使寂寞的南疆大地有了不死的灵魂，使孤独的天山和空旷的大漠有了知音。

这是灵魂的淬火，生命的洗礼，精神的涅槃。沉郁的脉管有了激情的奔涌，枯涩的心灵有了甘泉的滋润。那歌舞又如一杯酽酽的香醇美醪，浓烈得令人陶醉，又点燃了人们生活的希望、奋搏的勇气，激起他们前进的力量。

我漫步库车小城，继续翻阅着小城的历史，想寻觅龟兹乐舞的源头。

龟兹地处塔克拉玛干沙漠边缘，周围以天山、帕米尔高原、昆仑山作屏障，形成一个天然严密的封闭系统。无垠的沙漠瀚海又把它包围，使它与外界系统充满险道畏途，在如此封闭的地理环境和恶劣的自然条件下，龟兹这个沙漠王国，为什么成了歌舞之乡呢?

库车当地人告诉我，龟兹乐产生于拜城的千泪泉。说是古代的龟兹国王的女儿进山打猎，遇见了英俊勇武的青年，一见钟情。青年向国王求亲，国王要求青年三年内打出一千个石窟。青年在打出九百九十九个石窟后累死了，公主在山中哭泣，化为终年滴水的山泉，形成克孜尔千佛洞前的千泪泉，长年不息，给茫茫戈壁带来生命与活力。这故事在古印度、波斯、阿拉伯帝国中并不少见。正是他们小国寡民，处于荒漠缺水的国民心态的反映。

库车人还说，他们民族历史上最伟大的音乐家苏祗婆正是在千泪泉边，因流水滴入深邃的山谷，发出鸣响，从而激发了创作的灵感。传说毕竟是传说。但有一点，我深信不疑：古代的印度人、埃及人、巴比伦人、波斯人、希腊人、塞人……不断地向中国西域输入各自的文化，而中国内地的文化，也不断地通过丝绸之路输送到龟兹，多种文化相撞，必然产生天才的艺术家。

在库车流传最广的是汉解忧公主的故事。解忧公主是汉宣帝的女儿，为了联合乌孙王，抗击匈奴，汉宣帝将女儿远嫁乌孙。解忧公主与乌孙王翁归靡结婚后，生一女，名叫弟史，长得端庄秀丽，举止优雅，颇有大家闺秀风度。她聪明伶俐，自幼便跟母亲学习诗书礼仪和音乐，琵琶弹得很好，同时对女外交家冯嫽十分佩服，常常模仿她的言谈举止，佩服她精明干练的外交家风度。

一次，冯嫽带她出访龟兹国，龟兹年轻的国王绛宾欣喜若狂。他早就得悉乌孙国有位非常美丽的公主，果然名不虚传。看她蜂腰柳眉，口如樱桃，目如双星，齿如皓贝，谈吐温雅，一颦一笑落落大方，顿生爱慕之情。这位国王绛宾也是一位音乐大师，他演奏了一组自己创作的乐曲，便彬彬有礼地邀请弟史弹奏琵琶。弟史纤纤细指在琵琶四根弦上弹动，缓如白云流曳，急如狂风骤雨，细如游丝渺渺。一曲下来，惊得满座喝彩。弟史演罢，绛宾又邀共舞，弟史举止大方，风度翩翩，摇曳如风摆杨柳，体态轻盈如剪雨紫燕，扬眉、转目，楚楚动人，旋转的裙裾如风卷雪飘。她两颊绯红，香汗淋漓，如花缀露，一片迷人的风韵。

绛宾更加倾慕，表示向弟史求婚，并请冯嫽帮助。后来解忧公主答应了女儿的婚事。弟史嫁到龟兹，龟兹举国欢腾，国王举行了隆重的婚礼，弟史做了皇后，和国王绛宾以礼治国，后来弟史又亲自掌握国家的乐舞艺术的发展。于是，龟兹成了举世闻名的歌舞之乡。

如今，龟兹古城只留下方形三面墙基，往日的繁华已荡然无存，不见佛寺香火，不闻商旅驼铃，那辽远的暮鼓晨钟、筚篥箜篌之声，也随着岁月的流逝而成为历史，但神奇的密码仍藏匿在龟兹的档案中……

那天，我乘着塔里木石油天然气开发公司的车子去天山深处寻觅千泪泉遗址。但走进天山，已是暮色苍茫时分，群山巍峨，如屏如帐。我们踯躅于山脚下，并未攀缘山岩，只是寻找那一线山泉。但我想象得出，那山泉水源于天山的冰山雪峰。水一定是清冽甘甜，涌涌不绝的浪花，像晶莹的音符，汇成一曲音质优美的旋律。在这焦渴的岩石和干燥的戈壁旷漠面前，有这一汪甘泉，那是造化的恩赐，是大自然的诗，是天国的乐章。

我虽然没有看到千泪泉，但我的心灵却已受到那叮咚泉水的滋润。

再回到库车时已是灯火烂漫时分了。古城故事多。夜的库车小城到处浮动着古老文化的幽香，到处开放着古老歌舞不败的花朵。在街头我看到一伙维吾尔族老少正席地而坐，手持羯鼓，怀抱琵琶，乐声盈耳。一群衣着鲜艳的少女，头戴小帽、留着胡髭的小伙子，还有一些粗手大脚的汉子，正在跳库车“赛乃姆舞”。他们幕天席地，无拘无束，旋转的肢体，像狂风摇撼的树林，像大海卷起的涛谷浪峰，像群山逶迤蜿蜒的态势，展着自然的美、生命和力的美。他们袷袢的皱褶里灌满沙子，头发里也灌满沙子，没有修饰打扮，一切朴素得像泥土，像生活。他们并不是舞台上的舞者，为观众的喝彩而舞。周围没有观众，远处只有天山和大漠，只有天上的星星和月亮。他们是向天空和大地倾泻自己的欢乐和爱。我想，他们不是在歌在舞，而是一种古老的习俗，是一代代遗传下来的生命的密码，是一种原始的生命力的张扬和喷涌。千百年来，他们就是在这寂天漠地中一代代欢欢乐乐地将生命延续下来。这歌舞本身就是一种生命意识或生存意识的展现。也许有了它，这片贫瘠而枯涩的土地才有了不死的灵魂、不熄的生命之火焰。

琴声伴着歌声，鼓点伴着舞步。耳闻目睹这欢腾热烈古朴而纯情的歌舞场面，我不禁想起古希腊哲人毕达哥拉斯对音乐的研究，他指出：用音乐、用某些旋律和节奏可以教育人。用音乐，用某些旋律、节奏治疗人的脾气和情欲并恢复内心和谐。

这个酷爱音乐歌舞的民族，视之为生命，凭着舞蹈和旋律赋予心灵坚韧的生活信念、顽强的生存意识，在这风沙酷厉、荒凉贫瘠的远天远地，一代代繁衍、发展，开拓、进取。“饭养命，歌养心”。他们欢欢乐乐地送走苦难，送走死亡，送走岁月，送走历史，从远古走到现代，从今天走向未来。

热烈的氛围，像风掠过湖面，漾起层层波澜，溅起簇簇浪花。他们的舞姿多么优美，他们的歌声多么动人！

我想，这歌与舞是一种天籁。它是不需要舞台的。歌舞是献给群山、草原、江河、戈壁和旷野的，是它们孕育了这民间的乐舞，把歌声献给它们，就像儿女向父母奉献一片孝心。大山有耳朵和眼睛吗？江河湖泊、戈壁旷漠有耳朵和眼睛吗？花、草、树有耳朵和眼睛吗？有的，只有它们听得懂这歌声，看得懂这舞姿。这种心语，只有它们理解。

一切宗教、文化和艺术都是大地的产儿。龟兹乐舞正是这方土地培育的精神之花。

那情调 那色彩 那构图

——秋天的喀什噶尔

一

我去到喀什噶尔时值秋天。秋天的南疆少了春的浮躁，没了风沙烟尘，没了酷热暑气。天空变得出奇的舒朗清丽，绵绵的阳光有着女人的温馨，再不是夏日那般炙人。戈壁滩上的柽柳丛像燃起一蓬蓬火焰，在荒凉中缭绕着一缕诗意。路旁的胡杨摇落一树秋声，飒飒然似八方风雨，铿铿然犹作金石之鸣。边陲维吾尔人的圣城遥遥地摇曳着一种诱惑，迫使你急促地走近它。

西域，其实这里才是真正的西域。一切都有一种异样的色彩，异样的构图，异样的情调。那哥特式的尖顶教堂，那黄泥巴平顶小屋，那悬挂着半规残月的霍加墓，满街流淌的花花绿绿维吾尔衣裙、鲜艳美丽的盖头和五彩六色的维吾尔族小帽，满街氤氲的烤羊肉浓烈的油香，还有肉摊上悬挂着的羊头、羊腿、羊排和停在街角的搭着布篷的毛驴大板车。饭店里大盘鸡、烤羊腿，油汪汪的、被胡萝卜染成金黄色的手抓饭，焦黄的馕，让人馋涎欲滴。当然还有堆积如山的葡萄、哈密瓜、石榴、香梨。这里是《天方夜谭》中的风景，这里到处游荡着《一千零一夜》中的人群……这一切都让人感到西域不仅仅是史书中的概念，而是最鲜活最真实的注释，注释千年的风光，注释着千年的情调，注释千年不变味道的历史。

然而，走进这边城最初感觉，这里太古老了。好像张骞刚刚牵着骆驼从这里走过，玄奘似乎也离去不久，至于班超的战马好像还在城郊外咴咴嘶叫，其实，你问一下张骞是谁？班超何在？胡杨萧萧，不予理睬；再问问“博望候凿空”“班甘之谜”这些故事，柽柳依依，缄默不语。也许它们经多见广，对一切都感到无所谓。这是小城的冷漠，它对谁都有显得高傲和淡泊。

但它活得有滋有味，不管外界发生多么惊天动地的变化，凝固的伊斯兰文化把小城黏结得像水泥一样，连一点裂隙也难寻觅。尽管两千多年来，它曾承担着国际文化交流的码头和港口，波斯文化、印度文化、古希腊欧洲文化、中原文化，在这里装卸、输送；也尽管两千多年来，这里曾居住过许多民族：雅利安人种的东依兰人，其后的大月氏人、匈奴人、汉人、契丹人、塞人、突厥人、回鹘人、蒙古人，最终还是维吾尔族人的摇篮，维吾尔族人的根深深地扎在这戈壁滩，和大地融在一起，好像向世人宣布一个真理：只要有帕米尔高原在就有我们维吾尔族人在。

的确，在高原和戈壁的衔接处，这里是一片绿洲，雨雪充沛，土地肥沃，草木丰茂，克孜勒河又兼高原雪水的滋润，使这片土地阡陌纵横，风景宜人，川原广袤。它以悠久的历史傲然于世，想当年，古丝绸之路没有它扮演着重要角色，怕是很难向西延伸。这条文化通道进入新疆天山的铁门关，便分岔为两条：一条沿着孔雀河去尉犁、且末、若羌、于阗、叶城，然后到达喀什，一条是沿着塔克拉玛干大漠北部边缘，经库车、轮台、莎车，到达喀什，两路交会。商人、征旅、使臣、僧侣，都在这里抖掉一路风尘，舒舒服服洗洗脸，洗洗澡，枵枵饥腹里填饱食物，羊皮袋里装满清冽甘甜的克孜勒河水，把马和驼骆喂得饱饱的，再美美地睡上一觉，第二天，迎着满天微笑的朝霞，驼铃又叮叮当当奏响在新的征途了。

汉唐时期，这里称为“疏勒”，疏勒何意？无可考，连它是哪个民族的语言都弄不清楚，历史学家的目光也充满困惑，猜想是大月氏语言，理由是凡大月氏人居留的地方都留下疏勒的命名，大月氏的语言早已作古，很难破译这个“密码”。

有一个长着“阿拉伯脸”的老汉，那长长的银须虬髯飘然如云，透出一种伊斯兰教的意蕴，赶着一辆毛驴车，车上坐着几个维吾尔族女人，嘻嘻哈哈说笑着从街上穿过。毛驴，我对它素无好感，它既不像骏马，扬鬃奋蹄，驰骋天地，一种叱咤风云的气魄；又不像黄牛那样稳健笃实、憨厚、朴拙。毛驴有点狡黠、轻慢、自作聪明，还时时表现一种愚蠢，是一个黑色的幽默。这是柳宗元的名篇给我留下的印象。在新疆，在维族人居住的村镇，到处看到成排成溜的毛驴板车，嗒嗒地行驶在公路或乡野小道上，扬起一股烟尘，筑起一道独特的景观。这里倒很少见到骆驼，骆驼是伟大的，我曾讴歌它：在漫漫黄沙上抒写着艾略特的《荒原》，创作着不朽的史诗《伊利亚特》，是放逐的屈原，是流浪的岑参、历经苦难的但丁……其实这都是文人的自作多情。满街的毛驴车已构成维吾尔族圣城一大风景，没有毛驴，没有大板车，似乎阿凡提的故事就失去了魅力，西域也不成西域了。

二

查阅了地方志，我方知道“喀什噶尔”名称的来历，清朝康熙大帝平定大小和卓的叛乱，统一新疆后才定为此名，意思是“玻璃瓦屋”，维吾尔语“喀什”是玉，“噶尔”带有集中的意思，这个名字又含有“玉市”的意思。

名不虚传，走在大街上，到处是珠宝小摊，用翡翠、玛瑙、墨玉、白玉雕琢的工艺品、首饰，琳琅满目，美不胜收，可谓玉石之乡。

唐朝诗人徐凝酷爱扬州，有诗云：“天下三分明月夜，二分无赖是扬州”，你看他如此慷慨，一笔下去，竟然把天下三分之二的月色批给扬州了，倘若此公来到喀什，岂不会有“天下三分珠宝气，二分无赖在喀什”了吗？秋天的阳光洁净洗练，而又不失那种暖洋洋的幸福感。阳光渗透进空气里，呼吸一下，阳光也进入肺腑。天空很蓝，有几朵白云很潇洒，无忧无虑地浪游在天宇。阳光下的圣城，有一种梦幻般的迷离。人群，就像阳光之水里面的鱼，无目的地游来游去。

我买了一串水晶葡萄，甜津津的，边吃着边咀嚼喀什的历史。喀什的历史并不是甜津津的，有苦涩有酸辛，也有欢欣。

喀什不仅是丝路的要塞，也是军事重镇。早在东汉初年，班超再通西域，就在这里安下他的大本营。班超还在这里娶妻生子，他的老婆是疏勒人，三儿子班勇就诞生在这里。而甘英出使大秦（东罗马）也是从这里出发，直达地中海边上，所以历史上才有了“博望凿空”“班甘之谜”的故事。

又过了六七百年，大唐一代宗师玄奘西去印度取经曾下榻帕米尔高原脚下的边城。那时候，伊斯兰文化尚未浸淫这片土地，佛教的香火很盛，上自国王，下至庶民，无不沐浴佛法。佛塔林立，佛寺遍城，且富丽堂皇，一片梵天净土。玄奘在他的《大唐西域记》里曾描述道：“疏勒国五千里。多沙碛，少壤土。稼穑殷盛，华果繁茂……淳信佛法，勒营福利。伽兰数百所，僧徒万余人。”

直到公元910年，以喀什噶尔为第二首都的喀喇罕王朝的皇帝苏立堂索吐支勃克拉罕第一个皈依了伊斯兰教。从此，佛教便遭到了毁灭性打击，伊斯兰教成为喀什噶尔人唯一的信仰。

艾提尕尔清真寺的创建，便是伊斯兰教胜利的标志，这是我国现存的最大的清真寺。艾提尕尔清真寺规模宏大，建筑精美，堪称维吾尔建筑艺术的杰作，有精心构造的寺门、一对高耸的尖塔和一个白色圆拱伯孜（伊斯兰教宗教建筑中的圆穹隆顶建筑）。尖塔和拱伯孜上各立一钩新月，阳光照耀，反射着一种光晕，神秘而神圣。巨大的建筑投下的阴影，清晰而庄重，也许是朗天丽日造成的反差。清真寺里涌动着许多伊斯兰教徒，戴白帽子的男人、包头巾的女人，他们衣着整洁、面目肃然，依次排列，先殿内，后殿外，一律面向西礼拜——这天正是礼拜五，是朝拜日。

从教堂里传来的嘤嘤嗡嗡诵经、祈祷的声浪，像夕阳下的风掠过黛蓝色海面，掀起一排排波涛的声响，有一种悠长忧郁感伤的韵味。

艾提尕尔清真寺的寺门完全用黄砖砌成，白石膏勾缝。看上去线条清晰，特别醒目。门两旁边是半嵌在墙壁里的砖砌圆柱，高达十八米多。圆柱顶上是召唤用的小塔楼，每日破晓，阿訇即在这个小塔楼顶上，高声呼叫，唤醒梦中的穆斯林们前去礼拜。

我感到这是一个十分重视精神的民族。耸立在这城中雄伟的寺宇便是民族精神的物化形式。任何文化都有它的凝聚力。宗教文化的凝聚力更为强烈。走进艾提尕尔清真寺，不仅仅有一种庄严、肃穆感，更感到这里弥漫着一种精神的圣洁、信念的坚贞、情感的虔诚。他们口诵《古兰经》，祈祷着，叩拜着，在这吉祥如意的宝地，使灵魂得到洗礼和净化。

三

来到喀什不去游览阿巴霍加墓是最大的遗憾。不管谁来到这里，都会惊讶地喊道："霍加墓，霍加墓！"这似乎是喀什的另一个象征。它和艾提尕尔清真寺一样构成喀什噶尔一道永恒的风景。在维吾尔族人的心目中，这是圣地，是幸福的源泉，在这里朝拜一下，摸一摸这里的瓷砖，颂诵《古兰经》，就可以消灾免祸，求得来世的幸福。这里埋葬着阿吉·海买提·玉素甫霍加。霍加是圣裔的意思，是伊斯兰教的传教师。

从维吾尔族文献中，我知道玉素甫霍加的父亲叫依善卡兰尔，祖父是当时中亚一带赫赫有名的传教师。

当初玉素甫在哈密、吐鲁番一带传教。他荜路蓝缕，摩顶放踵，风尘仆仆，烈日里，风沙中，舌敝口焦，四处游说，却四处碰壁，像孔老夫子周游列国时的那种狼狈相。因为这里早已被释迦牟尼的信徒占据，整个吐哈盆地都盛满了释家文化。于是这位霍加不得不悻悻然离去，骆驼无精打采地驮着神情憔悴的玉素甫，在他妇人的规劝下来到喀什。没想到的是，这里佛教的光芒早已黯淡多年，更出乎意料之外，浩罕村有一名叫亚尔买提的巴依（财主），首先皈依了玉素甫，并把自己的庄园财产完全捐献给了玉素甫做活动经费。玉素甫便在这里大兴土木，建筑豪华的清真寺。于是诵读《古兰经》的声浪开始喧哗起来。

他死后便修了这座“麻扎”，时间是1640年。这正是爱新觉罗氏的大军驰骋中原、策马江南，为清王朝奠基忙得不可开交之时。那鹰隼般的目光正盯着瑟索龟缩在西子湖畔杨柳丛中的南明小王朝，尚未转过脸来，顾及冰山雪峰、戈壁滩头的边陲小城喀什。

玉素甫死后，他的儿子就依他的遗嘱，葬他于此地。民间有传说，玉素甫是个德行高洁的人，几乎可与先知穆罕默德相媲美，其实玉素甫并不是至高无上的圣人，他和他的老婆也是宗教和政治派系斗争中毫不留情的铁腕人物。

当玉素甫霍加去世之后，其子阿巴霍加继承父亲的衣钵，四处传经，劝人入教。由于他严格履行教典所要求的一切信条，所以在喀什噶尔的穆斯林心目中，成了一个典范、圣人、大慈大悲的救世主，其威望远远超其父。这座麻扎后来便以“阿巴霍加”而扬名。

从清真寺的奠基，到霍加麻扎的建成，腥风血雨，在这片绿洲上演绎了几百年。现在这里一片平静，是秋阳照耀下的一片宁馨。我站在霍加墓前，望着这宏丽巍峨气度非凡的伊斯兰建筑，那雕梁画栋，绘有劝人为善的壁画，那象征着民族精神的半规弯月，这一切都静静的。而在这静寂里，玉素甫家族三百年曾搅起了多少惊心动魄的狂澜，扬起多少格斗厮杀的风暴。

在边陲圣城维吾尔族人总是把霍加墓说成“香妃墓”，代代流传。香妃是个美丽、聪明、能歌善舞、通晓诗文的和卓女，其父兄因协助清军平息叛乱有功，被乾隆降旨进京。在庆功宴上，乾隆召见了全体和卓家族。接见时，和卓家族行参拜大礼：“谢圣上，待西域臣民恩重如山，情深似海！”乾隆随即答道：“有功即登殿，休论东南西北。”众人你看我我看你，不知如何应答。此时和卓女缓步向前，立于殿中，口齿伶俐，如燕声莺语，答道：“无色也进宫，不分汉满蒙回。”和卓女在家乡时就喜欢沙枣花，衣袖里总是藏有一束沙枣花，浑身飘溢着一种沙枣花的馨香。乾隆问道：“下面谁人答话？”“小女子和卓氏再谢万岁之恩。”说着便伏地磕头，不慎把藏在衣袖中的沙枣花坠落在地上。这位风流诗人兼皇帝的乾隆爷脱口吟道：“小女子袖内携花，暗藏春色。”聪敏的和卓女瞥一眼金碧辉煌、香烟缭绕的皇宫，即景对答：“万岁金殿秉烛，明察秋毫。”乾隆顿时对才思敏捷谈吐非凡的和卓女产生好感，当即封为“贵人”。和卓女留在宫中，后升为“容妃”，因为她体态丰盈、面容娇美，且遍体生香，人们便称之“香妃”。

其实香妃是18世纪70年代的人物，她的故事到19世纪才在家乡流传开来，霍加墓是17世纪的产物，传说香妃埋葬于此是没有历史根据的，史书上记载香妃死后是埋在遵化东陵的。人们喜欢香妃，尊敬香妃，故传说霍加墓即香妃坟。

躁动不安的土地终于平静下来。霍加墓巨大的阴影投在九月的黄昏里，更显得森严和肃穆。我静静地站在阴影里，身边传来抑扬的晚祷声，氤氲的声浪荡漾开来。

四

依然是黄昏，依然是满街流淌的霞光，满街流淌的伊斯兰文化的斑驳色彩。我徜徉在喀什街头，仿佛走至天荒地老的岁月，走进历史的拐弯处，左顾右盼，仍然是一片渺茫，很难分辨历史的尽头，心里顿时生起一种神秘感。眼前的黄泥小屋、尖顶教堂、富丽堂皇的现代建筑，构成一道中世纪和现代工业社会极不和谐的斑驳繁杂的风景：教堂里流泻出来的昏黄幽黯的烛光和满街飞扬跋扈的霓虹灯光交融在一起；电子商店里飞出的肆无忌惮的流行歌曲和海涛般的晚祷声，此起彼伏；卡拉OK舞厅里扭曲变形肢体的跃动和艾提尕尔广场古老的“萨玛”舞蹈，洋吉他嘭嘭啪啪的狂烈的节奏和纳格拉明快的鼓点，又声声相应；鲜艳而极富有流动感的民族服装和庄重典雅的西服，一起跃动飘逸……这一切都水乳相融地出现在同一块土地上，而且都具有同样的活力和朝气，一幅浑然天成的画面，似乎缺少哪一种色彩、哪一缕线条，喀什噶尔的构图都是不完整的、不美丽的。

喀什噶尔，你血脉里就流淌着多种可融性基因，你骨髓里就有着多种文化的胶着物。

夜里，我躺在宾馆的席梦思床上，一缕帕米尔高原的月光，陌生而亲切地在床头流淌。市廛的喧嚣声平静下来了，历史的喧嚣声平静下来了，一切都像这月光一样清丽而透明。我啜饮着古西域的明月睡去了。

咦呵，我的西部（代后记）

我对西部情有独钟。青少年时期，面对着地图上那片广袤的棕红色高地，常常产生辽阔的想象和深沉的向往。这是片神秘的土地，这是片神圣的土地，直到上世纪90年代初，我开始了西部之旅，从1991年到2004年，十几年间，我年年走进大西北，有时一年两次去西部采风，黄土高原、河西走廊、天山南北、内蒙古草原、塔克拉玛干大漠、柴达木盆地，还有雅鲁藏布江、喜马拉雅山山麓都留下我匆匆的履痕；戈壁、大漠、冰川、圣湖、草原、林莽这些巨大的符号，都震撼过我的心灵。我一生重要的几部著作都是写大西北的。

大西北是一部古老的书卷，是用羊皮纸书写的史诗，虽然我十几年西部采风，实际上我连部巨著的目录都未读完，太丰厚了，一生都不会读出个门道。

我觉得只有大西北的旷野、戈壁、大漠和内蒙古草原的大境界、大空间，才能容得下我一颗骚动的灵魂，铺得开我成吨成吨的情感。1991年之夏，应内蒙古《草原》杂志主编丁茂、吴佩灿先生（令人悲痛的是他们已归道山）之邀，我在草原上进行了几十天的采访和体验，我到了乌兰察布草原、巴彦淖尔草原，到了鄂尔多斯草原，后来又到了最丰美的锡林郭勒大草原。文联和《草原》杂志经济并不富裕，丁茂、吴佩灿，还有尊敬的许淇先生安排包头国棉厂出车，每天带着地图旅行，我饱赏了草原无限风光。

草原，一幅绿色的谜语，我永远猜不透它的真谛；草原，永恒的史诗，我永远读不懂它的内涵。

我永远忘不了在达拉特旗度过的那些美妙日子，朋友们安排了一个个项目，使我大开眼界，阅读了史诗般的草原，更难忘那个树林召之夜，朋友们为我跳起古老的盅碗舞，唱起豪放优美的蒙古长调，我们吃手扒肉、喝烈性酒，那真是狂欢之夜。我平素滴酒不沾，蒙古族姑娘捧着酒盅向我这“远方的客人”献酒，先唱一支优美的民歌，唱完，客人必须接过酒杯，先用无名指蘸上酒向空中弹一下，向地上弹一下，最后向胸前弹一下，天、地、人，这是祭天地之意。为了聆听那种动人豪迈优美的蒙古长调，我竟然一连干了二十三杯酒，我从未有过如此豪情，连我自己也不知有如此大的酒量。

按照朋友的安排，我又独自去了锡林郭勒大草原采风，在那里度过许多美丽的草晨和黄昏。晨光初露时，我爬到山梁上看黎明之光瀑布般地倾泻草地上，草原在晨雾中打着哈欠醒来；黄昏，我独自漫步草原，看落霞满天，草梢草叶花瓣都沾满了动人的夕晖，一片炫目的美丽；夜幕降临，天和地的界限模糊了，整个草原都陷入黑色的沉寂，我不感到惶恐，反而感到新鲜好奇、欣喜。草原的夜晚不仅漫长，而且广阔，无边无际。我孤独地在草原上行走，脚下窸窸窣窣的草梢、草叶的声响，还有惊动的蚂蚱扑扑的奓翅声。我甚至想到狼、狐狸等野兽，我不感到恐惧，反而感到新鲜。我坐在一座山包上，放眼茫茫的草原夜色……夜的草原是一首黑色的歌，我就是这支歌里黑色的音符。

草原是美丽的。我当时曾想，草原倘若能折叠，我会扛起一卷带回我的故城；草原的阳光是纯净的，倘若能剪裁，我会裁一方挂在我的窗前。

后来，我在作品中写道：“我喜欢草原，草原的辽阔，草原的舒朗，草原的纯净，草原的漫漶。那飞翔的云，那潇洒的风，那奔腾的马，那如云卷般的羊群，那山岭跳跃的线条，那河流动荡的旋律，都透露着一种生机勃勃而坦然自信的心态！再浮躁的人、再浅薄的人走进草原，也会变得雄沉和宁静。”

我写草原的散文陆续发表后，著名学者散文家林非先生立即撰文高度评价，文章以书信形式发表在《文汇报》上，引起社会震动。结集为《一半是蓝一半是绿》，著名评论家冯牧先生为此书撰写序言，给以高度评价，他热情地写道：“他寄情……山川、草原与大漠，同时也寄情于历史；他时时都追求着一种苍茫浩渺的历史感，豪迈、激越、高昂乃至于悲壮的感情”，并举例《草原夜牧》，引用原文：“月亮越升越高……草原在月亮的怀抱里有点激动，战战兢兢，又小心翼翼，一动不动，唯恐失去月光的爱抚。空气透明、新鲜、温暖，饱蕴着浓馥的花香和湿润的夜的气息……天空变得深邃、明丽、纯净。苍茫的草原，迷离的月色，远处帐包里的灯光，近处草丛中的流萤，明明灭灭，闪闪烁烁，诱人，使人产生许多联想；古老的传说，美丽的故事，怪诞的传奇，也一齐涌上心头，让人甜蜜，让人惶恐。几只夜鸟悠然划过夜空。鸣叫着飞向远处，袅袅余音失落在草丛。一只野兔受惊，扑地蹿出草窝，在月光下一跃一跃地逃遁而去。虫声依然唧唧，小河依然汩汩，像情人絮语，倾吐着无尽的浪漫。”

冯牧先生热情称赞：“这就是这位诗人气质的作家笔下的草原夜色。”冯牧先生的序言以《读郭保林散文新作》为题发表在1994年4月28日《文艺报》上。

当散文集《一半是蓝一半是绿》的样书刚寄达济南，我从邮局取回，还未来得及分赠朋友们，接到上面通知，要我去西藏采访“党员干部的楷模孔繁森”，写一部长篇报告文学。真是天赐良机，我对西藏早已心驰神往，那片神山圣水曾经使我产生几多迷离的梦幻。第二天我便随记者采访团飞往拉萨。

我们先是飞到成都，飞机到双流机场，已是黄昏，在机场宾馆休息一夜，黎明时分起飞，经过两个多小时，飞机降落在贡嘎机场。时间仍是黎明，好像时间停滞了，成了一个概念，当太阳在西部高原升起时，那真是绮丽璀璨动人的景观，我曾经在一篇散文中写道：“令我咋舌的是高原的太阳，那光芒简直是用纯金锻造的，黄澄澄、金铮铮、亮晶晶，明丽、鲜艳、纯贞。我还未见过世上有如此美丽动人的阳光，没有污染、不掺任何杂质的阳光！还有天空是那样蓝，蓝得令人难以置信，蓝得像走进真理的终极。”

拉萨海拔三千七百米，我们一进拉萨就出现了高原反应，头晕、头疼，甚至呕吐，食欲不振，头重脚轻，走起路来，两腿软软的、颤颤的。晚上睡不着觉，因为氧气袋并非每人一只，所以一离开氧气袋，就憋得难受。我推开窗子，窗外空气好一点，时至冬天，却又寒冷，开上一会儿，只好关上。睡不着，我就坐着吸烟，一支接一支，直至天明，一分钟也没睡成。按照惯例，外地人来拉萨必须静休一个星期，适应环境后，方能开始工作。

我们采访时间有限，满打满算只有八天，孔繁森事迹特别突出，他三次援藏，一次在岗巴县当副县长，一次在拉萨当市委副书记，最后担任阿里地委书记，常年在高原缺氧极端恶劣环境中工作。他爱民、甘当人民公仆的精神感动了成千上万的藏族同胞。除召开座谈会，介绍他的事迹，我们还要到他生前工作的地方采访。我们乘车到墨竹工卡、贡嘎县、日喀则，墨竹工卡当时还是个荒凉的小县城，没有楼房，一两条街道，像个大村庄。接着我又去贡嘎县采访，进牧家，进帐篷，还沿着雅鲁藏布江，在喜马拉雅山大峡谷里穿行，道路崎岖，险崖巉岩，雄势滔滔的岩石，炫示着庄严的沉默、肃穆的喧嚣；斑斑驳驳的色块弥漫着恐怖氛围，令人感到一种悲怆、苍凉。雅鲁藏布江在深山峡谷中咆哮奔腾，苍鹰在空中盘旋，岩羊在山腰间跳跃。深褐色的岩石，石缝里长着骆驼草、索索柴，已至冬天还有星星点点的野花。天空湛蓝，大块的白云、静静地伏在天幕上。旷达、寥廓、苍茫，那云彩多么高傲、狂妄而自尊，独占着天宇的广阔！

我乘车颠簸在峡谷中，我感到莫名其妙，我们怎么会来到这里？是梦是幻？还是佛祖在冥冥中给我下了一道神谕？这真是地图上那片棕红色高地吗？童年时代，我就读过它，梦幻过它。读过巍峨雄浑的喜马拉雅山，读过激流湍急的雅鲁藏布江，读过红山之巅的天宫玉殿的布达拉宫，读过文成公主和松赞干布的故事……

我们去过海拔四千六百米的岗巴，在那里更是荒凉、荒芜、荒蛮，好像走在另一个星球上，没有树、没有草、没有绿色，只有风在呼啸、不时发出尖厉的吼叫，像亿万匹雄狮在峡谷中咆哮。阳光汹涌澎湃，恣情纵横，气势磅礴。高原的阳光成了一曲震天撼地的《英雄》乐章。

当然，这短短的七八天我们不可能去阿里，冬天阿里大雪封山，阿里来拉萨不能乘小娇车，必须乘大卡车，七天七夜才能到达拉萨，直到我们将告别西藏，离上飞机还有四五个小时，阿里的有关人士才来到拉萨市委，他们向我们讲述了孔繁森的故事，并放了录像。使我们一睹阿里大自然风光，也更加深了对孔繁森在西藏生活的了解。

经过三个月的奋笔疾书，我写了部三十一万字的《高原雪魂——孔繁森》，书一出版立即产生了巨大的社会反响，新华社发了通稿，在北京召开座谈会，新闻联播做报道，全国各大媒体陆续发表评论，选载、连载，中央人民广播电台著名播音员虹云和方明配乐播送全文，西藏人民广播电台还译成藏文播放。

《高原雪魂——孔繁森》出版不久，也是1996年，我又有机会去西部采访，此次去新疆塔里木采访石油天然气开发公司，在死亡之海——塔克拉玛干大漠，写一部反映石油工人题材的长篇报告文学。石油、天然气，对我是极其生疏的领域，是一次新的挑战。我满怀信心地西去塔里木。

这是我生命册页上最难忘的一章。塔里木盆地五十六万平方公里，塔克拉玛干大沙漠三十五万平方公里，沙山、沙丘、沙沟，起伏跌宕，涌涌荡荡，无边无涯，人称“死亡之海”。这里气候干燥，每年六月至九月，地表温度高达七十多摄氏度，空气温度五十多摄氏度，更可怕的是风暴，从三月到十月，是风季，沙尘暴刮起来，天昏地暗，沙丘流动，一切重新洗牌，沙凹变成金字塔的沙山，沙山削为平地。没有绿色，没有飞鸟，更无走兽，一片死亡的沉寂。

早在1895年，瑞典探险家斯文·赫定曾骑着骆驼在维吾尔族人的引导下横穿千百年来无人涉足的大沙漠，差一点葬身沙海。1950年，新中国刚成立，政府组织地质队员，几百只骆驼在大漠勘探石油天然气，直到上个世纪70年代才发现油矿和油气田。于是在改革开放后的80年代，从全国各大油田调来六万石油大军开发和开采。我去采访时，已开采了九年。这真是老虎吃天，无从下口，我对石油、地质勘探，无点滴知识，指挥部给送来一沓《中国石油报》和《塔里木石油报》合订本，我日夜翻阅，从中获得了地质勘探和钻井采油等基本常识。我开始采访，到天山脚下采访地质队员，他们顶风冒沙，在戈壁滩上“拉线”，荒山野岭，连片树荫也没有，烈日当空，晒得人头晕，而沙石又热得烫人，环境艰苦，超出想象，夜晚又寒气逼人，住在小小的帐篷里，既不挡风，又不避寒，后半夜往往冻醒，风大了连帐篷都刮得无影无踪。我采访了数以百计的物探队员、钻井工人，采访了参加塔里木石油会战的许多干部、科学家、科技工作者和青年学生，我带回几十万字的采访笔记和近百万字的相关资料。我的采访本夹杂着大漠的飞沙，天山、昆仑山的烟尘，戈壁滩焦干的气息，还有黑色石油浓郁的芳馨……当我铺开稿纸，写这些为共和国寻找太阳的人时，我常常激动不已，墨到淋漓、情到热烈时，那简直在燃烧，笔飞墨舞，一口气完成了三十七万字，展示了一代石油人“特别能吃苦，特别能战斗，特别能奉献”的精神风貌。

《塔克拉玛干：红黄黑》出版后，在北京召开研讨会，各大媒体都给予报道并纷纷发表书评，中央人民广播电台由虹云、方明全文配乐播送，时过两年北京出版社又再版此书。此书也获得多种奖项。

后来应约百花文艺出版社，我去宁夏采风，受到宁夏文联热情接待，在地方史专家张树林先生的陪伴下，我走遍宁夏大地，黄土高原的序篇就写在宁夏这片土地上。古老的母亲河裂地而来，呼啸而去，北有贺兰（山），南有六盘（山），腾格里沙漠伸出长长的舌头，舔噬着这方山野，黄河擦肩而过，古长城纵横盘桓，人称宁夏是“长城博物馆”，烽燧、垛堞毗连，贺兰山的岩画、戈壁滩上的西夏王陵，西海固的干旱，沙坡头绿涛翻腾，这斑驳陆离的色块，这多种文化的融汇（伊斯兰文化、西夏文化、边塞文化、黄河文化），闪烁宁夏大地绚丽灿烂的文明之光。

我曾在腾格里沙漠看见一支驼队，骆驼们高昂着头、微眯着眼，艰难执著地跋涉在风沙线上，前面是苍苍茫茫，背后是莽莽苍苍。单调。枯涩。孤寂。但它们仍然安详而坚定地前进。这是大漠最为精彩的一幅插图，当微风把驼铃的重奏送进耳鼓——此时，我真正地感到了生命的激情、生命的力量、生命的庄严！

我曾经说过：“西部是诗，是苦难铸就的史诗。西部是一片壮美而丰富、苍凉而又浑厚的土地。西部是曾经拥有辉煌而又失辉煌的土地。”一踏上这片粗糙、粗狂、粗粝的土地，我心中诗情和诗意便蒸腾而出，看到那赤裸裸的大山、苍莽的荒原、起伏跌宕的沟壑，心里便产生一种亲切感、一种敬畏感，这是一片充满梦幻，也充满期待的大地啊！

感谢西部，感谢生活。风从西部吹来，把我的日子吹乱，也清醒了我的精神。使我深知如何增加生命的深度、人生的幅度。当我的肉体化为泥土时，但愿这片土地能留下我血肉模糊的证词——那就是我的写作；风沙弥漫中留下我注满汗水和艰辛的足迹，不管是趔趄的或坚实的。

2016年12月改定

图书在版编目（CIP）数据

线装的西域 / 郭保林 著. -- 北京：作家出版社，2017.6
ISBN 978-7-5063-9532-8

Ⅰ. ①线… Ⅱ. ①郭… Ⅲ. ①散文集 - 中国 - 当代
Ⅳ. ①I267

中国版本图书馆CIP数据核字（2017）第152725号

线装的西域

作　　者： 郭保林
责任编辑： 王　烨
装帧设计： 蔡志文
出版发行： 作家出版社
社　　址： 北京农展馆南里10号　　**邮　　编：** 100125
电话传真： 86-10-65930756（出版发行部）
86-10-65004079（总编室）
86-10-65015116（邮购部）
E-mail:zuojia@zuojia.net.cn
http://www.haozuojia.com（作家在线）
印　　刷： 三河市紫恒印装有限公司
成品尺寸： 152×230
字　　数： 220千
印　　张： 16.25
版　　次： 2017年7月第1版
印　　次： 2017年7月第1次印刷
ISBN 978-7-5063-9532-8
定　　价： 42.00元
